中国现代文学馆青年批评家丛书

丛书主编 吴义勤

王晴飞 著

望桐集

北京大学出版社
PEKING UNIVERSITY PRESS

图书在版编目（CIP）数据

望桐集 / 王晴飞著．—北京：北京大学出版社，2017.3

（中国现代文学馆青年批评家丛书）

ISBN 978-7-301-27354-8

I. ①望… II. ①王… III. ①中国文学—现代文学—文学研究—文集 ②中国文学—当代文学—文学研究—文集 IV. ① I206.6-53

中国版本图书馆 CIP 数据核字（2016）第 180310 号

书　　名	望桐集 WANG TONG JI
著作责任者	王晴飞 著
责任编辑	黄敏劼
标准书号	ISBN 978-7-301-27354-8
出版发行	北京大学出版社
地　　址	北京市海淀区成府路 205 号　100871
网　　址	http://www.pup.cn　新浪微博：@ 北京大学出版社　@ 培文图书
电子信箱	pkupw@qq.com
电　　话	邮购部 62752015　发行部 62750672　编辑部 62750112
印 刷 者	三河市国新印装有限公司
经 销 者	新华书店
	660 毫米 ×960 毫米　16 开本　16.25 印张　225 千字
	2017 年 3 月第 1 版　2017 年 3 月第 1 次印刷
定　　价	40.00 元

目　录

第三辑

丛书总序

中国现代文学馆是在巴金先生倡议和一大批著名作家的响应下，于1985年正式成立的国家级文学馆，也是目前世界上规模最大的文学博物馆。中国现代文学馆的主要任务是收集、保管、整理、研究中国现当代文学书籍、期刊以及中国现当代作家的著作、手稿、译本、书信、日记、录音、录像、照片、文物等文学档案资料，为文化的薪传和文学史的建构与研究提供服务。建馆二十多年以来，经过一代代文学馆人的共同努力，中国现代文学馆的事业不断发展壮大，现已成为集文学展览馆、文学图书馆、文学档案馆以及文学理论研究、文学交流功能于一身的综合性文学博物馆，并正朝着建成具有国际影响的中国现当代文学资料中心、展览中心、交流中心和研究中心的目标迈进。

为了加快中国现代文学馆学术中心建设的步伐，中国作家协会党组决定从2011年起在中国现代文学馆设立客座研究员制度，并希望把客座研究员制度与对青年批评家的培养结合起来。因为，青年批评家的成长问题不仅是批评界内部的问题，而且是一个对于整个青年作家队伍乃至整个文学的未来都具有方向性的问题。青年评论家成长滞后，特别是代际层面上70后、80后批评家成长的滞后，曾经引起了文学界乃至全社会的普遍担忧甚至焦虑。因此，客座研究员的招聘主要面向70后、80后批评家，我们希望通过中国现代文学馆这个学术平台为青年评论家的成长创造条件。经过自主申报、专家推荐和中国现代文学馆学术委员会的严格评审，中国现代文学馆已经招聘了三期共30名青年评论家作为客座研究员。第四批客座研究员的招聘工作也已经完成。

四年多来的实践表明，客座研究员制度行之有效，令人满意。正如中国作协党组书记李冰同志在中国现代文学馆第二批客座研究员聘任仪式上的讲话中所指出的那样，青年评论家在学术上、思想上的成长和进步非常迅速。借助客座研究员这个平台，通过参加高水平的学术例会和学术会议，他们以鲜明的学术风格和学术姿态快速进入中国当代文学批评现场，关注最新的文学现象、重视同代际作家的创作，对于网络文学、类型小说、青春文学等最有活力的文学创作进行即时研究，有力地介入和参与着中国当代文学的创作实践，在对青年作家的研究及引领方面发挥了不可替代的作用。作为 70 后、80 后批评家的代表，他们的“集体亮相”，改变了中国当代文学批评的格局和结构，带动了一批同代际优秀青年批评家的成长，标志着 70 后、80 后青年批评家群体的崛起。鉴于客座研究员工作的良好成效和巨大社会反响，李冰书记在第一批客座研究员到期离馆时曾专门作出了“这是一件功德无量的事情，要进一步扩大规模”的批示。

为了充分展示客座研究员这一青年批评家群体的成就与风采，中国作家协会和中国现代文学馆决定推出“中国现代文学馆青年评论家丛书”，为每一位客座研究员推出一本代表其风格与水平的评论集，我们希望这套书既能成为中国当代文学批评的重要收获，又能够成为青年批评家们个人成长道路的见证。丛书第一辑 8 本、第二辑 12 本分别在 2013 年 6 月、2014 年 7 月由北京大学出版社推出后引起了巨大反响，现在第三辑 11 本也即将付梓出版，我们对之同样充满期待。

是为序。

吴义勤

2016 年夏于文学馆

自 序

自从考入南京大学中文系攻读现当代文学专业研究生，我拉开架势正襟危坐学习文学，竟然已经十一年了。这十一年里，作为一名文学工厂的学徒工，自然是看得多而写得少，所以当有这样一个机会要把自己的习作拿出来结集出版的时候，挑挑拣拣竟也只有这么一点。

书名“望桐”，是由于偷懒。我这几年在合肥时，常蜗居于望江路和桐城路交口的一间宿舍里。不过倘若加以附会，亦有话说。《庄子·秋水》中说：“夫鹓雏，发于南海而飞于北海，非梧桐不止，非练实不食，非醴泉不饮。”李商隐引此入诗：“不知腐鼠成滋味，猜意鹓雏竟未休。”我辈不是鹓雏，只是阮籍眼中的凡鸟之流，自然难以严格实行这“三不主义”，不过勉强做到不食腐鼠，更不至于以腐鼠为美味且举以骄人罢了。

书中所收论文，是我近几年学习写作的结果。因为治学无计划，所谓“泛滥无归，终身无得”，所作论文，既少且杂，勉强归类，可以分作三个部分：

一是现代文学与教育、学术制度研究。作为中国新文学发生与发展的现场，中国现代大学、学术制度与文学关系重大，本部分可视作中国新文学的外部研究。

二是以鲁迅、胡适研究为中心的相关论文。通过对作品及历史语境、学术制度的考察，梳理鲁、胡在左翼、自由主义标签下的复杂性和深刻性。涉及鲁迅与自由主义、左翼关系之辨，以及近些年鲁迅研究中若干理论使用的得失。胡适在一些重大事件（如进宫会见溥仪、溥仪被驱逐出宫、北大教师林损离职）中的表现，既可看出胡适的复杂性，亦可由此窥见当时知识界、教育界的学术风气。

三是当代作家作品论部分。结合文本细读与文史互证方法，分析当代作家作品，既努力保持文学史的视野，又尽量顾及文学现场感。

一不留神，已步入人生中“不惑”前的“大惑”阶段。人生与治学，都遇到许多不解之惑，正在苦苦寻路中。去年六月，我的女儿桐桐来到这个世界，而这一年里，我所写的文章竟然比去年多了几篇，算是多收了三五斗，可见做了爸爸的人会格外勤奋。希望我的文字也能像桐桐一样，虽然幼稚，却也可喜。

最后，要感谢中国现代文学馆给我这个机会出版这本小书。这一年来作为现代文学馆的客座研究员，学到许多，感谢李敬泽、吴义勤、李洱、计文君、郭瑾、宋嵩诸位师友的帮助。

第一辑

比较蔡元培与蒋、胡时代的北大，人事格局与学术风气的差异相当明显。蔡元培更注重制度的力量，试图通过建立完善的“教授治校”制度，形成良好的大学传统。新文化运动前后，新派尚处于弱势，蔡元培实行“兼容并包”，但是“兼中有偏”，保护新派，又能欣赏旧派。各种学风并存，教授中多跨专业的通人。而蒋、胡时期，则更注重领袖的作用，不免乾纲独断，变“兼容并包”为“一枝独秀”，门户俨然，学术上则致力于专业化、专家化。

——《林损离职与学风转移》

1925年的北京大学脱离教育部事件

1925年的北大脱离教育部事件，是所谓的“法日派”与“英美派”之间的差异与斗争表现得最为外化的一次，双方立场明确对立，各持己见。对于这一事件的分析，有助于我们更深入地考察1920年代北大的权力格局、两派人员组成及文化、教育观的差异。

1920年代的北京大学历来有“法日派”与“英美派”对立之说。由于教员之间的结合，本便松散，结合之由，更牵涉到地缘、学缘等因素，除去少数核心成员外，某人与某派之间往往很难确定明晰的从属关系，而以不同的标准划分，同一人也可归入不同群体。典型如与章太炎相关的一派，已有著述中多有论及，或称为“太炎门生派”，或称为“浙籍”，或“某籍某系”，此后又因与李石曾等人立场接近而被人笼统称为“法日派”，所指多重合，但亦有未确之处，因为可视为这一群体者，或本不是太炎门生而被视为太炎门生（如沈尹默），或有虽为太炎门生而实为此群体所排斥（如吴承仕），或有本是太炎友人而与之接近（如田北湖、马叙伦、刘师培、黄节等），而在此群体外亦有虽为浙籍而对之多有不满者（如单不庵等）。太炎门生中虽多留学日本，但亦非尽然。所以研究者在论述时，倘不尽量与具体语境结合，围绕核心人物，往往不免泛泛而谈，误贴标签。本文涉及的“法日派”与“英美派”，侧重于考察在教育、学术与政治、社会之间关系的认识上各人的自我定位和团体认同。

“五四运动”以后，蔡元培长期离校，有意识地设计使“无论何人来任校长，都不能任意办事”的评议会制度，[①] 再加上其代理人蒋梦麟在北大根基不深，[②] 评议会作为学校最高权力机构，长期维持校务，威望甚高。[③] 两派的权力争夺便也集中体现在评议会的人员布局上。

北大的老学生谢兴尧在忆文中曾说，“（马）幼渔先生之在北大，真是当朝一品，位列三台。北大国文系之闻名世界，马氏之功实不可没。民十以后，外人谓北大当政者，有‘三沈三马’之称，后又有‘朱马’之名，实际说来，确够得上是北大的中心人物。”“（马）幼渔为人，宽宏大量，（略）北大国学系之负盛名，他实在是首创的开国元勋，公主府（马神庙）银安殿（北大评议会）上那二十四把金交椅，他总算是首座。”[④] 北大评议会所选议员一般在 12 到 17 人，从未达到过 24 人，不过马裕藻、朱希祖分别长期担任文史两系主任，“太炎学说派”在评议会中占据较大力量，确属实情。从 1917 年到 1931 年取消评议会为止，除去 1927、1928 两年共 12 年间，担任评议员次数最多的即是马裕藻，计 10 次，胡适与朱希祖次之，分别为 9 次。同属“太炎学说派”的如沈兼士、陈大齐、沈尹默分别 6 次，沈士远 4 次，徐炳昶、马衡分别 2 次，与之立场接近的如顾孟馀 6 次，马叙伦 5 次，李煜瀛 4 次，李书华 3 次，李宗侗 1 次。与胡适接近的如王星拱 6 次，丁燮林、周览分别 3 次，李四光、王世杰分别 2 次，高一涵、石瑛分别 1 次。[⑤] 总体来

① 蔡元培：《回任北京大学校长在全体学生欢迎会演说词》，高平叔编：《蔡元培全集》第 2 卷，中华书局，1984 年，第 341—342 页。

② 马叙伦：《我在六十岁以前》，岳麓书社，1998 年，第 41 页。

③ 这一点在当时即有报纸指出，如 1926 年 11 月 21 日《晨报》载短讯《北大评议会改选　徐炳昶等十二人当选》即云：“北京大学虽为校长制，但一切设施，实由评议会主持，故该评议会力量极大。每届改选，各教授靡不极力竞争。”（见王学珍、郭建荣主编：《北京大学史料》二卷，北京大学出版社，2000 年，第 147 页。）

④ 谢兴尧：《堪隐斋随笔》，辽宁教育出版社，1995 年，第 79、81 页。

⑤ 北大评议会选举情况，参见《北京大学史料》二卷，第 132—151 页。但由于人员变更因素，有评议员辞职、补选的情况存在，如 1924 年的评议员胡适、马叙伦、李四光三人提出辞职后，评议会即从候补当选人中择冯祖荀、高一涵、皮宗石三人补入。1925 年评议员石

说，在校评议会中，“太炎学说派”或者更大的范围上来说所谓的“法日派”占优势。从时间的纵向来看，在1929年以前“法日派”影响也更为持久。

一　事件的经过

事件的直接起因为女师大风潮，根源则为教育界对于教育总长章士钊的长期不满。1925年8月18日，教务长顾孟馀召集评议会（代理校长蒋梦麟因家事南归，校事由顾孟馀代拆代行），表决反对章士钊为教长、北大脱离教育部事。[①] 当时北大评议会议员为：王星拱、高一涵、皮宗石（补胡适、李四光）、丁燮林、王世杰、周览、顾孟馀、李煜瀛、陈大齐、马裕藻、沈尹默、沈兼士、朱希祖、谭熙鸿、罗惠侨、冯祖荀（补马叙伦）、余文灿（补石瑛）共17人。[②] 胡适等人后来所撰的《这回为本校脱离教育部事抗议的始末》一文称：

> 我们几个评议员到场始知为反对章士钊为教长的事。当时讨论甚久，最初表决的问题为本校对于此事应否有所表示，马裕藻教授并说明评议会本有建议于教育部之权，故表示是可以的。表决的结果为赞成与反对各六票（余文灿、罗惠侨两教授中途退席，不及参加投票）主席顾先生自投一赞成票，赞成表示者遂为多数。次表决应否与教部脱离。时皮宗石教授

瑛缺出，亦从候补评议员沈士远、余文灿中选定后者补入（同上书，第181—182、184页）。值得注意的是，胡适、李四光两人辞职，补选入的高一涵、皮宗石二人正是与其立场接近的，同属“英美派”，评议会原有力量格局并未因此改变，补充石瑛之缺的亦是相对与之接近的余文灿而非太炎学说一派的沈士远。这或许是巧合，但更可能是补充时已有关于这方面的考虑。

① 胡适等：《这回为本校脱离教育部事抗议的始末》，《北京大学史料》二卷，第3000页。

② 参见《北京大学史料》二卷，第181—182、184页。

> 退席而去；王星拱、王世杰教授等声明，对于此案无表决权，应交全体教授大会议决，但主席卒以此案付表决，赞成与教部脱离者凡六票。[①]

据此，我们可以推测出当日到会者本为15人（主席顾孟馀，第一轮表决赞成与反对票各6人，以及提前退场之余文灿、罗惠侨）。当日，评议会将议决案公布：

> 本校学生会因章士钊摧残一般教育，及女师大事，请本校宣布与教育部脱离关系事。
>
> 议决：以本会名誉宣布不承认章士钊为教育总长，拒绝接受章士钊签署之教育部文件。[②]

次日胡适等发表《致评议会书》，对评议会宣布与教育部脱离关系表示抗议：首先，事先并未征求教职员同仁意见，“就手续言，要不免有越权自专，漠视全体教职员同仁之嫌”。其次，“处兹政治与教育十分纷乱之时期，本校对于教部倘采取脱离关系之极端手段，似亦应以教部对于本校地位有直接加害行为之场合为限”，否则一来“本校将日日在一般学潮与政潮之漩涡中”，二来从功利的角度考虑，“即就目前而论，下学年本校之经费尚无着落，下学年之考试与课务亦尚缺乏任何准备”。李四光随后在《北京大学日刊》发表（8月20日撰写，8月22日发表）《李四光教授致陶孟和教授等书》，明确支持胡适等人观点。[③] 次日，胡适等17教授又发表《为北大脱离教部关系事致本校同事的公函》，“认为学校为教学的机关，不应该自己滚到政治的漩涡里

---

① 参见《北京大学史料》二卷，第181—182、184页。

②《评议会布告》,《北京大学史料》二卷，第2996页。

③ 胡适等:《致评议会书》，共同署名者尚有颜任光、陶孟和、燕树棠、陈源。李四光:《李四光教授致陶孟和教授等书》。均见《北京大学史料》二卷，第2996—2997页。

去，尤不应该自己滚到党派政争的漩涡里去”。他们对于章士钊的许多主张和政策也表示不满，但是认为“我们尽可用个人的资格或私人团体的资格，去攻击他或反对他，不应该轻用学校机关的名义”，“因为学校里大部分的教员学生究竟是做学问事业的，少数人的活动如果牵动学校全体，便可以妨害多数人教学的机会，实际上便是剥夺他们教学的自由。”①

蒋梦麟22日回京后，胡适等人次日即给其撰写公函，援引北大前次反对教长王九龄时蒋梦麟的宣言，即“以后遇这次重大的事件，皆须开评议会与教务会议联席会议”，要“早日召集联席会议，复议此案”，并要求蒋梦麟将此函在北大日刊临时增刊发表。复议的要求遭到顾孟馀、李煜瀛、马裕藻等人的反对，陈大齐、朱家骅、张凤举、王烈四人出来调停，无果。蒋梦麟口头答应26日召集联席会议，25日胡适等人见仍无动静，于是又发一函，加以催促。李煜瀛等8名评议员也写信给蒋梦麟，认为无复议之必要。②

另一面，周作人等人于评议会之后亦发布《致校长书》，对于评议会的议决表示赞同，但对其没有得到落实表示不满，“提出严重质问”，催促将其“速为执行”。③ 8月26日王尚济等41名北大教员发表《反对章士钊宣言》，批评章氏“思想陈腐，行为卑鄙，他作司法总长兼教育总长的第一着，就是接二连三的训令各校禁止学生开会纪念国耻；第二着就是提倡荒诞绝伦的复古运动，压迫新思想，抹杀时代精神，以固宠而保禄位”。④ 这是对外宣言，同一日，王尚济等17名教授发表

---

① 胡适等：《为北大脱离教部关系事致本校同事的公函》，《北京大学史料》二卷，第2998—2999页。

② 胡适等：《这回为本校脱离教育部事抗议的始末》，同上书，第3000—3001页。

③ 周作人等：《致校长书》，共同署名者尚有李宗侗、李麟玉、徐炳昶、李书华、张凤举、江绍原、王尚济。同上书，第2995—2996页。

④ 王尚济等：《反对章士钊的宣言》，共同署名的尚有李煜瀛、顾孟馀、马裕藻、朱希祖、周作人、周树人、沈尹默、沈兼士、钱玄同等人。同上书，第2997页。

《为反对章士钊事致本校同事公函》，援本校1923年“驱彭挽蔡”旧例，对胡适等人的反对意见进行回应：首先，不应因章士钊没有直接损害北大便不加反抗。因为前次教长“彭允彝引起蔡校长辞职及本校否认之理由，即在其越权参与查办罗文干一案。罗文干虽曾为本校讲师，但此次之被构陷，实因其为王内阁（即所谓“好人内阁”）阁员的缘故。本校于地位上未受到什么直接的损害，徒以为正义故尚且那样地反抗”，此时章士钊比彭氏对于教育界的摧残更重，更应该本着上次的精神进行反抗。其次，从经济方面来说，章士钊时代与彭允彝时代亦无不同，即使章士钊真可以保证学校的经费，也不应“抛弃历来所叹赞提唱之‘狂狷的精神’，而采取‘有奶便是娘’主义”。最后，强调“评议会为大学最高机关，所议决案件，他种机关当然无推翻之权”。[①]

最终蒋梦麟决定于28日上午召集联席会议，马裕藻等人坚持此会只可为谈话会，因联席会无法律上的依据，胡适一方退步，同意此会作为谈话会，但坚持谈话会仍可投票复决，只是表决案采取建议书形式，对学校无约束力。马裕藻、李煜瀛、沈尹默、陈大齐则坚持谈话会不应有表决权。最后胡适以退席相胁，李煜瀛等方才同意可以用个人签名的方式提出建议书。双方勉强达成一致后，胡适、王世杰分别提出建议书一件。胡适的建议书是：“同人建议于校长，请其对于本月十八日评议会议议决案斟酌情形停止执行。”签名同意者12人。王世杰的建议书是：“同人愿建议评议会请求议定：评议会凡对于政治问题，以及其他与本校无直接关系之重大问题，倘有所议决，须经评议会之二度议决，或经由评议会与教务会议联席会议之复决；或经用教授大会之表决，方能执行。”签名者22人。[②]

① 王尚济等：《为反对章士钊事致本校同事公函》，共同署名的尚有顾孟馀、李煜瀛、朱希祖、马裕藻、沈兼士、沈尹默、冯祖荀、谭熙鸿等人。《北京大学史料》二卷，第2997—2998页。

② 胡适等：《这回为本校脱离教育部事抗议的始末》，同上书，第3001—3002页。

31 日，蒋梦麟召集评议会，报告其斟酌的结果，是仍然继续执行评议会原案，并于数日后在北大日刊登载启事。[①] 这一日评议会议决："评议会对于与本校无直接关系之重大问题，倘有所预闻，须由评议会召集全校教授，依照多数意见决定之。"但是关于"与本校无直接关系之重大问题"一句的解释权归属问题，并未讨论出结果，胡适认为是一个漏洞。[②]

总体看来，"法日派"与"英美派"争论的焦点在两方面：一是对于评议会权限的理解，二是对于"驱彭挽蔡"和"王九龄教部事"这两个前例的阐释，而由于前者的模糊性，所以对于后者的阐释也就是间接地界定前者。

二　对评议会权限及前例的理解与阐释

关于评议会的权限，据 1912 年蔡元培发布的《大学令》，评议会审议事项中包括"教育总长及大学校长咨询事件"，并规定"凡关于高等教育事项，评议会如有意见，得建议于教育总长"。[③] 所以 8 月 18 日顾孟馀召集评议会时，有"英美派"议员对于本校应否对反对章士钊为教长事有所表示时，马裕藻即援引这一条，"说明评议会本有建议于教育部之权，故表示是可以的"。[④] 并且评议会既为最高机关，其议决结果其他机关无权推翻。[⑤] 这也是后来李煜瀛等人坚持评议会、教务会联席会议只可为谈话会的法理依据。"英美派"教员后来则坚持对于类

① 《北京大学日刊》1925 年 9 月 3 日。

② 胡适等：《这回为本校脱离教育部事抗议的始末》，《北京大学史料》二卷，第 3002 页。

③ 蔡元培：《大学令》，高平叔编：《蔡元培全集》第 2 卷，中华书局，1984 年，第 285 页。

④ 胡适等：《这回为本校脱离教育部事抗议的始末》，《北京大学史料》二卷，第 3000 页。

⑤ 王尚济等：《为反对章士钊事致本校同事公函》，同上书，第 2998 页。

似这种“与本校无直接关系之重大问题”，评议会不应直接议决，“倘有所议决，须经评议会之二度议决，或经由评议会与教务会议联席会议之复决；或经用教授大会之表决，方能执行”。[①]

既然对于纸面规定的权限有分歧，则对于前例的理解与阐释就显得尤其重要。“驱彭挽蔡”指的是1923年王宠惠内阁的财长罗文干（亦为北大教员）为陆长张耀曾和众院议长吴景濂构陷，在监察厅宣布不起诉之后，教长彭允彝以国务员论国务之名，提出再交法院。蔡元培愤而辞职，以示抵制，引起北大师生的震动，纷纷表示驱逐彭允彝，挽留蔡元培。1月18日晨，北大学生得知蔡元培辞职消息，群情愤激，下午二时在第三院大礼堂开会，到者两千余人，推黄日葵为主席，讨论四项问题：（一）驱逐彭允彝；（二）拥护司法独立；（三）挽留蔡校长；（四）警告国会。并选派代表至总统黎元洪住所请愿。[②] 1月20日并到众议院“请愿勿投彭氏票”，遭到军警殴打，[③] 其后更是开会、通电不绝。北大评议会1月18日即宣言“以评议会名义会同总务长及教务长维持校务，并声明至教育当局问题及校长问题解决之日为止”。[④] 北大全体教职员也一致明确表示“驱彭挽蔡”，1月19日议决《本校教职员全体呈总统文》，“呈为请予罢免教育总长彭允彝，并乞慰留北京大学校长蔡元培以维持教育而弭学潮事”，并于次日在北大日刊发表。[⑤] 复于1月20日撰写《北京大学全体教职员宣言》，称“业于本月十九日公决，呈请大总统罢斥彭允彝教育总长之职；并请慰留本校校长蔡孑

---

① 见王世杰所提的对校长建议书，胡适等：《这回为本校脱离教育部事抗议的始末》，《北京大学史料》二卷，第3002页。

② 《彭允彝惹起教育界大风潮》，《京报》1923年1月19日，同上书，第2934—2935页。

③ 《北大学生之哀告》，《京报》1923年1月20日，同上书，第2936页。

④ 《北京大学教职员全体宣言》（《北京大学日刊》1923年3月5日），另据同日《评议会布告》，评议会已于19日议决依先例出面维持校务。同上书，第2947、142页。

⑤ 《本校教职员全体呈总统文》，《北京大学日刊》1923年1月20日，同上书，第2936页。

民先生”，表示“如或政府不加谅解，同人虽复多所牺牲；亦在不惜”，并进一步提出将来教育行政方面的根本解决，即“拟请政府将教育最高行政机关，独立于内阁之外。庶不受政潮之影响，而得谋教育之安全与发展”。[①] 1 月 21 日晚 7 时，北大教职员临时代表在第一院开会议决发表此宣言，并推举蒋梦麟、顾孟馀等五人次日赴总统府要求三件事：（一）速批蔡校长辞呈，（二）罢免彭允彝，（三）批示教员挽蔡驱彭呈文。[②] 同日北大教职员全体召开大会，一致议决组织临时代表会，办理挽留校长等事宜。[③] 此次学潮波及范围尚不限于北大，蔡元培辞职后，北京国立专门以上八校即开会讨论，主张留蔡免彭，惩处殴伤学生之指使者。[④] 1 月 21 日八校教职员代表联席会议发布宣言：自本日起，决不承认彭允彝为教育总长。[⑤] 2 月 5 日更是联合国立高等师范、女子高师、工业专门、医学专门、美术专门各校评议会代表，召开联席会议并发表启事：“现在各校行政暂由各校评议会维持，所有彭允彝署名一切公文概不接受”。[⑥]

蔡元培本人于 1 月 21 日发布宣言，表明自己辞职的远因在于北京

---

① 《北京大学全体教职员宣言》，《北京大学日刊》1923 年 1 月 22 日，《北京大学史料》二卷，第 2938—2939 页。

② 《昨晚北大教职员临时代表联席会议之情形》，《北大学生新闻》1923 年 1 月 22 日，同上书，第 2939 页。

③ 《本校教职员临时委员会委员启事》，《北京大学日刊》1923 年 1 月 26 日，同上书，第 2939 页。

④ 实际签名者为女子高师校长许寿裳、高等师范评议会主席程时煃、医学专门学校校长周颂声、工业专门学校校长俞同奎、美术专门学校校长郑锦，参见《八校校务讨论会之三主张：留蔡——免彭——惩殴伤学生之指使者》，《晨报》1923 年 1 月 23 日，同上书，第 2954—2955 页。

⑤ 《北京国立专门以上八校教职员代表联席会议宣言》，《北京大学日刊》1923 年 1 月 23 日，同上书，第 2955 页。

⑥ 《国立北京大学、高等师范、女子高师、工业专门、医学专门、美术专门学校评议会代表联席会议启事》，《晨报》1923 年 2 月 5 日，同上书，第 2945 页。

政治空气的恶浊，近因在于彭允彝“破坏司法、蹂躏人权”的无耻，批评“一般胥吏式机械的学者”“有奶就是娘”，不论是非、“助纣为虐”的罪恶，认为对于当时政治的反抗“若是求有点效果，至少要有不再替政府帮忙的决心”。[①] 对此宣言，陈独秀有所评议，首先认为他“这种高尚洁己的品行”，当然比那些“胥吏式机械式的学者”“高明得万倍”，但也批评他这种反抗是“消极的”“非民众的”，是“民族思想改造上根本的障碍”。认为“打倒恶浊政治必须彻头彻尾采用积极的苦战恶斗方法，断然不可取消极的高尚洁己态度”，否则“往往引导群众心理渐渐离开苦战恶斗积极的倾向，而走到了退避怯懦的路上去，不啻为恶浊政治延长生命”，其次蔡元培的“不合作主义”“拆台政策”，只见学者，不见民众，而这也正是国民党的革命运动不成功的原因。[②] 胡适则明确表示赞成蔡元培“这点大声主持正谊，‘不忍为同流合污之苟安’的精神”，认为“他的这一次抗议，确然可以促进全国国民的反省，确然可以电化我们久已麻木不仁的感觉力”。[③] 对于陈独秀的评论，胡适也撰写《蔡元培是消极的吗？》一文加以反驳，赞同蔡元培“有所为有所不为”的态度，认为陈独秀“未免太过虑了”，因为：“蔡先生的抗议在积极方面能使一个病废的胡适出来努力，而在消极方面决不会使一个奋斗的陈独秀退向怯懦的路上去！”[④]

当然，值得注意的是，北大乃至整个北京学术界在力挺蔡元培、“驱彭挽蔡”这一立场上虽采取完全一致的态度，但是对于蔡元培行为的解读，却有所不同。一般人都侧重强调蔡元培此举的政治意义而予

① 蔡元培：《关于不合作宣言》，高平叔编：《蔡元培全集》第4卷，第311—313页。

② 陈独秀：《评蔡校长不合作宣言》，1月24日《向导》周报，《陈独秀著作选》卷2，上海人民出版社，1993年，第414—415页。

③ 胡适：《这一周·蔡元培以辞职为抗议》，《胡适文集》卷3，北京大学出版社，1998年，第451页。

④ 引自胡颂平编：《胡适之先生年谱长编初稿》，联经出版事业公司，1984年，第522页。

以赞同[1]，胡适则在认同蔡元培与“恶政治”奋斗的同时，强调其斗争的方式、对大学和教育的态度，即其“不愿为一人而牵动北京大学，自然更不愿为一人而牵动北京学界”，所以他的支持者应该体察这份苦心“继续维持各学校”，“同情的表示尽可以采取个人行动的方式，不必牵动学校”。[2] 这当然和胡适一贯的将教育问题与普通政治问题分开，试图通过教育改造社会的思维方式有关，体现出他不欲使大学卷入政治漩涡、维持教育的一片苦心。

但是由于蔡元培的崇高威望、北京教育界一致的抵抗态度以及蔡元培、罗文干与胡适的私人感情等因素，胡适对于北大及其他诸校宣布脱离教育部并未有反对的表示。所以 1925 年“法日派”王尚济等人的《为反对章士钊事致本校同事公函》宣布脱离教育部、反对章士钊即援引“驱彭挽蔡”的先例，认为章士钊“之卑鄙齷齪不亚于彭允彝”，而且特别强调“罗文干虽曾为本校讲师，但此次之被构陷，实因其为王内阁阁员的缘故。本校于地位上未受到什么直接的损害，徒以为正义故尚且那样地反抗”，也是暗讽胡适等人在两次事件中表现不同与其个人感情上的亲疏有关，[3] 文中并引用蔡元培“有奶便是娘”一语，以反驳胡适等人对于大学经济上的考虑。[4]

“王九龄教部事”指的是 1925 年 3 月 14 日北大评议会议决“以本

---

① 如《北京大学全体宣言》即指出：“我们校长蔡先生此次辞职，不只是一个教育问题，而且是一个政治问题。(略)他的辞呈的确是对于现政治的‘抗议书’。”《北京大学日刊》1923 年 1 月 24 日，《北京大学史料》二卷，第 2941 页。

② 胡适：《蔡元培与北京教育界》，《胡适文集》卷 11，第 110—111 页。

③ 罗文干为王宠惠“好人内阁”成员，胡适则是“好人政治”的鼓吹者，胡适、蔡元培、罗文干等人并一度都是颜惠庆宅茶话会的成员。而胡适与章士钊虽然在政治文化立场上有分歧，但是私交一直不错。

④ 王尚济等：《为反对章士钊事致本校同事公函》，共同署名的尚有顾孟馀、李煜瀛、朱希祖、马裕藻、沈兼士、沈尹默、冯祖荀、谭熙鸿等人。见《北京大学史料》二卷，第 2997—2998 页。

校名义反对”王九龄长教,“如王来到任,本校即与教部脱离关系”。[1]胡适等人认为“事前并未声明开会的事由,所以到会的人不到半数”,[2]因而向代校长蒋梦麟提出抗议,蒋于3月18日召集评议会与教务会议联席会议,议决维持原案,但也说明“以后进行,随时由本联席会议议决行之”。胡适等人虽然对维持原案的结果有所不满,但也成功利用联席会议对于其评议会的权力作出了书面上的限制。[3]所以在反对章士钊、脱离教育部事件中,“英美派”一再援引此例,以为没有召开评议会与教务会议联席会议,应该复议。

三 结 语

从这一事件的发展及最终结果来看,显然是“法日派”胜出,“英美派”落败,这正可以反映出“法日派”在北大评议会中的优势地位。在上文提及的双方针锋相对的几份文件中,北大评议会内坚决支持反对章士钊、脱离教育部的有8人,在《反对章士钊宣言》和《为反对章士钊事致本校同事公函》两份文件中均有签名,即顾孟馀、李煜瀛、陈大齐、马裕藻、沈尹默、沈兼士、朱希祖、谭熙鸿、冯祖荀。陈大齐虽然只在第一份文件签名,并且后来试图居中调停,但也坚决支持评议会的议决,反对联席会议复议。周作人、王尚济等人也属于这一阵营,但是从未进入评议会,相对比较边缘。坚决反对的有6人,在《为北大脱离教部关系事致本校同事的公函》《致蒋梦麟要求开联席会复

---

① 《评议会议事录·十四年三月十四日》,《北京大学史料》二卷,第186页。

② 胡适等人此说不确,根据当日“评议会议事录”,则出席者为12人,其中评议会议员11人(另一人为代校长蒋梦麟),当年评议员共17人,出席人数显然超过半数。不过缺席的6人中,英美派居多,如王星拱、皮宗石、丁燮林、周览皆未出席。参见《评议会议事录·十四年三月十四日》,同上书,第185—186页。

③ 胡适等:《这回为本校脱离教育部事抗议的始末》,同上书,第3000页。

议函》《再致蒋梦麟要求开联席会复议函》《这回为本校脱离教育部事抗议的始末》四份文件均签名，即王星拱、高一涵、皮宗石、丁燮林、王世杰、周览，罗惠侨和余文灿也倾向于支持他们，但只在最后的一文签名，显然也不在核心之中。校长蒋梦麟则两面为难，不愿意得罪任何一方，这与他 1931 年以后的依靠“英美派”打击“法日派”是大为不同的。

除去人事、人情因素，这一事件也集中体现了“法日派”和“英美派”对于教育、学术与政治、社会之间关系看法上的差异。“法日派”教员倾向于干预社会政治，为此甚至不惜牺牲一时之教育、学术，“英美派”教员则认为大学职责在于教育、学术本身，为此宁愿与不义的政府委曲求全。

1930年代初的北大文科人事变革

1920年代中期以后，北京时局动荡，学者教授大批南下，复因国民政府定都南京，北大颇有衰颓之势。1930年，蒋梦麟被迫辞去教育部长之职，再度出任北大校长，通盘筹划，网络人才，试图实现“北大中兴”。

在1920年代，北京大学几乎一直是蔡元培掌校，在引用人才方面，奉行“兼容并包”主义；在学校制度方面，则推行教授治校制度，以评议会为学校最高权力机关。尤其是在相当一部分时间里，蔡元培并不到校，由在北大根基不深的蒋梦麟代理，[①]评议会更得以在学校行政方面发挥作用，校长则尽量在各派之间保持平衡。

此次蒋梦麟重回北大，态度有了根本转变，完全与胡适等结盟，集结“英美派”的力量，逐步清除“法日派”的影响。这里既有教育、学术理念上的接近，也有着实际的考虑。蒋梦麟辞去教育部长职务，本是政治斗争失利的结果，对于收拾北大这个烂摊子，一开始并无兴趣，最终之所以决定出任校长并能立足，与胡适关系甚大。胡适对于由美国退还庚款组成的中华教育文化基金会有很大影响力，也正是在他的支持下，中基会与北大协定，自1931年起，每年提出二十万元国币，赠与北大，以五年为期。[②]胡适在教育文化各界又有着广泛的人脉，在

① 蒋梦麟初到北大，曾在一次出席教职员会时很谦虚地说，他只是蔡先生派来代捺捺印子的。参见马叙伦《我在六十岁以前》，岳麓书社，1998年，第41页。

② 胡适日记1931年1月13日剪报，见曹伯言整理:《胡适日记全编》卷4,安徽教育出版社，2001年，第12—14页。

网罗人才方面，为北大出力不少，蒋梦麟对其（以及傅斯年）颇为倚重，重大决策多与之商量。据蒋梦麟1950年的回忆：“‘九一八’事变后，北平正在多事之秋，我的‘参谋’就是适之和孟真两位。事无大小，都就商于两位。他们两位代北大请到了好多位国内著名的教授，北大在北伐成功以后之复兴，他们两位的功劳，实在是太大了。”[①] 蒋、胡等人联手整顿，除旧布新，主要体现在两个方面：一是制度更张，一是人事变革。

蒋梦麟时代的北大，从制度建设的角度而言，主要是变蔡元培时代的“教授治校”为“校长治校”。二者相比，前者倾向于削弱、制衡校长权威，以期达到“无论何人来任校长，都不能任意办事”的效果。[②] 众所周知，教授治校制度虽然在北大最早施行，但是最为完备的则是清华大学，后来长期担任该校校长的梅贻琦就积极淡化个人权威色彩，以“王帽”自居，谦称校长就是为教师学生管管桌椅教具的[③]，在校事上少表示个人主见，多采取“吾从众”的态度。[④] 这一制度显然长于预防校长独裁，宜于守成，而不利于变革，尤其是当教授因特定因素（地缘、学缘等）结成派别时，校长往往无力改变现状。校长治校制度则正

---

① 蒋梦麟：《忆孟真》，王富仁等编：《谔谔之士——名人笔下的傅斯年·傅斯年笔下的名人》，东方出版中心，1999年，第34页。

② 蔡元培：《回任北京大学校长在全体学生欢迎会演说词》，高平叔编：《蔡元培全集》第2卷，中华书局，1984年，第341—342页。

③ 梅贻琦的大学理念中，关于淡化校长权威，突出教授、学生的言论颇多，如：“大学者，有大师之谓也”，“一个学校，有先生上课，学生听课，这是主要的。为了上课听课，就必须有些教具以及桌椅之类。因此也需要有人管这些方面的事。一个学校的校长就是管这些事的人”，“当校长就好像一个唱王帽戏的演员，他坐在那里好像很重要，其实戏是别人唱的，他并没有很多的戏。”见冯友兰：《三松堂自序》，《冯友兰全集》第1卷，河南人民出版社，2001年，第287页。

④ 朱自清：《清华的民主制度》，《朱自清全集》第4卷，江苏教育出版社，1990年，第415页。

是要增强校长的权威，为改革确立制度基础，提高行政效率。[①]

1920年代，北大评议会中有“英美派”与“法日派”的分野，相对来说“法日派”略胜一筹。“法日派”干预校政，也主要是通过评议会。蒋梦麟与胡适要改变现状，首先要去除这一最高权力机关，其法理依据是1929年颁布的《大学组织法》。北伐成功以后，国民政府名义上统一了全国，也试图加强对于教育的控制，这一“大学组织法”即大大扩充了校长的权力：校长直接聘任院长，对于各院教员、系主任的聘任有最终决定权，可以直接聘任职员。取代“评议会”的“校务会议”，“以全体教授、副教授所选出之代表若干人，及校长、各学院院长、各学系主任组织之，校长为主席”，并且“校长得延聘专家列席”。[②]校长加上院长、系主任等人，往往已达会议半数，有利于校长集权。此时的蒋梦麟刚辞去教育部长之职，在政治上也得到中央政府的支持，不再是当年蔡先生派来代捺捺印子的了。

胡适显然直接参与甚至是主导了北大的变革，蒋梦麟决定实行加强校长权威的院长制，即是胡适等人劝说的结果。据胡适日记，他对于蒋梦麟作出这一决定表示满意，但对他“仍要敷衍王烈、何基鸿、马裕藻三人”表示不满，认为“仍是他的弱点”，并要傅斯年劝其“努力振作”。[③] 1931年2月25日胡适收到杨振声来信，提到北大改革事项，当晚即“与梦麟，孟真谈北大事”[④]，杨振声的这个计划显然是胡适授意据“部章”制定的。

一个月以后（1931年3月25日夜），蒋梦麟请评议员吃饭，讨论

---

① 蔡元培本人的崇高威望一来是源于其“以清朝翰林为革命巨子，新旧资望备于一身”（梁漱溟：《纪念蔡元培先生》，《忆往谈旧录》，陕西师范大学出版社，2009年，第81页）的身份，二来则源于“思想自由、兼容并包”的学术眼光与气度，相较而言，二十年代的蒋梦麟则要弱势得多。

② 引自宋恩荣等编：《中华民国教育法规选编》，江苏教育出版社，1990年，第416—417页。

③ 胡适日记1931年1月30日，见《胡适日记全编》卷4，第51页。

④《胡适日记全编》卷6，第70页。

实行政府颁布的《大学组织法》及《大学规程》一案，为次日的评议会事先疏通。参加者除蒋、胡二人外，尚有马幼渔、刘半农、贺之才、王仁辅、夏元瑮、樊际昌、王烈、何基鸿。马幼渔显然对变制表示不满，“说话最多”，称“现在自然没有中道可走，只有左或右两条道：右是保存旧法，左是采用政府法令。若一部分用政府法令，一部分又顾全旧制，那是中道，是站不住的”，并追问蒋梦麟变制的理由。蒋梦麟给出三个理由，其中被胡适认为“最有力”的是：“大学组织法是我做部长时起草提出的。我现在做了校长，不能不行我自己提出的法令”。马幼渔提出左右两条道路，表示没有第三条道路可走，显然是想否定变制，维持旧制，只是不便明说而已。胡适立即抓住这一点，明确表态，说“我赞成幼渔先生的话，尤其赞成他说第二条道路，就是政府颁布的法令。有些法令原文不够用之处，可用施行细则补充。”这可见胡适的世故，也可见他此时在和“法日派”的斗争中已完全处于强势的主动进攻地位。评议员们并谈起评议会已通过的议案应如何处置，尤其是“辞退教授须经评议会通过”一条，这牵涉到学校的人事权力归属，非同小可。对此，蒋梦麟以四两拨千斤的方式（胡适称之为“聪明而得体的官话”）回答：“凡是和大学组织法等法规不抵触的议案，自然都有效”，其实是含蓄而强硬地予以否定。[①]

次日正式召开评议会，马裕藻、沈兼士、马衡均未出席，这自然是已经预见到会议结果的缘故。（但马裕藻曾有信给蒋梦麟，特别强调“适之先生赞成我的第二条路，但第一条法也更应注意！”，算是表明立场。）会议顺利通过“本校各项组织及各项办法，自本年七月一日起，遵照《大学组织法》及《大学规程》改定。自四月一日起开始筹备”一案。胡适在当日日记中以胜利者的口吻回忆起 6 年前关于“反章脱部”

---

① 本段据胡适 1931 年 2 月 25 日日记，见《胡适日记全编》卷 6，第 102 页。

的联席会议[①]："我自从十四年秋天出席评议会与教务会议联席会议和李石曾、顾孟馀等争论以后，至今将六年，今年为第一次出席评议会，会所即是六年前吵架的会议室。"[②] 此次评议会议决案两日后在北大日刊发表。至此，"法日派"在制度上完全失败，"英美派"开始在北大占据主导地位。

在具体的学校组织方面，1932 年公布的《国立北京大学组织大纲》即是以《大学组织法》为基础：北大设文理法三学院，院长皆由校长就教授中聘任，系主任由院长商请校长聘任，课务处、秘书处、图书馆课业长、秘书长、馆长及职员亦均由校长任命。大学的校务会议以校长、秘书长、课业长、图书馆长、各院院长、各学系主任及全体教授、副教授选出之代表若干人组织之，校长为主席。校长并有权聘请不超过总人数五分之一的专家列席。[③] 确保了校长对于校务会议的控制力。蒋梦麟曾经向冯友兰说过他在大学发现的一个规律："一个大学中有三派势力，一派是校长，一派是教授，一派是学生，在这三派势力中，如果有两派联合起来反对第三派，第三派必然失败。"[④] 1930 年代的蒋梦麟对于北大学生的许多要求（如参与校政、缓缴学费等）均敢于明确拒绝，关键即在于他在中央政府得到了执政者的有力支持，在北大则依据大学组织法将校长和教授的两派势力"整合"成了一派。

胡适在写于 1948 年的《北京大学五十周年》一文中，曾对于蒋梦麟 1930 年代试图改革实现"中兴北大"的努力做过如下回忆："话说民国二十年一月，蒋梦麟先生受了政府的新任命，回到北大来做校长。他有中兴北大的决心，又得到了中华教育文化基金会的研究合作费国

---

① 在北京大学"反章脱部"的事件中，"英美派"处于下风，最后的决定倾向于"法日派"的意见。

② 本段据胡适 1931 年 2 月 26 日日记，见《胡适日记全编》卷 6，第 102—103 页。

③《国立北京大学组织大纲》，《北京大学日刊》第二八六二号，1932 年 6 月 18 日。

④ 冯友兰：《三松堂自序》，《冯友兰全集》第 1 卷，第 72 页。

币壹百万元的援助，所以他能放手做去，向全国去挑选教授与研究的人才。他是一个理想的校长，有魄力，有担当，他对我们三个院长说：'辞退旧人，我去做；选聘新人，你们去做。'"[①]从这里也可以看得出，蒋梦麟对自身对于大学的掌控力的自信。而所谓的"旧人"，自然是以浙江籍"太炎门生"为核心的"法日派"学人。

据1930年5月的《北京大学职员录》，当年北大主要职员（校长、院长及各系部主任）、教授共54人，其中浙籍人数占19人，超过三分之一。代校长陈大齐为浙籍，属于"法日派"。国文系10人中，浙籍5人，太炎门生4人；史学系4人，浙籍2人；东方文学系2人，浙籍1人。[②]本届评议会13人中，浙籍占7人（王烈、马裕藻、沈兼士、樊际昌、朱希祖、马衡、夏元瑮），此时"法日派"仍然占据主导地位。[③]

蒋梦麟1931年迅速取消评议会，改校务会议为最高权力机构，实行院长制，聘请留学美国的刘树杞为理学院长，[④]留学美、德的周炳林为法学院长。文学院长一职，蒋梦麟一直为胡适保留，在其正式接任前由蒋自兼。[⑤]院长制权力集中，更利于踢开旧人搞变革。胡适1930年代虽然一直对北大事务具有决定性的影响力，但是直至1932年2月15日方才接任文学院长之职，[⑥]同时兼任教育系主任[⑦]。外文系主任先

---

① 胡适：《北京大学五十周年》，《胡适文集》11卷，北京大学出版社，1998年，第812页。

②《北京大学职员录》，王学珍、郭建荣编：《北京大学史料》二卷，北京大学出版社，2000年，第363—373页。

③ 参见《北京大学史料》二卷，第132—151页。

④ 参见《胡适日记全编》卷6，第105页。

⑤《蒋梦麟分别聘请接洽新教授》，《京报》1931年7月31日，《北京大学史料》二卷，第451—452页。

⑥《胡适日记全编》卷6，第176页。

⑦ 教育系主任先由胡适兼领，1934年改为吴俊升。参见《北大昨发表各系主任及教授讲师》（《北平晨报》1932年9月27日），《北大下年度各系教授名单》（《北平晨报》1934年7月10日），分别见《北京大学史料》二卷，第452、455页。

由温源宁担任，但是胡适对温源宁不满，[①] 遂改为蒋梦麟兼领，实际上仍是胡适负责。[②]

国文系和史学系本是以“太炎门生派”为核心的“法日派”的大本营，两系主任马裕藻与朱希祖又是太炎门生中的领头人物，也最早受到冲击。1929 年河北《民国日报》载有北大学生所撰的《警告朱马二教授》一文，予以攻击，二人分别于 7 月 31 日和 8 月 1 日致信陈大齐（当时北大被改名为“北大学院”，陈为院长），请求辞职。8 月 3 日，陈大齐复马裕藻、朱希祖函慰留，二人仍然不愿回任，陈大齐再次致函，分析学生反对之理由不成立，并认为北大精神在于教授治校，系主任乃教授互选结果，不当受学生影响。[③] 9 月 23 日，已经再次被任命为北大校长的蔡元培也分别致函朱、马二人，认为学生会本不应有此种举动，所以完全可以置之不理，并告知此前见学生代表时已经对其进行劝告，并在致学生会函中就此事劝他们“对于学校当局设身处地知其难处，勿轻发无责任之言论以取快一时而妨碍全局”，而且学生已经觉悟，请朱、马二人复职。[④] 随后，北大史学会于 28 日召开会议，议决案中的一条便是“主任问题仍请朱希祖先生继续担任”。[⑤]

学生的驱逐运动，背后往往有教员运作的影子。据谢兴尧忆文，驱赶朱、马运动，即有旧北大教授的参与：

---

① 《北大昨发表各系主任及教授讲师》，《北平晨报》1932 年 9 月 27 日，《北京大学史料》二卷，第 452 页；《胡适日记全编》卷 6，第 53、424 页。

② 《胡适日记全编》卷 6，第 53、428 页。

③ 马裕藻：《国文系主任致院长函》，朱希祖：《史学系主任致院长函》，均见《北京大学日刊》1929 年 8 月 5 日；陈大齐复朱、马二人函均载《北京大学日刊》1929 年 8 月 5 日；《陈代校长致马朱两教授函》，《北京大学日刊》1929 年 9 月 23 日。

④ 分别见《蔡校长致马幼渔先生函》，《蔡校长致朱逖先先生函》，均载《北京大学日刊》1929 年 9 月 30 日。

⑤ 《史学会议决案及职员选举之结果》，《北京大学日刊》1929 年 10 月 2 日。

> 自民十六革军北伐，学界风潮尤为澎湃，新留学回来的，谁都懂得政治手腕，于是设法煽动学生中的有力分子，以群众为后盾，向学校说话，名为请求，实即要挟。这中间凡信仰、同乡，各种关系都有，只要讣闻上所列的那些谊，都用得上，又以主义与党谊的作用，最为激烈，(略)我还记得，似乎有位研究农村经济的新人物，也曾在北大教过书，这时忽又想回北大作教授，学校当局大概是恐怕他戴的红帽子，将来惹起麻烦。没想到这位先生便以学生为斗争工具，来个“霸王硬上弓”，说朱希祖、马幼渔二人把持校政，不肯聘请新人。中间也曾贴标语，闹风潮，末了这位先生还是进来了。[①]

戴着“红帽子”“研究农村经济的新人物”“红色”革命家当指陈翰笙。陈翰笙曾先后留学美国、德国诸大学，获博士学位，1924年回国后在北大史学系担任教职，并与王世杰等人一起办《现代评论》，是当时所谓“最年轻的教授”。据其回忆，北大历史系主任朱希祖曾以十几位学生的名义伪造短信，称：“陈翰笙是南方口音，我们听不懂，他讲课的内容也不适合，不配教授我们！”并将其拿到评议会。陈翰笙先入为主地认定朱希祖“想把我排挤走，要他的留日朋友代替我”。不过值得玩味的是，陈翰笙当时对于朱希祖出示的短信，并不能确定真伪，亦不查实，而是先后和高仁山、王世杰、李大钊、陶孟和、周鲠生诸人商量对策。最后由担任法学系主任的周鲠生聘请其兼任该系课程，如此一来，历史系便无法将其辞退。而对于不去直接核实名单真伪的原因，陈翰笙则借王世杰的话（查实“会把朱希祖搞臭了”）来坐实自己被“伪造排挤”的假定。[②]其实，揆诸常理的话，这份短信上既附有学

---

① 谢兴尧：《红楼一角》，《堪隐斋随笔》，辽宁教育出版社，1995年，第82页。

② 陈翰笙：《四个时代的我》，中国文史出版社，1988年，第28—29页。

生名单，其真伪一问便知，在北大多年屹立不倒的朱希祖即便要排挤陈翰笙，似不至愚蠢至此。从这些方面，我们也都可以看出，当时两个教员群体之间的疏远与误解之深。

1930 年北大历史系又发生了一次驱逐朱希祖运动，并最终迫其离校。12 月 7 日晚，史学系学生致朱希祖函迫其辞职，并在校内张贴标语，散布宣言，次日朱希祖即向代校长陈大齐再次提请辞职，同时撰长文《逐辩“北京大学史学系全体学生驱逐主任朱希祖宣言”》进行回应，并在北大日刊发表。从朱希祖辩文所引来看，“宣言”共“三大纲十四条”，谓“朱希祖决不配干史学系主任”“朱希祖擅变课程”“朱希祖嫉贤妒能排挤教授”，分别攻击朱希祖无学识、无做系主任设置课程的能力、心胸狭窄难以容人导致历史系人才凋零。朱希祖对此几乎逐一辩驳，如对其学识的攻击，主要是集中在其“只四十页的‘史学概论’讲义”。朱希祖认为讲义字数少，是因其“不取浮词泛论，亦不取新式铺排”之故，而且所谓“概论云者，本略叙其大概，至其详细内容，全在口头讲述，否则四十页之书，朗诵一遍，无一字出其讲义之外不过两月即可了事，何以能敷衍一年！”对于自己的学问，朱希祖也颇为自信，认为其中重要断案，皆自有心得，并举其驳正王国维《释史》并为王氏采纳以为证明。至于说其“擅变课程”，盛赞此前课程为“名教授李守常陈翰笙”所厘定，非常完善。这更是对于北大历史系的历史非常隔膜之语，朱希祖即指出当其初任主任时，李守常、陈翰笙尚未来北大史学系为教授，被称为“完善”并归功于李、陈的课程，正是作为史学系主任的朱希祖阅读德国史学家朗泊雷希脱《历史学》一书受到启发而编制。此后的改革，则是因为朱希祖发现此前课程注重灌注而忽略学生的自动精神，有所反思，“宣言”不察，不仅朱冠陈戴，而且对于课程设置的认识也不足。在此也可充分见出，“宣言”并非严谨的批评，鼓吹陈翰笙（李守常已于 1927 年遇害），逢朱必反，有为反对而反对的色彩。至于“嫉贤妒能排挤教授”，则先后涉及陈汉章、何炳松、杨栋林、徐曦、陈垣、顾颉刚、陈寅恪、蒋廷黻、陈翰笙等人，更是将历史系的一切不如意均归诸朱希祖一人。对此，朱希祖也一一答辩。除去战乱、经费等客观原因外以外，具体的人事因素，如陈汉章、顾颉刚不能在北大上课，责任均在学生。陈寅恪、蒋廷黻等均因在清华任教，在外兼课钟点有限，无法增加。“宣言”此部分涉及篇幅最多的仍是陈翰笙，称之为“同学最欢迎的教授，因受朱希祖的排挤，愤而离校”，复校时，学生“要求朱希祖请陈先生回校，而朱则竭力污蔑”，陈翰笙不愿回北大历史系任教，也是因为“不愿和朱希祖共事”，只肯“在经济系担任农业经济两小时”，又因朱希祖散布流言而彻底离去。此段攻击使用无法证伪的“流言战术”，将陈翰笙不来历史系和在经济系中途离去的原因都归结为朱希祖。对此朱希祖将陈翰笙屡次在北大历史系授课的情形联系在一起，称其第一年在北大史学系教课即不终局，“忽传失踪者数月，同学时来要求请人代授其课，第二年亦不终局，忽而隐避不见，此时尚无此种流言也”。而且陈翰笙本是高仁山介绍而来，并同办艺文中学，“陈翰笙先生两次教课不终局，是由于高仁山的原因，高仁山被逮，他也远避他方，考试成绩至今未给，何尝由于排挤”？至于污蔑云云，朱希祖则质问：“至云余诬蔑陈先生，则所诬者何事？质证者何人？不可随便乱说。”[①]

朱希祖的辩驳，应该可以称得上是“有理有利有节”，可是这种驱逐运动本便不是单纯的学生反对教员，而是牵涉到背后隐藏的各种力量之间的博弈。虽然陈大齐仍然一如既往地加以慰留，[②]但此时蒋梦麟已被任命为北大校长，陈大齐本人也正准备辞职。蒋梦麟到校后，召

---

① 朱希祖：《逐辩“北京大学史学系全体学生驱逐主任朱希祖宣言”》，《北京大学日刊》1930年12月8日。

②《史学系主任朱希祖先生致陈代校长书》，《北京大学日刊》1930年12月12日。

集历史系学生，劝其“牺牲主张”，并要朱希祖此后“自行检点”，用语如此，其实是变相将其逼走。[①]

驱赶朱希祖运动，背后除了有陈翰笙的影子外，更重要的是出身北大、曾为朱希祖学生的傅斯年的运作。朱希祖离职后到南京方知自己之被驱是“傅斯年逢蒙之祸”，而据周文玖对与傅斯年关系密切的何兹全的采访，则傅斯年对于鼓动学生驱赶朱希祖并取而代之（史学系主任一职傅暂代后又推荐留美博士陈受颐担任）一事不仅供认不讳，而且“很得意”。[②] 此外，这次风潮所出现的时间也很值得玩味，蒋梦麟与胡适对于驱朱风潮虽未必知情，但正是蒋梦麟掌校这一人事上的大变动，确保了朱希祖的离校。从这两次风潮结局的对比也可以看出，倘不得到学校当局的支持或默许，部分学生或教员的驱逐运动是不可能胜利的。

胡适 1932 年正式接任文学院长一职，后一度辞去，1934 年 2 月蒋梦麟劝其回任，胡适并不同意，表示要“‘避’贤路”。[③] 但是两个多月以后，胡适即到文学院复任院长，并明确向学生代表表示，“如果我认为必要，我愿意兼做国文系主任”。[④] 这主要是跟胡适与蒋梦麟试图变动国文系遇到的阻力有关。当年 4 月 13 日，胡适致信马裕藻，提出改革国文系方案，内容包括收缩课程、降低预算、减少教员三方面，具体为删去第三组，裁并第一组，合并、删除文学组专门科目，讲师去除三分之二，教授减少二三人。[⑤] 马裕藻的回信虽然言辞谦逊，但也自称“在此系范围内十二年之久，亦有一得之愚”，将胡适的建议几乎逐条

---

① 《北大史学系风潮似了未了》,《北平晨报》1931 年 1 月 14 日,《北京大学史料》二卷，第 1725 页。

② 周文玖:《朱希祖与中国现代史学系的建立》,《烟台师范学院学报》2006 年 3 月。

③ 《胡适日记全编》卷 6，第 332 页。

④ 同上书，第 377 页。

⑤ 胡适致马裕藻函,《胡适遗稿及秘藏书信》第 19 册，黄山书社，1994 年，第 245—247 页。

驳回。对于蒋、胡的立足"通盘计划"，马裕藻倾向于强调国文系的特殊性（"国文系在北大以图谋贡献世界者维多。凡关于文字文学及校订文籍诸事，一方面取他人之长补我不足，一方尤当自动努力以其发明为外人之先导。"），没有成规可循，内容须随时增设，所以预算历来较他系为宽。而在具体的操作方面，国文系课程本来为每周107小时，上次院务会议已经减去20小时，缩减幅度较他系为大，胡适主张减至60小时，马裕藻认为太过，希望仍然维持此前的80小时。关于胡适删去第三组的主张，马裕藻也建议暂缓实行，因为这是他自从1925年以来的筹划，今年方才施行，且第三组可以借用第一组的研究成果，所以希望有数年时间试验其效果。至于胡适所云"教员名额都被占满，无从吸收新人"，马裕藻认为"此为人的问题，若果有新血脉输入之必要，尽可随时酌量，似毋庸预留空额也。"[①] 其实胡适要裁撤国文系教员，正是要对其大换血，所谓"掺沙子"，马裕藻的"毋庸预留空额"则是拒绝变动，这也正是胡适下定决心回任文学院长并兼任国文系主任的原因。

胡适在1934年年末的日记中专门作一篇《1934年的回忆》，其中提到北大国文系的改革，称"我兼领中国文学系主任，又兼代外国语文学系主任（名义上是梦麟先生），把这学年的文学院预算每月节省了近三千元。外国语文学系减去四个教授，添了梁实秋先生，是一进步；中国文学系减去三个教授，添的是我、傅斯年（半年）和罗常培，也是一进步"，"中国文学系的大改革在于淘汰一些最无用的旧人和最不相干的课程。此事还不很彻底，但再过一年，大概可以有较好的成绩"。[②]

至此，胡适、蒋梦麟的变革基本成功。"太炎门生"中的核心人物即所谓的"三沈二马一朱"，朱希祖早已驱走，马裕藻被解职架空。截

---

① 马裕藻致胡适函，《胡适遗稿及秘藏书信》第31册，第600—607页。

② 《胡适日记全编》卷6，第428—429页。

至1934年，沈尹默、沈兼士、徐炳昶、钱玄同、马衡、朱希祖均为名誉教授。[1]太炎门生中，只剩下马裕藻和周作人还在北大，胡适复解聘国文系林损、许之衡等旧教授，浙籍学人的力量对于学校的干预力量基本完全清除。

1934年10月11日，朱希祖在的日记中这样写道："忆民国六年夏秋之际，蔡孑民掌校，余等在教员休息室戏谈：余与陈独秀为老兔，胡适之、刘叔雅、林公铎、刘半农为小兔，盖余与独秀皆大胡等十二岁，均卯年生也。今独秀被捕下狱，半农新逝，叔雅出至清华大学，余出至中山及中央大学；公铎又被排斥至中央大学。独适之则握北京大学文科全权矣。故人星散，故与公铎遇，不无感慨系之。"[2]

① 《京报》1931年7月31日，《北平晨报》1934年7月10日，分别见王效挺等著、王学珍等编《北京大学纪事》，北京大学出版社，1998年，第181、209页。

② 朱偰：《五四运动前后的北京大学》，《文化史料》第五辑，文史资料出版社，第185页。

林损离职与学风转移

1934 年 4 月，在北京大学工作长达二十余年的国文系教授林损在获知自己将不再被续聘以后，主动提出辞职，并发表致校长蒋梦麟、文学院长胡适的措辞激烈的公开信，引起轩然大波。由于涉及学术理念的异同和学术派别之争，其中是非曲直，当时便言人人殊。时至今日，隔了数十年历史的烟尘，语境不在，就更容易产生隔膜。本文拟将这一事件置于上世纪二三十年代之交北大文科人事格局变动的背景中，参考当时各方人士看法，兼及报纸的相关记载，尽量逼近历史真相。

一　林损离职的背景

1930 年代，蒋梦麟、胡适短暂的离开后重新回到北大，分别担任校长、文学院长（后来胡适并兼任国文系主任），两人联手整顿，除旧布新，试图实现“北大中兴”。这体现在两个方面：一是制度更张，一是人事变革。从前者而言，是变蔡元培时代的“教授治校”为“校长治校”，增强校长的权威，为改革确立制度基础，提高行政效率。就后者而言，是集结“英美派”的力量，清除“法日派”的影响，而对于此时的国文系来说，“法日派”主要是浙籍学人。

同为浙系，内部也有区别，在当时的北大文科，可粗略分为两类：一是所谓的“太炎学说”派，一是所谓的“温州学派”。“太炎学说”派当然并不是一个严格的群体，包括辛亥革命前与章太炎同办《国粹学报》的同人，如刘师培、田北湖、黄节、黄侃、马叙伦等人，或是所谓的“太炎门生”（与前有重合）。“太炎学说”本盛于东南，在北大乃至整个北方学术界产生影响，始于1913年前后。此前很长一段时间，北京大学（京师大学堂）文科由桐城派主导，林纾、马其昶、姚永概、姚永朴皆曾任教职，姚永概一度担任文科教务长。1912年严复辞职后，校长先后由何燏时、胡仁源接任，胡任命夏锡祺为文科教务长。何、胡、夏三人皆为浙江籍，再加上当时章太炎作为“有学问的革命家”，声望正高，北大大量引入章门弟子，朱希祖、马裕藻、沈兼士、钱玄同、黄侃等陆续进校。沈尹默并未从太炎受业，也因沈兼士的关系被误认，顶着“太炎门生”的招牌执教北大。“太炎门生”相对于桐城派来说，可算是“新人”，进校后很快就展开了“北大第一次的新旧之争”。“太炎门生”长于经史小学，胜于桐城文士的“空疏”，学术既有根底，复有留学经历，当时北京教育界又多为江浙人占据，能在北大取代桐城派占据强势地位，自然不足为怪。

1917年蔡元培掌校以后，大量引进新人，北大遂有所谓“英美派”与“法日派”、浙籍与他籍的对峙。尤其是“英美派”（包括胡适等留学英美的教员）与“法日派”（李石曾等留学法日的教员，太炎一派多与之接近）之间的斗争几乎贯穿整个20年代。留学英国的陈源在“女师大事件”中，刻意强调“某籍某系”，固有“流言”之成分，也可见出当时的北大文科中，“太炎门生”的力量非常之大，“英美派”对于“某籍”的不满由来已久。胡适等虽屡屡引进英美留学生入北大任教，亦很难与之抗衡。1920年6月胡适到南京暑校演讲，陶孟和在致胡适的信中，称沈尹默、马幼渔等人“独断独行”，认为非“除恶务尽”不可，敦请胡适“暑校完事，务必早日归来为妙”。[1]胡适自己在日记、书信中，对于沈尹默等人亦屡有谴责之语，对于蒋梦麟与之接近深表惋惜。

---

①《陶孟和致胡适》，《胡适来往书信选》上，中华书局，1979年，第97页。

关于“温州学派”，胡适晚年曾予提及：“你不要以为北大全是新的，那时还有温州学派，你知道吗？陈介石、林损都是。……后来还有马序伦（引者注：即马叙伦，原文如此）。”[1]陈黻宸（介石）是温州人，当时号称大儒，与章炳麟、宋恕等人皆有交往，马叙伦与汤尔和都是他在浙江求是学院时的学生，后来一起在上海办《新世界学报》。蔡元培回国担任北大校长，便与他们师弟三人有关。[2]汤尔和虽然不在北大，但对于当时的北京教育界有很大的影响力，尤其是蔡元培一度对他言听计从。陈黻宸的外甥林辛（次公）、林损在1913年后一起同在北大教书，所谓“师友昆季，世罕厥俦”[3]。他的侄子陈孟冲后来也曾担任北大教席。[4]只是陈黻宸去世较早（1917年），林损饮酒使气，马叙伦屡次离开大学担任行政职务，所谓“温州学派”其实不成气候，无论从人数还是凝聚力方面，都不能与“太炎门生”（“法日派”）或“英美派”相提并论，很多时候可看作附属于太炎一派。

30年代的蒋梦麟不再如20年代那样在各派之间保持平衡，而是有着明确的倾向性，与胡适、傅斯年等人结盟，在人事上清除浙籍学人影响，重新集结英美派力量。这里既有教育、学术理念上的接近，也有实际的考虑。蒋梦麟离开南京，本是政治斗争失利的结果，并不愿意执掌北大，最终之所以肯出任校长并能立足，源于胡适的鼓励与支持。胡适利用其对由美国退还庚款组成的中华教育文化基金会的影响力，为北大争得一百万元资助，[5]并积极网罗人才。蒋梦麟对他颇为倚重，重大决策多与之商量。

---

① 胡颂平编：《胡适之先生晚年谈话录》，中国友谊出版公司，1993年，第61页。

② 马叙伦：《我在六十岁以前》，岳麓书社，1998年，第35—36页。

③ 徐英：《林先生公葬墓表》，卞孝萱等编：《民国人物碑传集》，团结出版社，1995年，第471页。

④ 陈汉章：《国立北京大学教授陈君墓志铭》，《民国人物碑传集》，第457页。

⑤ 胡适日记1931年1月13日剪报，曹伯言整理：《胡适日记全编》卷4，安徽教育出版社，2001年，第12—14页。

由于二三十年代之交的大变动，北大学人或离京南下，或在其他大学兼职，甚至专任他校教授，在北大反为兼职。1930 年代初仍专任北大教授的太炎门生只有马裕藻、朱希祖、周作人等人。“太炎门生”中被后人视为核心的是所谓的“三沈二马一朱”，其中沈尹默以长于权术著称，有“鬼谷子”之名，此时已离校，马裕藻与朱希祖则长期担任文史两系主任，根深蒂固。驱逐朱、马二人的运动从 1929 年即已开始，最终以朱希祖的离去而告终。马裕藻是好好先生，人缘佳，屡驱不去，蒋梦麟也并不打算与之撕破脸皮，只是将其架空，先是以校长身份兼任文学院长，后改由胡适担任，最后胡适再以院长身份兼任国文系主任。对于其他在他校担任专职者，则聘为名誉教授，到 1934 年为止，沈尹默、沈兼士、徐炳昶、钱玄同、马衡、朱希祖均被聘为名誉教授。[①] 太炎门生中，只剩下马裕藻和周作人还在北大，浙籍学人对于学校的干预力量基本完全清除。林损的解职，正是在这一背景中出现的。

二 林损解职与胡适的关系

胡适 1930 年代对北大事务有决定性影响，后又任文学院长兼国文系主任，蒋梦麟在用人方面对其几乎言听计从。北大的人事格局，实由胡适奠定。林损解职，时人多认为与胡适有关。学生辈的谢兴尧在 40 年代即有追忆：“（马裕藻）后来调和新旧，尤费苦心，新的胡博士那一班子人马，老在旁边挑眼，旧人如晦闻先生（黄节）不言不语，只有公铎（林损）好发高论，到处给主任闯祸，并且因为作讽刺诗得罪校长，（公铎曾以全诗示余，惜未抄录，好像有‘莫教文君泣前鱼’句。时蒋氏正‘陶醉’于燕尔新婚也。）幼渔虽尽了最大的调护之力，而结

---

① 《京报》1931 年 7 月 31 日，《北平晨报》1934 年 7 月 10 日，分别见王效挺等著、王学珍等编：《北京大学纪事》，北京大学出版社，1998 年，第 181、209 页。

果是公铎留‘讨胡函’而去职，幼渔连带离位。胡老博士亦亲自出马，由文学院长兼国文系主任。”[①] 另一位北大的老学生张中行在80年代的忆文中则认为胡适解聘林损是“自己有了权，整顿，开刀祭旗的人是反对自己最厉害的，这不免使人联想到公报私仇”[②]。平辈之中，如黄侃、马叙伦诸人，皆认为此事与胡适直接相关。1934年4月19日黄侃从学生黄健中处看到郑奠关于林损事件的来信，又看报纸得悉林、胡相争详情。两日后，黄侃又得到另一学生陆宗达（颖民）来信，其中亦专门说及胡适。[③] 马叙伦在忆文中也称：“盖攻渎有节概，犹是永嘉学派遗风也，既不肯屈己附人，而尤疾视权势，其在讲堂有刘四骂座之癖，时时薄胡适之，卒为适之所排而去。”[④]

当然也有论者认为，林损之被解聘，乃全因其人性上有弱点，不肯在学术上用功，被辞退理所应当，乃校长蒋梦麟决策，与胡适无关，其重要佐证即是胡适在写于1948年12月13日的《北京大学五十周年》一文中曾提到蒋梦麟的一句话：“辞退旧人，我去做；选聘新人，你们去做。”[⑤]

黄、马、谢、张诸人出于学术理念或学术派别的关系，对于胡适的

---

① 谢兴尧：《红楼一角》，《堪隐斋随笔》，辽宁教育出版社，1995年，第81—82页。不过谢文认为马裕藻“离位”是受林损“连带”，不太准确。其实胡适、傅斯年等人早有削弱马裕藻权威之意，而胡适、蒋梦麟关于国文系改革的理念也与马裕藻相左。（参见1934年胡、马关于改革国文系的通信。耿云志主编：《胡适遗稿及秘藏书信》，黄山书社，1994年，第十九册，第245—247页；第三十一册，第600—607页。）傅斯年则更为激烈，曾给蒋梦麟写信称“马丑恶贯满盈久矣”，“似乎一年干薪，名誉教授，皆不必适于此人”，要“乘此除之”，并主动请缨，要担任急先锋。这也可以看出双方门户意识之深。（《傅斯年致蒋梦麟》，《胡适来往书信选》下，中华书局，1979年，第531页。按：此信下注写作时间约为1931年，不确，当为1934年）。

② 张中行：《胡博士》，《负暄琐话》，黑龙江人民出版社，1986年，第35页。

③ 黄延祖辑：《黄侃日记》下，中华书局，2007年，第981、983页。

④ 马叙伦：《林攻渎》，《石屋馀瀋》，上海书店，1984年，第205页。

⑤ 程巢父：《张中行误度胡适之》，《思想时代》，华夏出版社，2004年，第178—182页。

看法或许不免偏颇，但身处当时文化教育界的语境之中，一致将林损解职与胡适直接联系，绝非空穴来风。而蒋梦麟所谓的“辞退旧人，我去做；选聘新人，你们去做”更多的也只能视为勇于任事（胡适也正是在这个意义上引用此语），而不宜看作严格的职责分工。辞旧与迎新本是一体两面，无法截然分开。

当然，最直接的证据还应是来自胡适本人。查其1934年5月30日日记，明确记载“商定北大文学院旧教员续聘人数”，不续聘者为“梁宗岱、Hewvi Frei、林损、杨震文、陈同燮、许之衡”。[①] 林损离职，直接源于胡适的决策，殆无疑义，需要进一步探究的，是去职的原因与学风和学派之间的关系。

三　不同的学术评价标准：新学与旧学·考据与词章

胡适对林损有过形诸文字的直接评价，一次是称他和陈介石“舅甥两人没有什么东西，值不得一击的”，另一次则称“公铎的天分很高，整天喝酒、骂人、不用功，怎么会给人家竞争呢？天分高的不用功，也是不行的，章太炎、黄季刚，他们天分高，他们是很用功的啊。公铎当我面时，对我很好，说，‘适之，我总不骂你的。’”[②] 胡适的评价，包括两个层面：一是道德上，脾气大，好骂人，甚至有表里不一之嫌；二是学术上，林损属于守旧派，天分虽高，却不肯用功，没什么学问。

林损好饮酒，当无疑问，连同样嗜酒的黄侃都对其颇为忧虑，在日记中屡屡记下“公铎甘酒，略无醒时，可虑”（1932年2月28日），“似此纵酒，宜讽谏者也”（1934年9月23日），“林公铎纵饮，讽谏之”（1934年12月16日）[③] 等语。林损性格上有名士气，好骂人，亦属实

---

① 《胡适日记全编》卷6，第388页。

② 胡颂平编：《胡适之先生晚年谈话录》，中国友谊出版公司，1993年，第61、223页。

③ 黄延祖辑：《黄侃日记》，中华书局，2007年，第779、1024、1041页。

情，这一点即便是与其亲近的人，也不讳言，如马叙伦。学生辈的张中行认为“林先生傲慢，上课喜欢东拉西扯，骂人，确是有懈可击”。[①]同事周作人说他“脾气的怪僻与黄季刚也差不多，但是一般对人还是平和，比较容易接近得多。”[②]“学衡派”的吴宓文化理念与林损接近，对其一度钦佩无极，但同居一宅后，“林既不履行经济及其他之义务，且醉则多言，终夜不寝，命令无时”，生活上多受牵累，深有不满。[③]可见林损在生活小节上，的确多有不当之处，不过骂人则主要指向当权者，很少直接针对生活中的普通人。

至于林、胡二人的关系，由于文化理念和所属学术阵营的不同，嫌隙已久，这从上文所引诸人的回忆文字中可以得到一致的证实。另外尚可补充一则具体事例：1920 年，有北大学生孔嘉彰因升班事对林损不满，致信胡适，朱希祖将此信前两页示于林损，林因其内容猜得孔生姓名，并认为此事与胡适有关，大闹起来，胡适向朱希祖抱怨，朱希祖为此专门回信解释、道歉。[④]

在具体的解聘事件过程中，林、胡二人的反应也大不相同。林损分别给蒋梦麟、胡适写了言辞激烈的公开信：

> 函蒋梦麟　梦麟校长左右，自公来长斯校，为日久矣，学生交相责难，痛不敢声，而校长隐加操切，以无耻之心，而行机变之巧，损甚伤之，忝从执御，诡遇未能，请从此别，视汝万春，林损。
>
> 致胡适书　适之足下，损与足下犹石勒之于李阳也，铁

---

① 张中行：《胡博士》，《负暄琐话》，黑龙江人民出版社，1986 年，第 35 页。

② 周作人：《周作人回忆录》，湖南人民出版社，1982 年，第 456 页。

③ 吴宓：《吴宓日记》卷三，生活·读书·新知三联书店，1998 年，第 59、195—196、254 页。

④《朱希祖致胡适》，耿云志编：《胡适遗稿及秘藏书信》，黄山书社，1994 年，第二十五册，第 307—310 页。

> 马金戈，尊拳毒手，其寓于文字者微也，顷闻足下又有所媒孽。人生世上，奄忽如尘，损宁计议于区区乎。比观佛书，颇识因果，佛具九恼，损尽罹之。教授鸡肋，弃之何惜，敬避贤路，以质万明，林损。①

胡适则显得非常淡定，其回信也相当理智，对于“尊拳毒手，其寓于文字者微矣”和“顷闻足下又有所媒孽”等语，表示“不懂”，对于其“敬避贤路”之语，则云“敬闻命矣”。② 此外，查这一时期的胡适日记，也毫无关于解聘林损事件的记述，胡适给林损回信的当天，日记中只记了阅读郑珍《巢经巢文集》，以及陈东原、徐中舒来访，对于林损事件只字不提。③

林、胡二人表现的不同，既可以看出性格的差异（林损的激切与胡适的温和），更反映出两人及各自所代表的学术派别在文化界的位置。胡适其时在文化教育界举足轻重，更决定北大（尤其是文科）教员的去取，在斗争中是胜利方，一封充满牢骚气的书信对其实际上造不成伤害，自易从容。林损只是普通教授，是失败者，被胡适的“敬闻命矣”结结实实地砸了饭碗，难免激烈。不惟如此，在当时的学术场域中，新派相对于旧派也处于强势地位。这些因素共同制约着林胡二人的公众表现。

至于学术评价，林损的确属于旧派，但是说其没有学问，则不免门户之见。所谓“各人花入各人眼”，由于文化理念不同，学术判断标准

---

① 《申报》1934年4月19日，王学珍、郭建荣编：《北京大学史料》卷2，北京大学出版社，2000年，第480—481页。

② 《胡适来往书信选》中，中华书局，1979年，第237页。当然，在此前后，胡适帮助梁宗岱的原配夫人与梁打官司，北大同时解聘的梁宗岱、许之衡等人，或是与胡适有嫌隙，或是学术理念不一，在胡适自己看来，这些自然“无不可对人说”，但在林损看来，恐怕就算是“有所媒孽”了。

③ 《胡适日记全编》卷6，第368—369页。

相异，对同一学人的判断常有霄壤之别。马叙伦称林损在北京为教授，“先后二十余年，学生中喜新文学者排之，喜旧文学者拥之，其得于人亦有在讲授之外者”。[①] 1934年4月17日，在得知林损辞职后，北大国文系的学生十人立即自发赴林宅要其打消辞意，未果。后经过开会，选举代表四人谒见蒋梦麟，请求挽留林损。林损对学生的态度，也颇具师范，辞职后发表的《布告学生》书，不失风度：“来学诸公览，损即日自动辞职，凡选课者，务祈继续自修，务旷时日，以副平素，区区之望，是所至祷。”[②] 可见，林损的脾气，的确只指向权势者，对于学生，不乏爱护，虽非学术明星，却也颇得爱戴。

作为旧派学者，林损既研习经史之学，又长于词章，尤以后者为人所识，马叙伦认为他“学不醇而长于诗文，倚马千言，八叉成诵，洵不虚也。其文畅达，位置当在魏叔子、邵青门间，时亦有汪容甫风格，诗则才华斐赡，深于表情”。[③] 吴宓初与之交谈，即“甚佩其人”，以为“此真通人，识解精博，与生平所信服之理，多相启发印证，甚慰”。[④] 林损的学生徐英所作《林先生公葬墓表》对其学行多有阐发：

> 光复初，北京大学校长胡仁源，慕先生之学行，以为陈亮、叶适，不能过也，乃聘先生为文学教授，时陈公与辛亦并主讲席。师友昆季，世罕厥俦。京师故人文渊薮，而大学尤名师所聚。一时朋辈如陈汉章、刘师培、黄侃、黄节、吴梅、钱夏、张尔田之流，或以经史著，或以辞章显，或骋骥騄而奋风云，腾英声而懋芳懿。而先生以弱龄周旋其间，吐纳百氏，提衡道儒，讲学之暇，潜心著述。

---

① 马叙伦：《林攻渎》，《石屋馀瀋》，上海书店，1984年，第205页。

② 《申报》1934年4月19日，《北平晨报》1934年4月26日，1934年4月18日，分别见王学珍、郭建荣编：《北京大学史料》卷2，北京大学出版社，2000年，第480、435、1866页。

③ 马叙伦：《林攻渎》，《石屋馀瀋》，第205页。

④ 吴宓：《吴宓日记》卷三，第59页。

尤其强调其学术上的造诣为词章文采所掩，不为世人所识：

> 先生含茹名理，从容道术，既望古而遥集，遂并世而分流。故虽揖让贤豪，名满天下，而知其学术者，未易多觏。大氏惊其华藻，奇其文章，则以为舒、向、渊、云，同符曩哲；博辨纵横，辞旨艳发，则以为惠、析、秦、仪，俯愧来裔。或偶聆玄旨，乍接名言，则又比德于文、列，齐类于马、龙。而于其大经大本，至道绝诣，诵数以贯，思索以通者，转皆掩匿而不可见。呜呼！世不知学，盖亦久矣。[①]

林损被北大解聘后，一两个月内即得到中央大学聘书，此中固有黄侃周旋之力，更主要的还是其学问能得到东南学人的认可。同理，许多新派学人的学术造诣，在旧派眼中，也难得认同。胡适本人即曾被章太炎认为"无根"，柳诒徵对于胡适、顾颉刚发起的"疑古"思潮，多有批评。即便是今日被学界公同视为国学大师的王国维，在陈伯弢、黄侃等人看来，其经史修养也颇为可疑。[②]

林、胡之分除新旧分歧以外，尚有考据与词章之别。胡适内承考证传统，外援科学精神，用实证之法研究文学，使考据之风弥漫学界，林损则显然更长于词章之学，[③] 胡适以考据之眼看词章，认为林损学问空疏也就在所难免了。

在胡适引进的新人中，也有学术上无论是从新派还是旧派立场看来都不能令人信服者。北大与中基金合作后，研究教授待遇最高，也最为难得。第一次共聘请十五人，国文系三人，其中徐志摩就很有争

---

① 徐英：《林先生公葬墓表》，卞孝萱等编：《民国人物碑传集》，团结出版社，1995 年，第 471—472 页。

② 参见《黄侃日记》中，第 313 页。

③ 如前引马叙伦称其"学不醇而长于诗文"，徐英在墓表中刻意强调林损学术为文章所隐，也应当是有为而发。

议，经胡适力挺方才当选，据胡适日记，“志摩之与选，也颇勉强”，随后胡适又自我解释式地写道：“但平心论之，文学一门中，志摩当然可与此选。”[①] 如果遴选诗人、文学家，徐志摩与选或许无可厚非，但选择研究教授，则无论从何种角度，徐志摩都必然“勉强”。另一显例是梁实秋，胡适几乎一到北平就开始极力为北大罗致，凡事均与胡共进退的傅斯年心底里对此颇不以为然，在给蒋梦麟的信中说：“梁实秋事，如有斯年赞成之必要，谨当赞成。若询斯年自己见解，则斯年疑其学行皆无所底，未能训练青年。此时办学校，似应找新才，不应多注意浮华得名之士，未知适之先生以为如何？（朱之实学恐在梁之上。）”[②] 梁实秋尚且被认为“学行皆无根底”，则更不必说徐志摩了。[③]

四 结 语

比较蔡元培与蒋、胡时代的北大，人事格局与学术风气的差异相当明显。蔡元培更注重制度的力量，试图通过建立完善的“教授治校”制度，形成良好的大学传统。新文化运动前后，新派尚处于弱势，蔡元培实行“兼容并包”，但是“兼中有偏”，保护新派，又能欣赏旧派。各种学风并存，教授中多跨专业的通人。而蒋、胡时期，则更注重领袖的作用，不免乾纲独断，变“兼容并包”为“一枝独秀”，门户俨然，学术上则致力于专业化、专家化。[④]

---

① 《胡适日记全编》6，第 141—142 页。

② 《傅斯年致蒋梦麟》，《胡适来往书信选》下，第 531 页。

③ 当然，胡适的办学理念其实与傅斯年不同，胡适选择徐志摩、梁实秋除去人情因素外，亦有其学术上的考虑，主要是试图增强大学中文系文学创作与欣赏的部分，以弥补过分注重考证之弊。此处引用，只为说明学术立场与文化理念对于学术评价的影响。学术上为傅斯年称道的朱光潜后来也正是因胡适的赏识而得以进入北大。

④ 在刻意强调专业化、专家化方面，胡适与傅斯年略有分歧，后者对于这方面的追求更为急切，态度也更为激烈，胡适则仍在一定程度上保留着五四遗风。

当然，胡适在具体的人事操作上，或不免偶有人情、门户的成分，但总体来说，终究不失光明磊落，于教育、学术上皆有主张、有坚守，非普通所谓党同伐异、培植私人者可比。他和蔡元培根本的区别，并非在气度的广狭，而在于才性之不同。胡适晚年常说“容忍比自由更重要”，但在蔡元培那里，或许根本不存在刻意的“容忍”，而是自身兴趣使得其对于各种学术均能有所会心。这一点，梁漱溟的论述最为切当：

> 关于蔡先生兼容并包之量，时下论者多能言之。但我愿指出说明的：蔡先生除了他意识到办大学需要如此之外，更要紧的乃在他天性上具有多方面的爱好，极广博的兴趣。意识到此一需要而后兼容并包，不免是人为的（伪的）；天性上喜欢如此，方是自然的（真的）。有意的兼容并包是可学的，出于性情之自然是不可学的。有意兼容并包，不一定兼容并包得了。唯出于真爱好而后人家乃乐于为他所包容，而后尽复杂却维系得住。——这方是真器局，真度量。[①]

所以蔡元培长北大，校中派别林立，却能共存，虽然矛盾重重，终有百家争鸣的活泼之气。胡适本身即在门户中，北大自不免一派独大，略失生机了。

① 梁漱溟：《纪念蔡元培先生》，《忆往谈旧录》，陕西师范大学出版社，2009年，第82页。

第二辑

“五四”以后发展起来的文学研究考据化倾向，以清人治经学的方法研究小说、戏曲等通俗文学，一方面固然有利于提高白话文学的地位，但另一面也将研究对象“化石”化，使之与当下的文学创作隔开。这一风气在大学中文系和文学研究者中造成的影响即是重考据而轻欣赏、批评，重新史料的发现而轻旧知识的理解、贯通，重作者身世、题材演变的考察而轻审美层面的体味、涵泳，重外部研究而轻内部研究，使得文学研究支离破碎，难免买椟还珠之讥。

——《胡适与文学研究考据化倾向》

1990年代以来鲁迅研究中的自由主义与后殖民理论

一

思想学术界的风气转换，往往如同宋人所说“扶醉人”，“扶得东来又倒西”，令人研究起来，颇有“箦中死尸能报仇”之叹。1990年代以来，由于世界范围内政治形势的变化，海外“告别革命”思潮的影响，长期被污名化的“自由主义”开始以正面形象为大陆学界所接受。官方的意识形态定位，也从“革命至上”转向追求秩序，于是稳定压倒革命，为自由主义思想的传播和接受留下一定的生存空间。这一风气在鲁迅研究领域的影响之一，便是不少研究者开始以“自由主义”或胡适的标准来评判、剪裁鲁迅。

这样的鲁迅研究产生出两种流弊：一是以自由主义教条指摘鲁迅，即将鲁迅与自由主义的教条一一对比，证明他不符合自由主义思想，由此证明他不懂自由民主，不够现代，所以难免（难怪）与专制主义合流，从而认为今天鲁迅的遗产（和革命遗产一起）需要反思甚至清算。另一种倾向则恰恰相反，虽然也将自由主义看作正面价值，但是努力将鲁迅向自由主义靠拢，从鲁迅作品中寻找证据，证明鲁迅热爱自由，与革命反倒貌合神离，所以鲁迅才是真正的自由主义者——他不仅符合自由主义的标准，甚至比那些一贯被冠以“自由主义者”称号的文人如胡适等人更自由主义。这两种倾向看似截然相反，其实内在有着相通之处，即都是将鲁迅置于自由主义理论的视野中审视，以自由主义价值观念作为评价鲁迅或是胡鲁比较的唯一标准，只不过对于“自由主义”和鲁迅的理解不同，所以才产生相异的结论。

由于胡适被视为中国自由主义的领军人物，而鲁迅则被视为左翼文学、革命文学的旗帜，所以鲁迅与自由主义的关系研究，又往往演变为胡鲁比较学，或者说是胡鲁 PK 学。较早在这一领域耕耘并产生较大影响的是李慎之先生。

胡鲁比较，首先是将胡适和鲁迅置于中国现代史、中国革命史的发展过程中，比较二人所起到的作用，有一些“革命”当事人（如李慎之先生）并且将这种反思和对自身思想发展历程的检讨结合起来，以证实鲁迅及其弟子们对“革命”潮流的推动和“进步青年”的误导。这种“现身说法”因其自我反思的真诚，更容易引起人们的同情和共鸣。由于“革命”遇到了挫折，并且以“革命”的名义产生过专制主义，自由主义所包含的自由、民主、法治被认为是中国走向现代的必备要素。而鲁迅和鲁迅所接近的“革命”与此一度对立，自然就被认为是落了下乘。鲁迅和胡适也就因各自从属的潮流分了高下。在这种思维的观照之下，“毛”的价值正是由其所依附的“皮”决定的。

胡适与鲁迅的高下之分，常常是从教育出身上去找根源的，这也就是这些年被说得比较多的英美派留学生与法日派留学生的区别。落实到胡适和鲁迅的层面，因为鲁迅留学的是明治时期的日本，民主极不成熟，鲁迅自然不可能懂得自由民主。而胡适留学的美国，是“天生的现代国家”，所以胡适“天然地站在历史的制高点上”。[①]

关于胡适和鲁迅的“破”与“立”以及鲁迅思想的分期，也就有了新的评价。说鲁迅只有“破”而无“立”，胡适则有“破”有“立”，自

---

① 李慎之在《回归“五四” 学习民主》（《书屋》，2001 年 5 期）一文中倡导此论，韩石山的《少不读鲁迅，老不读胡适》一书对此大加阐发。

然是老生常谈。这一时期加进的新因素则是，1920年代末鲁迅“转向”后，30年代“三十而立”，不过“立”的是受到瞿秋白、冯雪峰等人误导的“美丽新世界”，而这“新世界”在人间的影像又已失败，则这种“立”似乎还不如不“立”。由此牵连到关于鲁迅“向左转”的评价问题。[①]

关于鲁迅思想分期的权威叙述一直是对瞿秋白的延续，即鲁迅在二三十年代之交由“进化论”转向“阶级论”，由旧民主主义者变为马克思主义者。新世纪自由主义视野下的鲁迅研究对此其实仍然予以继承（李慎之等人本身就是“革命中人”，价值判断虽变，思维方式却仍然延续），只不过以前的革命叙事是肯定后期鲁迅，否定或至少是淡化前期鲁迅，此时则更倾向于肯定前期鲁迅，即“五四”鲁迅，因为那时候鲁迅革命色彩还不浓，还保留着和胡适接近的“自由主义”色彩。

自然，由此引发开来的胡鲁比较，牵涉甚广，譬如二人性格的不同（胡适容忍，鲁迅刻薄）；学生成就有高下（胡适学生中学者多，鲁迅学生则多昙花一现）；语言风格不同（胡适明白晓畅，鲁迅佶屈聱牙）；胡适敢骂权贵，鲁迅则从不敢骂，甚至在“新月派”反对“约法”时施以冷语，有“不许革命”之嫌，等等。要之，先悬一胡高于鲁的大胆假设，再搜集证据。

这样的“研究”，其缺陷也是显而易见的。其一，这是一种功利主义的批评，是以学术能否直接为政治所用为标准，在思维方式上与1980年代以前流行的胡鲁评价并无二致，只不过以前是因鲁迅有用于“革命”所以大加赞扬，现在则因其无用于“法治”而加以贬斥。

后期鲁迅一直游离于体制之外，远离中枢，胡适则脚踏政学两界，既是学界导师，也是天子诤臣，若论“经世致用”，自然是鲁不如胡，何待比较而后方知？而既已做了有罪推定，判定胡优鲁劣，则二者比较的种种论据，就不免流于附会，拟于不伦。胡适与鲁迅在现实社会、

① 李慎之：《回归“五四” 学习民主》。

政治中的位置不同，干预社会的方式也不一样，将二者妄加比较，以此之长攻彼之短，是再容易不过的事情，但也不免于使秀才战大兵，令孔子与老农论稼穑。譬如说鲁迅的弟子在学术界影响不如鲁迅，便非常可笑，胡适长期在教育界占据重要位置，几乎对中国最重要的教育资源都有支配权，鲁迅不过在大学代过几年课，此后迅速离开教育界，比较弟子，尤其是比自然科学研究的弟子成就，结果有何意义？如果比较二人在文学界产生的影响以及对后人的滋养，胡鲁二人的位置自然要完全逆转，只不过在李慎之看来，鲁迅的文字所载之“道”既是负面的，则其影响越深，负面效果便也就越大了。

其二，以结果逆推过程，以倒放电影式的历史“后见之明”品评历史当事人，缺乏将研究对象置入具体历史语境加以考察的体贴和“理解之同情”。因为“革命”遇到了挫折，产生了负面的效果，于是便将与之接近的思想、人物通通捆在一起，予以清算。其实倘若以此思维，则胡适等人的“自由主义”在历史上早已失败，又何必在今日卷土重来？

其三，也是最重要的，这种批评，乃是将历史上的思想、人物都视为政治的附庸，以政治势力、阵营划分楚河汉界，不肯进入研究对象的内部世界，详细梳理其与所反对、所接近的集团的关系，因而忽略了历史人物丰富的个性，而将其扁平化、标签化。鲁迅的“左转”，绝非如一些批评者所说的，或是为特定的政党势力所捧因而不肯说其坏话，[1]也不是被创造社攻击而“投降”，更不是为瞿秋白、冯雪峰等人“误导”而“委身”“依附”于一种政治势力和历史潮流。用瞿秋白的话说：“鲁迅从进化论进到阶级论，从绅士阶级的逆子贰臣进到无产阶级和劳

① 如鲁迅的老友陈独秀便认为，“鲁迅之于共产党，无异吴稚晖之于国民党，受捧之馀，感恩图报，绝不能再有不计利害的是非心了”。见王凡西：《双山回忆录》，现代史料编刊社，1980 年，第 207 页。

动群众的真正的友人，以至于战士，他是经历了辛亥革命以前直到现在的四分之一世纪的战斗，从痛苦的经验和深刻的观察之中，带着宝贵的革命传统到新的阵营里来的。”[①] 易言之，即便是在瞿秋白看来，鲁迅和“革命”的关系，也只可视为“合作”，而绝非被招安后沦为“革命”的附庸。所谓的“宝贵的革命传统”便是他加盟“革命阵营”的股本。他在接近“革命”的同时也必然以他“宝贵的革命传统”审视乃至改造“革命”。这种“宝贵的革命传统”，“历年的战斗和剧烈的转变给他许多经验和感觉，经过精炼和融化之后，流露在他的笔端”。这具体包括“最清醒的现实主义”“‘韧’的斗争”“反自由主义”“反虚伪的精神”。[②] 而这种深刻的难以被任何现成理论、主义归化的“感觉”“经验”，对于当时革命阵营盛行的对于苏联马克思主义理论教条的迷信而言，正是对症之药。而“清醒的现实主义”所包含的“睁了眼看”、对于“瞒和骗”的揭破，其批判的锋芒也绝不仅仅是封建主义的“大团圆”，自然也包括了裹着新理论、新思想外衣借尸还魂的“未来黄金世界”的虚假幻想。用日本学者竹内好的话说，鲁迅本质上是一个文学者，他的转换，并不具有决定性，“通过他的变化所表现出来的东西，比他的变化本身更重要”。[③] 马克思主义虽然使他“摆脱了早期的尼采主义的影响，但他那虚无主义的本质却并没改变。和其他新思想一样，马克思主义也并没带给他解放的幻想。在与黑暗的格斗中，阶级斗争说虽有助于强化他的战斗力，却没能使他具体描绘出一个理想社会来。它是武器，是手段，不是目的”。[④]

其四，这种批评，虽然努力试图与依附于政党政治的文学批评划清界限，实则与之暗通款曲，其典型表现便是胡鲁比较、自由主义与左

① 瞿秋白：《瞿秋白文集》文学编，第三卷，人民文学出版社，1989 年，第 115 页。

② 同上书，第 116、117—119 页。

③ 竹内好：《近代的超克》，李冬木等译，生活·读书·新知三联书店，2005 年，第 110 页。

④ 同上书，第 150 页。

翼革命比较中显现出来的二元对立思维。这种批评评价历史人物常如稚子看戏，非要于戏中看出一个好人一个坏人，好人自然是通体伟大，坏人则是坏到透顶。只不过以前的批评中，胡适充当了坏人的角色，现在风水轮流转，坏人轮到鲁迅来当。历史如同翻烙饼。譬如有一本编著，标题就显出二选一的站队意味：胡适还是鲁迅。对这种于胡鲁之间非此即彼的倾向，已有不少批评，如认为胡鲁之间自有相通之处，胡鲁并不截然对立，亦可互补，为何不能“胡适鲁迅我都爱”（张曼菱一篇文章的题目）等等？

二

自由主义思想影响下的鲁迅研究的另一个倾向，则是努力地将鲁迅证明为自由主义者，甚至是比胡适文人集团更接近于自由主义的自由主义者，同时尽量撇清鲁迅与左翼革命的关系，着力发掘晚年鲁迅与左联的矛盾，以显示鲁迅与“革命”之间并不合拍。这样的研究，自然是出于一片爱护鲁迅之心。不过这样的解释很显然最先会遇见一个问题，即鲁迅自己对待自由主义的态度：他终其一生都对自由主义不抱任何好感。他在1907年即将竞言武事和制造商估、立宪国会视为辁才小慧之举，认为现代民主制度的偏执横施中国可能会导致以众凌寡。[①]1928年介绍日本人鹤见祐辅的《思想·山水·人物》时，他又一再表示出对作者提倡的“自由主义”“不了然”，对于书中的一篇《说自由主义》，称为“并非我所注意的文字”，以为瞿提（即歌德）所说的“自由和平等不能并求，也不能并得的话，更有见地”。[②]在1929年的另一篇文章中，他更将“高唱自由主义的‘正人君子’”和“‘打发他

① 鲁迅：《鲁迅全集》第一卷，人民文学出版社，2005年，第45—47页。
② 鲁迅：《鲁迅全集》第十卷，第299—300页。

们去'的'革命文学家'"并列在一起，表示了嘲讽。[1]而在瞿秋白的《〈鲁迅杂感集〉序言》中，"反自由主义"是被当作鲁迅带进新阵营的宝贵的革命传统的。（当然，在瞿秋白这里，"自由主义"意味着中庸、妥协、市侩。）[2]

把鲁迅界定为"自由主义者"的另一个重要话语来源，是胡适在50年代的一次谈话，他在那次谈话中对周策纵说："鲁迅是个自由主义者，决不会为外力所屈服，鲁迅是我们的人。"周策纵并为此作诗曰："铮铮铁骨自由身，鲁迅终为我辈人。四十三年前告我，一言万世定犹新。"[3]胡适对鲁迅做出这样的评价，其实和他喜欢说"自由主义"、喜欢说"我们"的话语习惯有关。他谈话中的"自由主义"，是在"决不会为外力所屈服"的意义上使用的，定位比较宽泛，和我们今日所说的作为一种"主义"、一种意识形态的"自由主义"，显然并不完全相同。1919年汤尔和等人设计将陈独秀挤出北大，1935年胡适看到汤的日记，指责他说："独秀因此离去北大，以后中国共产党的创立及后来国中思想的左倾，《新青年》的分化，北大自由主义者的变弱，皆起于此夜之会。独秀在北大，颇受我与孟和（英美派）的影响，故不致十分左倾。独秀离开北大之后，渐渐脱离自由主义者的立场，就更左倾了。"[4]可见，在胡适眼中，"五四"时期的陈独秀也是"自由主义者"，或至少持有"自由主义者的立场"。胡适写于1930年代的《个人自由与社会进步》一文，认为倡导于"五四时期"的"自由主义"等同于"个性主义"，包括"独立思想"和"对自己思想信仰的结果完全负责""不怕权威"，而国民革命以后，出现的两股与之对立的思潮：一是苏俄输入

① 鲁迅：《鲁迅全集》第十卷，第331页。

② 瞿秋白：《瞿秋白文集》文学编，第三卷，第118—119页。

③ 转引自李慎之《回归"五四" 学习民主》一文。

④ 胡适致汤尔和，《胡适来往书信选》中，中华书局，1979年，第281—282页。

的党纪律带来的“不容忍”的专制气，一是极端民族主义的排外。[①] 在胡适眼中，接近左翼的后期鲁迅，显然是沾染上了苏俄式的“不容忍”的专制气的。他在与周策纵谈话两年后发表的一次演说中，就说鲁迅因为“喜欢人家捧他”，“要去赶热闹，慢慢的变质了”。[②] 所谓“变质”的“质”，自然是“五四”之风，“变”则是左倾。胡适两次说话对鲁迅的评价不同，前者说他“不为外力所屈”，“是我们的人”，后者则说他“变质”，之所以如此，我想也正是由于胡适悬了一个“自由主义”的衡量标准，而简单地将“自由主义”等同于个性主义，又等同于“不为外力所屈”的缘故。因为鲁迅是“不为外力所屈”，所以认为他是自由主义者；又因为鲁迅在新文化团体分裂后，转向左倾，所以认为他“变质”。如果我们抛开“自由主义”的招牌来看鲁迅，或许就不会有这样的困难。鲁迅在国民革命以后的确是有“变”，但是“变”中又有着“不变”，“不为外力所屈”即是这“不变”之一。鲁迅诚然是“不为外力所屈”的，但这个“不为外力所屈”的鲁迅却未必就是“自由主义者”，也未必就是“我们的人”。从胡适的话中，我们与其得出结论说鲁迅、陈独秀是自由主义者，毋宁说他们和胡适共同分享着“五四”的思想资源，保留着“五四”遗风，而这种遗风和“自由主义”伦理有一定的相合之处（譬如“不为外力所屈”）。

自由主义作为一种意识形态，有各种基本要素，而鲁迅并不具备，这一点已经学者指出，不必赘述。[③] 在此需要说明的是，研究者挖空心思地将鲁迅论证为自由主义者，不免是受到了 90 年代以来盛行的自由主义的舆论风潮的影响，先将自由主义视为唯一正面思想资源，然

---

① 胡适：《胡适文集》第 11 卷，北京大学出版社，1998 年，第 584—588 页。

② 耿云志辑录：《胡适回忆〈新青年〉和白话文运动》，《五四运动回忆录》上卷，中国社会科学出版社，1979 年，第 172 页。

③ 参见王彬彬：《鲁迅的脑袋和自由主义的帽子》，《鲁迅研究月刊》2000 年 11 月。

后必欲将鲁迅与之牵连在一起。这在不少学者那里，或许是试图拓展中国现代自由主义群体的范围，拓宽中国自由主义的思想资源的努力。不过，索性按照历史上已经约定俗成的用法，不将鲁迅的难以“主义化”的思想削足适履般地装入“自由主义”的套子里，认识到在现代中国，于“自由主义”以外仍有另一种“不为外力所屈”的思想传统，保留更符合历史原生态的丰富的思想图景，岂不更好？更何况，不惜为鲁迅那些明显反对、蔑视自由主义的言论曲为辩解，很容易让人想起历史上那些认定鲁迅在“五四”时便已经是马克思主义者的观点，也容易让我们想起历代儒生根据时代思潮变化“与时俱进”地看似拔高实为曲解孔子言论的做法。

三

1990 年代以来，后殖民理论传入中国，并借用于对中国近百年来的现代性追求进行反思。在这一背景下，中国近现代以来的现代性话语被不少学者认为是对西方殖民话语的学舌，甚至要在现代话语中寻找并清除被殖民的痕迹，进而建构一个纯而又纯的本土性或中华性。

值得注意的是，后殖民理论原产于西方，本是反思西方对东方表述背后的西方中心主义。由于以福柯的话语理论为基础，所以其关注点在于话语本身及其背后的权力关系，而很少关心东方的真实情况，甚至认为对于东方真实状况的反映根本不可能存在；也不关心东方具体的反抗实践，甚至认为这种结构是不可能被打破的。而在后殖民理论的开创者萨义德那里，更存在着难以和解的自相矛盾——他一方面试图消解一切本质主义和二元对立思维，包括殖民主义、民族主义，但是他却对欧洲人的文化身份做过本质主义的判断：“每一个欧洲人，不管他会对东方发表什么看法，最终都几乎是一个种族主义者，一个帝国主义者，一个彻头彻尾的民族中心主义者。”[1] 而一种理论，在从产地贩运到接受地，常遇见水土不服的现象，所谓的“橘生淮南则为橘，生于淮北则为枳”，后殖民理论恰逢1990年代中西对立的背景中传入中国，也不是偶然的，引进者原本就有借用这一理论反对西方之意。

在这一背景中传播进来的中土化的后殖民理论，一方面承继了后殖民理论本身的缺陷，将一切西方人对中国的论述都看作欧洲中心主义和殖民主义，带有民族决定论色彩，同时只关心话语本身，而无意于关注本土现实，更无意印证话语与其所指涉的现实的切合程度；另一方面又偏离了后殖民理论应有的反对本质主义和二元对立的立场，认为可能存在着一个未受西方污染的纯而又纯的带有本质主义色彩的本土性，将中国近代以来一切知识者对现代性的追求都视为对西方殖民话语的鹦鹉学舌，不少论者热衷于从近代以来受到西方影响的言论中寻找殖民化的痕迹，印证后殖民理论中所说的权力关系，而忽略了它们在具体的文化实践和对本土问题的分析中显现出来的文化主体性和反抗性，这就使得原本以解构二元对立为目标的理论，反成为强化中西对立的武器，不是消解而恰恰是巩固了现有的中西二元对立结构，同时也掩盖了对我们更为迫近的本土的权力压迫机制。

在鲁迅研究领域，后殖民理论的运用主要体现在对所谓“国民性神话”的质疑。这种质疑一般有以下几个层次：（一）从源头上看，“国民性理论”本是西方人确立自身种族优势的，中国的改革者即便是抨击西方帝国主义的先驱，也难免对于这一话语的“屈从”；[2]（二）传教士的中国批评，都免不了西方中心主义的优越感和霸权性质；（三）鲁迅受了史密斯的影响，中了西方传教士的计，以自己的出色创作，演绎了西方传教士的霸权叙述。[3]

---

① 爱德华·W. 萨义德：《东方学》，王宇根译，生活·读书·新知三联书店，2000年，第260页。
② 刘禾：《跨语际实践》，生活·读书·新知三联书店，2002年，第76、77页。
③ 冯骥才：《鲁迅的“功”与“过”》，《收获》2000年第2期。

将西方人的一切中土表述都看作西方中心主义，这显然是二元对立思维的结果，是将人的文化身份做本质主义的判定。这种判定在东西隔绝的时代或许还有其合理之处，但是在交流日渐频繁的时代，东西间的壁垒已被逐渐打开，尤其是在文化交流中产生出来的长期生存于异国的处于东西之间的中间人，文化身份更显现出多元的含混性和模糊性。在这种情况下，关于文化身份确定性的论断，自然就显出其难以概括的局限。根据萨义德《东方学》的论述，东方主义主要体现在那种为了建构他者需要而在文本和想象基础上构造东方形象的作品中，这类作品的作者要么没有到过东方，单单是在重复与强化西方历史或文学中关于东方的“原型”，或者是虽然到过东方，却并不关注东方的现实，而只是将其当作一次充满着罗曼司与异国情调的旅行，只是将那些实际上与东方无关的教条和“陈词滥调”强加于东方之上。这样的作品显然并不少见，可是我们也不得不看到，也有一些西方人，他们长期生存在东方，将东方作为他们的第二故乡，他们对东方的论断不是对萨义德所批判的东方主义教条的简单模仿和重复强调，而是从东方现实的感受出发，如鲁迅所说的，他们“长久的生活于一地方，接触着这地方的人民，尤其是接触，感得了那精神，认真地想一想，那么，对于那国度，恐怕也未必不能了解罢”[①]。这种西方人对于东方的感知或许不如本国人纯粹，但是由于他们具有中西两幅眼光，反而往往能够从本国人习焉不察之处发现问题，从而刺激本国人进一步深入思考。后殖民论者强调文化身份的绝对性，不免沉迷于话语而忽略了现实，过分强调西方话语的自我衍生，而忽视了在中土的西方人与东方现实的互动。而且根据后殖民主义的判断，东方人既然可能“屈从”于西方话语，西方人又为何不能因对东方现实的感知而对西方中心主义形成一定的超越呢？

---

① 鲁迅:《内山完造作〈活中国的姿态〉序》,《鲁迅全集》第六卷，第 276 页。

与东方现实相比，后殖民理论显然更关心的是西方的东方表述，其论述过程也总是从话语到话语，而不关心东方话语与东方现实的切合程度。这是由后殖民理论的产生背景决定的——后殖民理论原本产生于西方，以边缘立场对中心理论进行反思，倡导者也多是就职于西方学界的东方人，他们的东方身份使得他们能够敏锐地感觉到东方主义话语背后的权力关系，这样一种反思在西方是有着很切实的指向性和批判性的，面对的是西方的确存在的问题。这一理论被移植到中国以后，不少本土的后殖民论者并没有实现立足点的转移，反而延续了话语批判的实践，他们在批评西方传教士的中国论述时，仍然是从话语到话语，于是这一理论的实践就不免显得虚浮。如不少论者对明恩溥的《中国人的素质》[①] 的质疑，便是如此。他们往往不屑于深入到文本内部，也无意于仔细分析明恩溥的哪些观点是建立在了解考察基础之上，是贴切于中国的现实，是可信的，哪些则是出于臆想或是由于偏见甚至是西方中心主义影响而不符合中国现实的，而是直接跳出文本之外，指出明恩溥的描述中存在着殖民主义的“权力关系”。

四

后发现代国家的知识分子，在学习西方过程中，自然存在着被文化殖民的危险，如将西方理论、问题不加辨析地移植到本土，以西方人的眼光剪裁本土现实，甚至以西方某一学者或某一理论的东方代理人自居，借用西方的话语优势在本土谋取比较优越的地位，这些实践不仅没有削弱反而强化了东西方之间现存的不平等的权力关系。但是如

---

① 明恩溥英文原名为 Arthur Smith，鲁迅径称为 Smith 或史密斯。《中国人的素质》，鲁迅在文章与信件中则称为《中国人气质》《支那人气质》或径称《Chinese Characteries》，以下统称为明恩溥与《中国人的素质》。

果因此将一切东方对西方理论的接受、学习都视为殖民主义，则同样是一种本质主义的视角，即将西方理论本身视为可以超越产地原汁原味地为东方接受，东方的接受者也被视为完全是被动，毫无分析批判能力。而实际上，西方理论一旦践履东方，接触到东方的现实，就不可避免地发生变形。关于这一点，一些后殖民论者并非没有看到，如有论者指出："知识从本源语言进入译体语言时，不可避免地要在译体语言的历史环境中发生新的意义。译文与原文之间的关系往往只剩下隐喻层面的对应，其余的意义则服从于译体语言使用者的实践需要。在跨语实践的过程中，斯密思传递的意义被他意想不到的读者（先是日文读者，然后是中文读者）中途拦截，在译体语言中被重新诠释和利用。鲁迅即属于第一代这样的读者，而且是一个很不平常的读者。他根据斯密思著作的日译本，将传教士的中国国民性理论'翻译'成自己的文学创作，成为现代中国文学最重要的设计师。"[①] 然而，由于后殖民论者只在话语层面解读，所以只注意到意义在话语翻译过程中的变形，而较少关注到西方理论、本土接受者和本土现实三者之间的互动关系。

作为一个面对"三千年未有之大变局"的现代中国知识分子，鲁迅既不可能拒绝接受外来思想，也不可能像西方传教士那样将中国获救的希望寄于"上帝"和"基督教文明"。[②] 关于中国人和外来思想、文化的关系，他在早年的论文中即提出"外之既不后于世界之思潮，内之仍弗失固有之血脉，取今复古，别立新宗"的主张，[③] 后来更有著名的"拿来主义"。在《拿来主义》这篇短文中，鲁迅先辨析了"闭关主义""送去主义"和"抛给主义"。"闭关主义"，在现代化世界中，尤

---

① 刘禾：《跨语际实践》，生活·读书·新知三联书店，2002年，第88页。

② 明恩溥：《中国人的素质》，秦悦译，学苑出版社，1999年，第293页。

③ 鲁迅：《鲁迅全集》第一卷，第57页。

其是西方坚船利炮的威迫之下，自然是难以维持的。“送去主义”则不过是将我们特有的“民族特色”送到西方去展览，看似挣得了光荣，实际如果我们自身不变化，不进步，只是将传统的东西“送去”，则恰恰是将自己置于被西方“观赏”对象的位置，坐实了西方关于东方凝固僵化的他者想象。而同样是向西方学习，“拿来”和“抛给”有着根本区别。“抛给”的主体是西方，中国只是被动地接受。在中西碰撞的近现代，我们被动的“抛给”的事例太多，鲁迅在文中列举了“英国的鸦片，德国的废枪炮，后有法国的香粉，美国的电影，日本的印着‘完全国货’的各种小东西”。这种被动的“抛给”显然不可能产生真正独立强大的东方，而更可能产生老舍笔下以“大英帝国的烟，日本的‘白面儿’，两个强国侍候着我一个人”为福气的唐铁嘴之流。“拿来”则不然，其主体在我，用鲁迅的习惯用语来说，这是“朕归于我”，是“我”根据自己的需要而不是西方的意愿，“沉着，勇猛，有辨别，不自私”，“运用脑髓，放出眼光，自己来拿”。[①] 这样的带有强大主体性的“拿来”才可能在对外来思想的接受中保持独立，既学习又反抗，而不被殖民化。“国民性改造”建立在这一“取今复古”式的自我批判精神之上，不仅不会落入殖民主义的圈套，反而因“改造”的主权在我，恰恰可以打破西方关于东方无力改变自身的本质主义的“国民性神话”。

鲁迅对于国民性问题的关注，自然是受到了明恩溥和留学期间日本潮流的影响，不过与其说他的文学实践是对西方和日本的“国民性理论”的“翻译”，毋宁说这一理论只是作为一个契机，刺激他在中西比较的框架中审视本土。鲁迅对“国民性”的认识并不源于西方的“国民性神话”，而是从中国历史和现实中得来的经验，所以他的“国民性”判断从来就不是本质主义的，而是一个历史性的概念。在鲁迅看来，中国的“国民性”并非凝固不变的，而恰恰是一直处于变动之中（其实

---

① 鲁迅：《鲁迅全集》第六卷，第39—41页。

既言国民性“改造”，就已包含了可以变化的成分在内)，中国人并非天性中便含有奴性，国民性变坏最大的根源在于两次奴于异族。[①] 所以他终身对“气禀未失之农人”抱有好感，对于汉唐“闳放”“雄大”和“不至于为异族奴隶的自信心”也表示由衷的赞叹。鲁迅赞叹汉唐，正是因其闳放雄大，敢于自由驱使外来事物，而不自信的时代，则是对于一切外国东西都“推拒，惶恐，退缩，逃避，抖成一团，又必想一篇道理来掩饰”的。[②] 对于中国国民性的堕落，鲁迅特别侧重于分析其与专制统治尤其是异族统治的关系。在《灯下漫笔》中，他说历史上中国人从来没有争得人的价格，认为中国历史可以直接分为“暂时做稳了奴隶的时代”和“欲做奴隶而不得的时代”。[③] 在《春末闲谈》中，他指出专制统治者理想的臣民是如同被蜾蠃针刺后的螟蛉那样，既无思想、知觉，又可以提供“子女玉帛”的麻木不仁的动物一样的奴隶。[④] 在《沙》这篇文章中，鲁迅更是将中国老百姓互相之间的隔膜、不敢组织起来反抗的特性归结为统治者的“治绩”，人民之间的不能互通声气，因而只能安心做奴隶，正是统治者希望的结果。[⑤]《买〈小学大全〉记》《病后杂谈之余》等文，则更是于一般的专制统治对于人心的戕害以外，特别着意发掘异族统治者对于汉人的驯服、奴化策略以及这种策略所带来的奴性。[⑥]

正是因为鲁迅对于国民性有这样历史的认识，所以他才会对当时一切新旧中外统治者的奴化策略都特别敏感。也正是因为鲁迅“朕归于我”的拿来主义式的自信，他并不将认识和改造中国的希望寄托在

---

① 许寿裳:《回忆鲁迅》,《1913—1983 鲁迅研究学术论著资料汇编》第 3 卷，中国文联出版公司，1987 年，第 1435 页。

② 鲁迅:《看镜有感》,《鲁迅全集》第一卷，第 208—211 页。

③ 鲁迅:《灯下漫笔》，同上书，第 224—225 页。

④ 鲁迅:《春末闲谈》，同上书，第 214—218 页。

⑤ 鲁迅:《沙》,《鲁迅全集》第四卷，第 564—565 页。

⑥ 鲁迅:《鲁迅全集》第六卷，第 55—60、188—191 页。

西方人身上。至于西方人对于中国的看法，他并不以为赞美便是友善，批评便是丑化。他甚至反过来，以为“凡有来到中国的，倘能疾首蹙额而憎恶中国，我敢诚意地捧献我的感谢，因为他一定是不愿意吃中国人的肉的”。而外国人的赞扬，他则分为四类：“不知道而赞颂者”；“占了高位，养尊处优，因此受了蛊惑，昧却灵性而赞叹者”；“以中国人为劣种，只配悉照原来模样，因而故意称赞中国的旧物”者；“愿世间各不相同以增自己旅行的兴趣，到中国看辫子，到日本看木屐，到高丽看笠子，倘若服饰一样，便索然无味了，因而来反对亚洲的欧化”。在鲁迅看来，前两种倒还是“可恕的”，因为这“赞扬”仅仅是出于他们的无知和自身的局限，而后两者则是“可憎恶的”。[①] 因为这种赞美是有意识的，是恶意的，他们希望中国的发展永远凝滞，永远处于沉默的被观赏的境地，永远充当被赏玩的对象，永远在世界等级秩序的格局中保持着当前被支配状态。

鲁迅对西方人的赞美的“荣耀”中感受到了更多的危险，尤其是中国人对于西方赞美的雀跃和“辱华”的愤怒，更说明自信和主体性的丧失，这才是最可忧虑的。鲁迅在翻译日本人岩崎·昶作《现代电影与有产阶级》的“译者附记”中记载了一个案例：美国明星范朋克（Douglas Fairbanks）因在所演的电影《月光宝盒》（*The Thief of Bagdad*）中摔死过蒙古太子，被国人认为是“辱华”，上海电影公会去信抗议其丑化“东方中华民国人民之状态”，却又恭维其为“大艺术家”，希望他代我们向全世界介绍“我中华人民之尊重美德，深用礼仪”。国人对范朋克的态度，在鲁迅看来，正是反映了被压服的古国人民的精神：“因为被压服了，所以自视无力，只好托人向世界去宣传，而不免有些谄；但又因为自以为是‘经过四千余年历史文化训练’的，还可以托人向世界去宣传，所以仍然有些骄。骄和谄相纠结的，是没

① 鲁迅：《灯下漫笔》，《鲁迅全集》第一卷，第226、228页。

落的古国人民的精神的特色。”[1] 不过虽然还自以为“经过四千余年历史文化训练”，但闻“丑化”而色变，以至于要托人（西方人）代为宣传，已然是“乞求”了。放弃了自我表述的努力，而将塑造民族形象的主权拱手赠人，这种民族主义情绪其实正落入了殖民主义的圈套。

鲁迅对西方对于我们的赏玩猎奇式的描写是一直都有着高度的警觉的。在《“立此存照”（三）》中便认为“我们黄脸低鼻的中国人”被搬上银幕是由于“饱暖了的白人要搔痒的娱乐，但非洲食人蛮俗和野蛮影片已经看厌”[2] 之故。他在1934年1月发表的一篇文章《未来的光荣》就提醒我们“要觉悟着被描写，还要觉悟着被描写的光荣还要多起来，还要觉悟着将来会有人以有这样的事为有趣”。[3]

西方人对于中华固有文明的赞美，自然不全是为了“搔痒的娱乐”，更是一种精心策划的统治策略。1927年，鲁迅在从香港回来所作的《略谈香港》一文中收录了一篇“金制军”以粤语作的提倡中国旧道德与国粹的演说辞。鲁迅起先以为“金制军”不过是一名前清遗老，后来才发现他就是港督金文泰。作为异族统治者的“金制军”提倡中国旧道德与国粹，本是一种统治之术。一来是要和我们套近乎，让我们以为他们原来也是懂得汉邦礼仪的，二来正是要我们永远在旧道德与国粹中“旧”下去，“粹”下去，永远只能做西方的“他者”，被西方所统治。这样的方法，其实在元清时异族统治时都有老例。而对于西方人来说，对付异族的这种统治之术更具原型意味的恐怕倒是拿破仑对穆斯林们的征服。《东方学》中对此有过分析：

> （拿破仑）从法国军队第一次出现在埃及地平线上那一刻开始，他就千方百计地使穆斯林相信：“我们是真正的穆斯林”。

---

① 鲁迅：《〈现代电影与有产阶级〉译者附识》，《鲁迅全集》第四卷，第422页。

② 鲁迅：《“立此存照”（三）》，《鲁迅全集》第六卷，第645页。

③ 鲁迅：《未来的光荣》，《鲁迅全集》第五卷，第444页。

> 当拿破仑认识到自己的力量似乎不足以让人们相信这一点时，他试图迫使当地的伊玛目、卡迪、穆夫提和乌里玛们对古兰经做有利于法国军队的解释。为了达到这一目的，在阿扎尔任教的60位乌里玛被请到军营，受到高规格的接待，然后被包围在拿破仑对伊斯兰和穆罕默德心存仰慕、对古兰经——他似乎对其非常熟悉——心怀敬意的一片颂扬和阿谀声中。这一招果然奏效，不久开罗人就似乎失去了对占领者的厌恶之心。[1]

五

鲁迅的反抗实践从来都是针对一切权力压迫和等级关系，一切使人奴化的思想、风俗和制度，而不论这种压迫是来自本国还是异族。他在《半夏小集》中说："用笔和舌，将沦为异族的奴隶之苦告诉大家，自然是不错的，但要十分小心，不可使大家得着这样的结论：'那么，到底还不如我们似的做自己人的奴隶好。'"[2] 这样，鲁迅就必须同时和两种倾向作斗争：一种是携带着霸权来想象中国、表述中国的西方人及其在中国的代理人；一种是一味排斥西方葆爱国粹的狭隘的民族主义者。而这两种倾向其实都是本质主义的，维持甚至巩固着现存的权力关系。

鲁迅式的"拿来主义"之所以能够跳出中西二元对立思维具有持久生命力的原因就在于他总是立足中国现实，以"经验"和"感觉"突破理论，能够看出中国面临的真问题，而不会提出一些"伪问题"或被那些"伪问题"所迷惑，也决定了他借鉴西方理论而不为理论所役使。

---

① 萨义德：《东方学》，生活·读书·新知三联书店，2000年，第106、107页。

② 鲁迅：《灯下漫笔》，《鲁迅全集》第六卷，第617页。

与此相反的，是以想象或是以理论来代替、图解现实。鲁迅在《马上支日记·七月四日》中便曾对日人安冈秀夫《从小说看来的支那民族性》中的一段提出批评，所谓“纣虽不善，不如是之甚也”。安冈秀夫将中国人喜欢吃笋的原因归结为由“那挺然翘然的姿势”引起来的想象，这其实是不了解中国而用了赏玩猎奇的眼光再加上一点粗浅的弗洛伊德精神分析所作的揣测：但凡是“挺然翘然”，便一律归为男根，甚至是先假定了中国为“淫都”而再来寻找“挺然翘然”。在鲁迅看来，中国人喜欢吃笋的原因就平实具体而又令人信服得多：古人因竹子可以作箭而大量种植，于是竹笋也就多而便宜，吃的人自然也就多了。[1]

鲁迅对他一直看重的比较严肃的《中国人的素质》也并不全然认同，以为“错误亦多”，但因此书的确在很多方面攻击到了我们的要害，便也以开放的心态希望能够翻译过来，“自省，分析，明白哪几点说得对，变革，挣扎”。[2] 对于西方人对中国观察背后的偏见和成见，鲁迅也有着非常具有概括力的描述：

> 一个旅行者走进了下野的有钱的大官的书斋，看见有许多很贵的砚石，便说中国是“文雅的国度”；一个观察者到上海来一下，买几种猥亵的书和图画，再去寻寻奇怪的观览物事，便说中国是“色情的国度”。连江苏和浙江方面，大吃竹笋的事，也算作色情心理的表现的一个证据。然而广东和北京等处，因为竹少，所以并不怎么吃竹笋。倘若到穷文人的家里或寓里去，不但无所谓书斋，连砚石也不过用着两角钱一块的家伙。一看见这样的事，先前的结论就通不过去了，所以观察者也就有些窘，不得不另外摘出什么适当的结论来。于是

① 鲁迅：《马上支日记·七月四日》，《鲁迅全集》第三卷，第349页。

② 鲁迅：《“立此存照”（三）》，《鲁迅全集》第六卷，第649页。

这一回，是说支那很难懂得，支那是“谜的国度”了。[①]

这种典型的“旅行者”，根本无意于设身处地理解当地社会，而是先预设了结论，然后循着结论浮光掠影地寻找足以附会的证据。值得注意的是，这种“旅行者”式的空泛与脱离现实的弊病，在本国人身上也是大量存在的。以西方的理论剪裁中国的现实，以西方的某个大师或一种理论的中国代理人自居的文艺家近代以来就一直存在。鲁迅在《现今的新文学的概况》中便曾总结出白璧德、泰戈尔、杜威、革命文学分别在中国的代理人。奉行“革命文学”的无产阶级革命文学家和“高唱自由主义的‘正人君子’”，看似水火不容，但是在鲁迅那里，他们却同样属于放弃本根、臣属于外来理论的教条主义者。

① 鲁迅:《内山完造作〈活中国的姿态〉序》,《鲁迅全集》第六卷，第275页。

胡适进宫与溥仪的公众形象

1922年，胡适进宫谒见溥仪。这次会面，所以引起人们的关注，在于会见双方的身份既非常特殊，又极具差异性——一个是新文化的代表，一个是旧王朝的符号。关于这次会面的解读可谓多矣。在当时的舆论氛围中，趋新已成为主流，时人——尤其是倾向革命的青年知识分子，多将胡适进宫视作保守、落伍之举，认为是他脑中尚有皇权崇拜思想的体现，甚至有倾向复辟之嫌。两年后冯玉祥发动政变，将溥仪驱逐出宫，胡适同情清室，明确表示反对，更遭舆论非难。此后随着舆论氛围的日益激切，溥仪又沦为日本人侵略中国的工具，谒见溥仪就更被人们视作胡适人生经历的一个污点。1949年后的中国大陆，胡适几乎成了绝对的反面人物，人们对于胡适的阐释限于既定的政治意识形态框架，就更为简单粗暴。[①] 在这种语境中，胡适谒见溥仪事件，

---

① 1949年以后胡适在大陆被视为绝对反面人物，谢泳的《辞典中的胡适》一文，以《新名词辞典》这部带有权威性的工具书三个修订版本中胡适辞条的变迁为例，看出1950年代以后官方对于作为反面人物的胡适评价、定位的日趋极端、激烈——从“伪自由主义的无耻文人”逐渐添加“头等战犯”“洋奴典型”“美国走狗”“蒋匪奴才”等标签。（参见谢泳：《杂书过眼录》，中国工人出版社，2004年，第188—190页。）1950年代生活·读书·新知三联书店出版的《胡适思想批判》第一辑中带有总纲性的文章是郭沫若对光明日报记者的谈话，在谈话中他沿袭了在政治上关于胡适为“战犯”的官方说法，进而批判其“资产阶级唯心论学术观点”。在另一篇发言中，他则说胡适“受着美帝国主义的扶植，成为了买办资产阶级第一号的代言人”，“他和蒋介石两人一文一武，难兄难弟”。（郭沫若的两次讲话分别发表于《光明日报》和《人民日报》，参见郭沫若《中国科学院郭沫若院长关于文化学术界应开展反对资产阶级错误思想的斗争对光明日报记者的谈

显然很难得到真正客观的阐释。近三十年来，胡适及其终身奉行的自由主义价值逐渐为学界认识，胡适本身也得到了相对公正的评价。在这种氛围中，也有不少学者矫枉过正，过分美化胡适，在论及与胡适相关的史实时，以胡适的记录为客观，以胡适的标准为标准，又产生了新的偏至。[①] 这两种倾向的解读，前者对胡适的进宫缺乏理解之同情，不免于苛；后者对研究对象缺乏必要的距离，常流于谄。且二者往往都是先有了观点和立场，再去搜集证据，从当事人的叙述中选取只言片语式的史料片断作为印证，因而对于当时的历史语境缺乏整体的理解，对胡适及时人的叙述缺乏必要的辨析，对于胡适及其谒见溥仪事件也就缺乏所谓的“了解之同情”。

所以我们有必要在对各方当事人的叙述进行辨析的基础上，尽量还原胡适谒见溥仪的历史场景，考察这次会面对胡适和溥仪公众形象的影响，以及在对待既定政治秩序方面，胡适与倾向革命的知识分子之间态度上的差异。

一 庄士敦的作用

关于进宫见溥仪事件，胡适本人的记录尽量轻描淡写，说这只是“一个人去见另一个人”，是十七岁的少年溥仪，“在他的寂寞之中，想寻一个比较也可算得是少年的人来谈谈”。[②] 而从溥仪一方来看，这次

话》，《三点建议——一九五四年十二月八日在中国文学艺术界联合会主席团、中国作家协会主席团扩大联席会议上的发言》，《胡适思想批判》第一辑，生活·读书·新知三联书店，1955 年，第 3—19 页。）

① 譬如邵建的《民国史上一件“最不名誉”的事》一文，即是完全站在胡适的立场叙述围绕“溥仪出宫”事件胡适与周作人、李宗侗等人的讨论，甚至连文章标题都是胡适原话。而对于当时的历史语境和与胡适相异的观点则缺乏深入分析，包括胡适后来自己态度的转变（1930 年代胡适对“溥仪出宫”事件中自己的态度表示过后悔），也不曾论及。（邵文见《读者文摘》2011 年第 1 期。）

② 曹伯言整理：《胡适日记全编》3，安徽教育出版社，2001 年，第 736 页。

会面却是典型的顽童式的一时兴起。据溥仪回忆，他给胡适打电话，有很偶然的成分。宫中初装电话，他难免少年人的兴奋之情，照着电话本恶作剧式地胡乱打了几个“无头电话”给京剧名伶杨小楼、杂技演员徐狗子等人之后，“忽然想起庄士敦刚提到的胡适博士，想听听这位‘匹克尼克来江边’的作者用什么调儿说话”，于是给胡适打了电话，并顺口约他来宫中见面，过后并没有太放在心上，也没有跟守卫的护军打招呼，以至于胡适来时被拦在神武门前很久，不许进入。[①] 而这次看似带有偶然性质的会面，实际上与溥仪的英国师傅庄士敦长期引导甚至是运作，有着极大的关系。

作为一名英国人，庄士敦对于溥仪的培养目标，与清廷原本的中国师傅及王公大臣们的预期并不相同。于大部分中国师傅和王公大臣们而言，溥仪最好是乖乖地待在宫中，接受和他的历代祖先们一样的传统教育。这一方面是怕溥仪的言行引起物议，招惹是非，另一面也是怕他接触外界之后，遭受非正统思想的“毒害”。庄士敦则希望将溥仪培养成具有现代文化（主要是西方文化尤其是英国文化）素养的绅士型君主，甚至希望他能到国外留学，因而鼓励溥仪和外界有一定的接触，希望他对外界正在发生的新文化运动和年轻人的思想有一定的了解，所以向他介绍了胡适等人的文章及相关的新文化期刊。[②]

如果要从众多新文化人士中挑选出一个介绍给溥仪，胡适是当然的最佳人选。名气和影响力都足够大，这还只是原因之一。胡适留学美国的教育背景，使得他本能地与英美人士产生亲近。他和庄士敦经

---

① 溥仪：《我的前半生》，东方出版社，1999年，第143—144页。而在溥仪的英国师傅庄士敦的回忆中，胡适被护军挡在宫外，则被说成是为了防止胡适进宫引起反对，所以才故意没有跟内务府事先打招呼，这显然有为尊者讳的成分，因为即便是有保密的需求，在胡适即将到来之前，也可以派人前去告知，而胡适显然被挡了很久，直到护军前来请命，才知道确有其事。见庄士敦：《紫禁城的黄昏》，求实出版社，1989年，第216—217页。

② 庄士敦：《紫禁城的黄昏》，第216页。

常在北京的一些聚会上见面，学问上也有交流。更重要的，胡适性情相对平和，对逊清王室有一定的同情，与一些遗老也有学术交往。

据庄士敦的回忆，他和北京的新文化运动领导人有私人交往，曾共同参加一个国际性社团文艺会，并与胡适先后担任这一学会的主席。[①] 据胡适日记，他在 1921 年—1922 年间，和庄士敦多次见面，既有私人间的访问，也有共同参加的饭局、聚会等。在思想和学术方面，胡适对庄士敦都有很好的印象，说他是一个很有学问的人，尤其是他反对传教士，更是深得胡适之心。[②]

胡适得到溥仪的邀请，自然离不开庄士敦平日的铺垫之功。正是庄士敦之前对胡适等人思想、文学的介绍，溥仪才会在装了电话后心血来潮地"想听听这位'匹克尼克来江边'的作者用什么调儿说话"。当然菲茨杰拉尔德的《为什么去中国》一书中，将召见胡适说成是溥仪和庄士敦认真商议后精心准备的结果，未免有些夸大。[③] 溥仪与胡适初见后，便长期不再联系，即可看出溥仪自述的一时兴起之说更为可信。胡适日记中也说，庄士敦告诉他："这一次他（引注：溥仪）要见我，完全不同人商量，庄士敦也不知道，也可见他自行其意了。"[④]

二　礼仪与印象

胡适对于觐见溥仪是很谨慎的。虽然他也自称少年，但当时已三十多岁，又历来是行事沉稳细密的谦谦君子，远非十七岁的顽童溥仪可比。他并没有立刻答应溥仪第二天便进宫见面的要求，而是将约

---

① 庄士敦：《紫禁城的黄昏》，第 216 页。

②《胡适日记全编》3，第 253、301、473、606、633、657 页。

③ 菲茨杰拉尔德：《为什么去中国：1923—1950 年在中国的回忆》，山东画报出版社，2004 年，第 74—75 页。

④《胡适日记全编》3，第 674 页。

会改到两周以后，以便有足够的时间准备。胡适日记中说推迟会面时间的原因是“明天不得闲”。[①]但他显然也需要一定的时间来确定这个电话的真实性，了解宫廷和溥仪的情况，并考虑自己该以何种姿态得体地出现在溥仪这位末代君主面前。

在觐见溥仪的礼仪中，胡适最关心的显然是需不需要跪拜。作为新知识分子的胡适，他当然不愿意向逊清的皇帝行跪拜之礼——当时的舆论氛围也不允许他这样做，但是他对逊清皇室也有着足够的同情和尊重，觉得有必要予以确认，所以才会在会见一周前，找到庄士敦打听宫中情况，包括溥仪的脾气、为人及会面的礼仪等情况。

关于“跪拜”，事后上海的《民国日报》有一篇带有嘲讽色彩的评论，标题便是“胡适之请免跪拜”：

> 溥仪请胡适之去谈谈，自然去谈谈罢了。不想这位胡先生竟要求免除跪拜。这种要求，如果由张勋徐世昌等提出，原极平常；今提出于胡先生，太觉突兀了。目中有清帝，应该跪拜；目中无清帝，何必要求；只有出入于为臣为友之间的，才顾念得到必须跪拜，顾念得到要求免跪拜。
>
> 溥仪允胡适之要求时，称他做新学界泰斗，大有许其履剑上殿之概，然而这是溥仪底大度，不是胡适之底尊荣。[②]

《民国日报》是国民党人所办，对逊清皇室素无好感，自然不满意胡适去见溥仪。胡适在辩解性的《宣统与胡适》一文中，将“胡适请求免跪拜”和“胡适为帝者师”的传言一律斥为“捏造”的谣言。但是参照溥仪和庄士敦的记载，则可以看出胡适当时的确有关于“跪拜”的担忧，而且也正是在得知溥仪并不要求跪拜后才觉心安，同意进宫。

---

①《胡适日记全编》3，第674页。

②《胡适之请免跪拜》，《民国日报》1922年7月7日。

如溥仪回忆:“他连忙向庄士敦打听了进宫的规矩,明白了我并不叫他磕头,我这皇帝脾气还好,他就来了。”[①] 而充当溥仪和胡适中间人的庄士敦的记载也基本相同:“事先,他前来和我讨论了宫廷的礼仪,并且宽慰地得悉,皇帝绝对不会要求他下跪。”[②] 可见,《民国日报》的评论虽然因立场的不同,语气刻薄,但“胡适之请免跪拜”却并非空穴来风,即便他没有主动提出“请免跪拜”,至少心中怀有这方面的担忧,并将此担忧透露给了庄士敦。

其次是称呼问题。据胡适自己的记录,是“他称我‘先生’,我称他‘皇上’”。这一点也多为时人所笑。在民国的坚定拥护者看来,民国之内,本不应有“皇上”存在,胡适称溥仪为“皇上”殊不得体,甚至有倾向复辟嫌疑,所以大加讥讽。而在胡适看来,却并非如此,被他视为“平允”的《京津时报》的评论便指出,根据“清室优待条件”,清室保存帝号,民国待之以外国君主之礼,则胡适见溥仪如见外国皇帝,称之为“皇上”并无不妥。[③] 胡适和国民党人的根本区别在于,胡适对于既存的约法条文,常持一种尊重的态度,并以这些约法条文为基础,努力在既定的社会框架之下实现自己的社会改革理想,因而对于逊清王室葆有一份同情和敬意。而大部分国民党人从革命伦理出发,视优待条件为辛亥革命不彻底的表现,以保留皇帝为民国之耻,以逊清王室为民国之敌和民国完全实现的障碍,因而对其多有恶感。胡适后来急急否定“请免跪拜”之说,其实是当时舆论氛围影响的结果,而他的本心是并不以为不妥的。在国民党人看来,一旦虑及“跪拜”,则

---

① 溥仪:《我的前半生》,第 144 页。

② 庄士敦:《紫禁城的黄昏》,第 216 页。

③《胡适日记全编》3,第 736 页;徐一士:《凌霄一士随笔》(一),山西古籍出版社,1997 年,第 324 页。清室优待条件相关条款:(甲)关于大清皇帝辞位之后以待之条件第一款,“大清皇帝辞位之后,尊号仍存不废,中华民国以待各外国君主之礼相待”,参见《民国元年宣布优待条件诏书》,《东方杂志》21 卷 23 号。

说明心中有“皇帝”和皇权思想的存在。而在胡适那里，他虽非溥仪的臣民，但若依据优待条件，则觐见外国君主，适当考虑一下对方的礼仪习惯，恰恰是不失礼的表现。

胡适觐见溥仪时，曾经考虑过施行除镜礼：胡适先除眼镜表示敬意，溥仪必然也除眼镜回礼，而由于溥仪高度近视，不能脱离眼镜，则胡适随后就可以和溥仪同时再戴上眼镜。但因为除镜之礼久不行于社交界，胡适临时忘记，所以并未实行。[①] 除镜之礼，在清代一度流行。陶希圣在晚年的回忆中，谈起清末时的中学里有戴眼镜的“生员习气”，“平辈的人见面为礼，要把眼镜摘下，晚辈见长辈，是不敢戴眼镜的”。[②] 谢兴尧的《堪隐斋随笔》中有一篇《漫谈眼镜》，说到清代中叶以后官员以戴眼镜为时髦，咸同以后，甚至“凡地方官审案时，必戴玻璃镜以助威严”，“同时凡见上司及尊长，必先将眼镜取下，以示恭谨，谓之‘摘镜’”。[③] 马叙伦《石屋续瀋》一书，曾谈及清时除镜之礼，“(见长官时)属官不得戴眼镜，否则为不敬，故见面必摘去焉。以是患近视者，有不悉长官之容貌者”。他亲历的一次不愉快的除镜礼经验，就在胡适见溥仪的1922年，那时马叙伦初任教育次长，随好友、教育总长汤尔和一同谒见总统黎元洪，汤尔和尚未入室即迅速摘下眼镜，并“急嘱”他也如此操作，马叙伦深以为苦，因此对汤尔和颇有微词，说“余不觉深诧尔和甫做官而染习已若此”。马叙伦将此事记在“官场陋习”条目之下，可见他对这种带有强化等级关系的礼仪是很不以为然的。[④] 胡适后来虽然没有施行除镜礼，但主观上并不以为忤，这一方面可见他为人的随和，另一方面也可见出他对清室和溥仪的尊重。

不论前期设计如何，最后胡适和溥仪会面时的礼仪实际上是比较

---

① 徐一士：《凌霄一士随笔》(一)，山西古籍出版社，1997年，第324页。

② 陶希圣：《潮流与点滴》，中国大百科全书出版社，2009年，第15页。

③ 谢兴尧：《漫谈眼镜》,《堪隐斋随笔》，辽宁教育出版社，1995年，第337页。

④ 马叙伦：《官场陋习》,《石屋馀瀋·石屋续瀋》，山西古籍出版社，1995年，第201页。

简单和“现代”的：胡适进门后，溥仪起立，胡适向溥仪鞠躬，溥仪请胡适坐下，二人互称对方为“皇上”和“先生”。[1]

胡适觐见后对溥仪的印象基本可说是对庄士敦事先塑造的溥仪形象的翻版。胡适会见溥仪前，专门去询问庄士敦的意见，庄士敦大赞溥仪的英明，塑造了一个具有现代思想和独立精神的年轻君王形象：

> 我因为宣统要见我，故今天去看他的先生庄士敦（Johnston），问他宫中情形。他说宣统近来颇能独立，自行其意，不受一般老太婆的牵制。前次他把辫子剪去，即是一例。上星期他的先生陈宝琛病重，他要去看他，宫中人劝阻，他不听，竟雇汽车出去看他一次，这也是一例。前此庄士敦说起宣统曾读我的《尝试集》，故我送庄士敦一部《文存》时，也送了宣统一部。这一次他要见我，完全不同人商量，庄士敦也不知道，也可见他自行其意了。[2]

事后胡适所记与溥仪会面时的见闻对谈，几乎无一不与庄士敦所说契合。譬如溥仪留心阅读报刊，尤其是阅读新诗和白话小说，几上摆有胡适学生康白情的《草儿》诗集，胡适作序的亚东版《西游记》，谈话时问及康白情俞平伯和《诗》杂志，说自己最近在试作新诗，并打算出洋——这些都可见他思想的新潮开放。又如他的独立。他说自己想独立生活，清理皇室财产，可惜为老辈人阻挠。最令人感动的，是他在言谈中对清室错误的反思，对于花费民国钱财的不安，这些显然都给胡适留下极好的印象。[3] 胡适也颇动了感情，在会见一周后作长诗纪念，后来删成一首短诗（《有感》）：

---

① 《胡适日记全编》3，第 680 页。

② 同上书，第 673—674 页。

③ 同上书，第 680 页。

咬不开，捶不碎的核儿，

关不住核儿里的一点生意；

百尺的宫墙，千年的礼教，

锁不住一个少年的心！[①]

两人的会面过程应该说是相当愉快的，至少从胡适这一面看来是如此。而溥仪的书籍阅读和谈话内容，几乎处处合乎胡适心意，俩人如此契合，反倒使我们不禁推测，溥仪召见胡适时的室内布置，以及他说什么不说什么，极有可能是经过庄士敦的策划的。胡适在会面一周后给庄士敦写了一封信，表达了他的感动，信中谈及“皇上”的“友好和谦逊有礼”，谈及他们关于新诗和青年作家及文学的其他话题，谈及溥仪生活中新思想的印迹，也谈及他面对这“历史上无数伟大君主的最后一位代表”的荣耀。[②]

三　溥仪公众形象的建构与影响

胡适见溥仪，引起不少“新人”的攻击，他带有辩解性质的《宣统与胡适》一文，在辩白自己的同时，也向大众展示了一个正面的思想独立开通的溥仪形象。不少新文化运动人士——这些人多是胡适的老友——虽然对胡适进宫不以为然，却也接受了胡适建构的这一形象，对溥仪怀有一种有人情味的同情，以至于在反对清室时，努力将溥仪排除在外，不将他视为清室代表，而看作一个值得同情的有为少年。

如前文所说，胡适对溥仪的印象、看法基本不出庄士敦所述的范围，他后来所建构的溥仪形象，也几乎全受庄士敦影响。他首先对于会面过程中那些可能影响双方形象的细节有选择地予以忽略或改写。

① 《胡适日记全编》3，第689页。

② 庄士敦：《紫禁城的黄昏》，第217页。

最突出的一点，自然是关于“跪拜”问题的担忧，胡适在日记中便没有记录，我们只有在溥仪和庄士敦的回忆中才能看到。其次，胡适进宫时在神武门前被挡驾，在日记中也被忽略。这一尴尬事件的原因，溥仪说是他忘记要见胡适，因而没有跟护军打招呼，庄士敦则说是为了保密的需要。胡适自己在给庄士敦的信中也带有一些遗憾地说，“大门口的耽搁使我浪费了本来可以在宫里多停留一些的时间”。[①] 这两个细节，都可能使胡适与溥仪会面的体面性和完美程度有所折扣，更会予反对者以嘲弄的口实，所以胡适干脆都不予记录。

另外还有一些细节，胡适公开发表的《宣统与胡适》一文（以下简称《宣》文）与他本人日记的记录略有差别，这些细节上的修正，则纯粹是为了维护溥仪的形象。譬如日记中说到自己进门后的观察：“室中略有古玩陈设，靠窗摆着许多书，炕几上摆着今天的报十余种，大部分都是不好的报，中有《晨报》，英文《快报》。几上又摆着白情的《草儿》，亚东的《西游记》”，公开发表的《宣》文删去了“大部分都是不好的报”这一句负面评价，这让人只感到溥仪勤于读书，关心时事，而不觉其趣味不佳。另一处是胡适在会面时主动提及溥仪亲自出宫看陈宝琛病的事，这一点在胡适当日日记中并未特意记录，这自然是因为在之前胡适找庄士敦咨询宫中情况那天的日记中已经记录溥仪探病之事。而《宣》文的对象则是不了解背景的大众，胡适显然觉得有必要加上这一被他和庄士敦共同认为是溥仪自立（也很有人情味）表现的事件。还有一处修正，更可见出胡适的细心。在日记中，胡适记了溥仪说自己想谋独立生活，曾要办皇室财产清理处，遭到许多依附于溥仪和皇室的“老辈人”反对的话。而在《宣》文中，胡适将有直接指向性和刺激性的“老辈人”改为指向比较模糊的“许多人”，这样既传达出溥仪试图独立的意向，又不至于引起那些“老辈人”对溥仪的

---

① 庄士敦：《紫禁城的黄昏》，第217页。

不满。[①]

1924年，冯玉祥率国民军进京，发动政变，成立临时政府，修订“优待条件”，取消帝号，强令“溥仪出宫”，搬出紫禁城。胡适撰写公开信明确表达了自己的不满和反对，老友周作人给他写信，说他的观点受到了外国人“谬论”的影响，胡适回信辩解，理由是他的公开信在外国人发表相关言论之前，所以不曾为外国人“谬论所惑”。[②]

周、胡二人是老朋友，且都是性情相对平和的人，并未就这一问题深入辩论。实际上我们从上文已可看出，胡适对溥仪的观点不仅完全受了庄士敦的影响，甚至从某种角度可以说，胡适见溥仪以及由此产生的对溥仪的看法本身即是庄士敦代表溥仪对胡适“统战”的结果，而且庄士敦塑造的溥仪形象经过胡适的宣传加工，也影响到了周作人、钱玄同等坚决反对清室的人。

“溥仪出宫”事件发生后，周作人、钱玄同等人在《语丝》展开讨论，其议题之一即是溥仪未来的人生道路问题。从讨论中可以看出，他们对于溥仪个人非但没有恶感，反而存有同情和一定的欣赏。钱玄同和周作人为溥仪设计的道路，都是希望他能够从此摆脱宫禁，像其他现代青年一样受到良好的现代教育，学习现代人必备的知识技能。钱玄同认为溥仪自幼生长于深宫之中，在现代知识技能方面都低于同龄人，所以希望他补习初中程度的科学常识，然后考高中，甚至出国留学。[③]周作人则在钱玄同的基础之上，更考虑到溥仪身份、经历的特殊性，建议他将来到欧洲研究希腊文学，因为他做过皇帝，会比一般人更容易理解这种贵族式的精美的文明，周作人甚至期待他学成归国之后

---

① 《胡适日记全编》3，第680、736页。

② 周作人：《周作人致胡适》，胡适：《胡适致周作人》，中国社科院近代史研究所中华民国史研究室编《胡适来往书信选》，中华书局，1979年，第270—272页。

③ 钱玄同：《恭贺爱新觉罗溥仪君迁升之喜并祝进步》，《语丝》第一期。

可以到北大担任希腊文明的讲座。[①] 周作人和钱玄同都没有见过溥仪，他们之所以对溥仪的未来人生道路设计抱有如此热情，自作多情地提出这些带有一厢情愿色彩的建议，正是因为他们接受了胡适塑造的带有现代意识的溥仪形象，先入为主地以此作为谈论的前提。钱玄同的文章的结尾说："我听人说，您在那个不幸的环境里，居然爱看《新青年》,《晨报副镌》，康白情底《草儿》和俞平伯底《冬夜》之类，我觉得您还是一位有希望的青年。"[②] 这里的"听人说"，自然是听胡适说。周作人的文章则开头便说，"听我的朋友胡适之君说，知道你是一位爱好文学的青年，并且在两年前'就说要取消帝号，不受优待费，'思想也是颇开通的。"[③] 不得不说，经过胡适的"说项"，溥仪已经博得了相当一部分新文化精英知识分子的同情和好感。

胡适见溥仪，无论在当时还是事后，都引起很多关注。从这一事件中，我们可以看出，胡适虽然是新派知识分子，坚持改良社会，但是他倾向于在部分认可既定秩序之下进行改变，所以对于辛亥革命遗产的"优待条件"是认可的，对于溥仪和逊清皇室也有一定的尊重和同情。而力主革命的国民党和同情革命的知识分子则从革命伦理出发，视"优待条件"和逊清皇室为革命不彻底的表现，"进宫谒见溥仪"在他们眼中自然成为落伍、反动之举。而以胡适的在知识界和舆论界的巨大影响力，他对于溥仪的极力揄扬，也塑造了一个正面的末代皇帝形象，并引起部分新派知识分子的同情。

---

① 周作人:《致溥仪君书》,《语丝》第四期。

② 钱玄同:《恭贺爱新觉罗溥仪君迁升之喜并祝进步》。

③ 周作人:《致溥仪君书》。

溥仪出宫与北京知识界：以胡适为中心

1924 年，冯玉祥借发动政变之机，修改清室优待条件，将逊清废帝溥仪驱逐出宫，这一举措引起各方反响。大体来说，逊清遗老、王公大臣和部分北洋军阀自然是反对的，新派知识分子和西南民党多表示赞成，[①] 更有激进分子甚至认为修改后的“优待条件”仍然太过宽厚，作为复辟罪魁的溥仪，应处以极刑。在当时的诸种声音中，胡适的反应可算异类——他被舆论认为是新派知识分子的代表，却激烈反对驱逐溥仪之举，称之为“民国史上的一件最不名誉的事”。[②] 不同的声音自然与各人所处的位置和立场有关，也牵涉到各人对于“革命”的态度和“民国”构成因素的不同看法。研究胡适与各方观点的异同和交锋，以及胡适自身思想的前后变化，有助于加深我们对于溥仪出宫事件和胡适的思想、性格的理解。

一　胡适的火气

“溥仪出宫”事件，是指冯玉祥率部将溥仪驱逐出紫禁城，并修改清室优待条件。“优待条件”本是作为清室和平退位、赞成共和的交换

---

① 国民党本来就是“溥仪出宫事件”的重要参与者，详细讨论可参见胡晓：《国民党与溥仪出宫事件》（《安徽史学》2012 年第 2 期）一文。

② 胡适：《胡适致王正廷》，中国社科院近代史研究所中华民国史研究室编：《胡适来往书信选》，中华书局，1979 年，第 268 页。

条件，最初颁布于民国元年，其中涉及逊帝和清室部分主要包括：1. 大清皇帝辞位之后，尊号仍存在不废，中华民国以待各外国君主之礼相待；2. 大清皇帝辞位之后，岁用四百万两，俟改铸新币后改为四百万元，此款由中华民国拨用；3. 大清皇帝辞位之后，暂居宫禁，日后移居颐和园，侍卫人等，照常留用；4. 大清皇帝辞位之后，其宗庙陵寝，永远奉祀，由中华民国酌设卫兵妥慎保护；5. 德宗崇陵未完工程，如制妥修；其奉安典礼，仍如旧制，所有实用经费，均由中华民国支出；6. 以前宫内所有各项执事人员，可照常留用，惟以后不得再招阉人；7. 大清皇帝辞位之后，其原有之私产，由中华民国特别保护；8. 原有之禁卫军归中华民国陆军部编制，额数俸饷，仍如其旧。冯玉祥对"优待条件"的修改，主要在三个方面：一是废除清帝尊号，使其等同于普通民国国民；二是将清室岁费由四百万减少为五十万；第三点其实算不得修改"条件"，却对清室及同情清室者刺激最大，即将原条文第三条的"日后移居颐和园"中比较含糊的"日后"落实为"即日"，强令清帝出宫。[①]

其实早在 1915 年，袁世凯就曾对"优待条件"做过一次修订，即所谓的"优待条件善后办法"，如清帝对于政府文书及一般文书契约，要使用通行民国纪年，不可再用旧时年号；清帝及所属机关不可对民国官民发布谕告、公文告示及行政处分，废止赐谥及其他荣典；清皇室涉及民事商事等法律行为，应按现行法令办理；清室执事人员，除进内当差及宫中典礼等礼节外，一律服用民国制服等。[②]这个"善后办法"的宗旨自然在于限制清室的行为，使其不逾越于民国法律制度之外。但一年之后袁世凯即因病去世，北洋派分裂，互相之间争斗无已，无暇顾及清室。更重要的是，徐世昌、段祺瑞、冯国璋等人本是清室旧臣，对故主心存眷恋，甚至不同程度地牵涉到复辟事件之中，对于清室违

---

① 引自《东方杂志》第二十一卷二十三号。

② 同上。

反优待条件之处，不仅不加约束，反而姑息纵容。

冯玉祥修改优待条件之后，段祺瑞即表示反对，他在给冯的电文中强调清室乃是主动退位，应予礼遇，且优待条件牵涉到国际方面（所谓“全球共闻”）。至于“优待条件”中规定的“移宫”则是希望继续采取拖延的方法，“从长计议”，如今强行迫使溥仪出宫，有损民国信誉。[①] 冯玉祥的回电针锋相对，称清室为帝制余孽，保存帝号和未伏法之张勋为民国之耻、共和障碍，废除帝号和驱逐溥仪出宫之举乃是尊重国家保存清室。[②]

与段祺瑞相比，南北议和时作为清室方面代表的唐绍仪，言辞更为激烈。他认为清室逊位，缩短革命时间，减少革命的代价，有功于民国，优待条件是民国对于清室贡献的报答。优待条件既经双方订立，即不得擅自更改，即便更改条件，也须通过合法程序，给清室充分时间，等清帝成年以后再行移宫。冯玉祥以武力强迫无力的清帝出宫，是恃强凌弱，这已不是政治问题，而是道德问题。[③]

与此相反的是，革命党方面对此极力赞成。孙中山11月11日致电冯玉祥，称移宫废号之举，“大快人心”，“复辟祸根既除，共和基础自固，可为民国前途贺”。[④] 溥仪出宫后，清室内务府致函孙中山，请其“主持公道”，并说“付优待条件为民国产生之根本，自宜双方遵守垂诸无穷”。孙中山秘书处有一回函，详细说明清室违反优待条件契约在先，此次修改优待条件合情合法：首先，民国元年的优待条件第三条已说明清帝后暂居宫禁，日后移居颐和园，而清帝始终不践约移宫；其次，民国三年的善后办法禁止清室在对于政府及其他公私文书契约中

① 《段祺瑞致冯玉祥电》，中国社会科学院近代史研究所编：《近代史资料》第61号，中国社会科学出版社，1986年，第210页。

② 《冯玉祥等通电》，同上书，第210—211页。

③ 引自胡平生著：《民国初期的复辟派》，台湾学生书局，1985年，第414—415页。

④ 《孙中山致冯玉祥电》，《近代史资料》第61号，第216页。

使用旧时年号，不得赐谥，废除一切荣典，但清室一直沿用宣统年号，颁给官吏荣典赐谥；最重要的是，1917 年清室附和张勋复辟，优待条件已经自然作废，虽然清室声称复辟是为张勋胁迫，事后却又赐张勋"忠武"谥号，正是说明清室乐于复辟。有此诸端，民国不可能继续履行优待条件。[①]

章炳麟的电文更激进，也更详细，他盛赞发动政变的冯玉祥、黄郛等人，"清酋出宫，夷为平庶，此诸君第一功也"，对于优待条件，他认为本嫌宽大，而 1917 年清室复辟，背叛民国，不仅优待条件自然取消，溥仪甚至应该受到法律制裁，现今只令其出宫，仍然过于宽厚。至于所谓的清室私产，本是强取豪夺而来，应该予以剥夺，还给人民。[②]

从当时的舆论氛围来看，支持驱逐溥仪出宫的言论显然处于优势，同情清室的言论，或者在私下传播，或者只在冯玉祥驱逐溥仪的"方式"上做文章，即强调冯玉祥的行为不合手续，或太过粗暴。在这种情况下，作为新派知识分子代表的胡适主动出来维护溥仪，就很容易引起人们的注意。胡适最早公开表达对于修改优待条件不满，是他给临时政府外长王正廷的公开信（写于 11 月 5 日，11 月 9 日在《晨报》公开发表）：

儒堂先生：

先生知道我是一个爱说公道话的人，今天我要向先生们组织的政府提出几句抗议的话。今日下午外间纷纷传说冯将军包围清宫逐去清帝；我初不信，后来打听，才知道是真事。我是不赞成清帝保存帝号的，但清室的优待乃是一种国际的信义，条约的关系。条约可以修正，可以废止，但堂堂的民国，欺人之弱，乘人之丧，以强暴行之，这真是民国史上的一

---

① 《孙中山先生秘书处致溥仪内务府绍英等人函》，《历史档案》1981 年第 3 期。

② 《章太炎致国务院电》，《近代史资料》第 61 号，第 213 页。

件最不名誉的事。今清帝既已出宫，清宫既已归冯军把守，我很盼望先生们组织的政府对于下列的几项事能有较满人意的办法：

（一）清帝及其眷属的安全。

（二）清宫故物应由民国正式接收，仿日本保存古物的办法，由国家宣告为“国宝”，永远保存，切不可任军人政客趁火打劫。

（三）民国对于此项宝物及其他清室财产，应公平估价，给与代价，指定的款，分年付与，以为清室养赡之资。

我对于此次政变，还不曾说过话；今天感于一时的冲动，不敢不说几句不中听的话。倘见着膺白先生（引者注：即参与策划政变的黄郛），我盼望先生把此信给他看看。[①]

胡适对溥仪出宫事件的反对，主要是在两个方面：一是信义，即优待条件具有条约性质，擅自终止，有背信义；二是道义，认为国民军以武力驱逐溥仪，是以强凌弱。所谓“欺人之弱”，自然指的是清室此时没有武力，溥仪尚未成年，冯玉祥欺侮孤儿寡妇；“乘人之丧”，则指的是瑾太妃去世不久，尚处于丧期。

胡适的公开信得到了溥仪的英国师傅庄士敦的正面回应，庄士敦的信中称赞他用正确的方式说了正确的事情，并且表示溥仪看了胡适的信一定会高兴。[②]不过中国人对胡适的回应，则多半是批评。

首先出来反对胡适的是老友周作人。周作人认为胡适的观点受到了外国人“谬论”的影响，周作人对于在中国的外国人和外国人控制的报纸历来不满，以为他们皆非民国之友。关于国民军的“信义”问题，周作人和他的老师章炳麟一样，都认为1917年清室复辟以后，优

---

① 胡适：《胡适致王正廷》，《胡适来往书信选》，1979年，第268—269页。

② 庄士敦：《庄士敦致胡适》，同上书，第269页。

待条件即已自然失效，当时就应予以制裁，段祺瑞等人没有及时制裁清室，已是大错，如今国民军驱逐溥仪，正是为段祺瑞补过，是“极自然极正当的事”，不存在失信问题。所以周作人认为此次使用暴力，责任不在国民军，而在于清室（不自行移让）、当初的段祺瑞当局（对于清室复辟的姑息）和复辟派的外国人。最后，周作人提及自己在清廷统治下的“辫子”生活的记忆，从民国的安全和根基的稳固角度出发，认为保留复辟过的清帝的尊号，是很危险的。[①]

胡适对于周作人的反对并未做过多的辩驳，只是申明他的反对信写作在外国人发表相关言论之前，故不曾为外国人“谬论所惑”，而溥仪和庄士敦很开明，都曾主动要求取消帝号和优待条件。胡适唯一明确表示与周作人观点不同的，是“暴力”问题，他认为周作人关于“暴力”的看法饱含感情分子。（当然，胡适承认自己原书也有很多感情成分）在胡适看来，“暴力”并不是必需的，更不是“极自然极正当的”，取消优待条件完全可以用更“绅士”的方法实现。[②]

胡适与周作人是交情比较好的朋友，所以二人观点虽有不同，辩论还算温和，而对于同为北大同事的李书华、李宗侗两人的反对，胡适就不免动了些火气。11 月 19 日，二李致信胡适，针对他说优待条件是国际信义和民国“欺人之弱，乘人之丧，以强暴行之”的一段话，提出质疑。由于二李完全站在民国立场和清室的对立面，所以态度也比周作人更激进。二李认为民国和保存帝号的废帝本不能并存，保存帝号即意味着民国尚未完全成立，所以对于优待条件也根本不认同，认为那是因辛亥革命不彻底而遗留的问题，现在才解决，已嫌太迟。而优待条件与国际条约不可相提并论，民国完全有权修改。不惟如此，二李认为修改后的优待条件仍太过宽厚，此时的溥仪在民国仍享有常人

---

① 周作人：《周作人致胡适》，《胡适来往书信选》，第 270—271 页。

② 胡适：《胡适致周作人》，同上书，第 271—272 页。

所不能享有的特权；最后，他们认为所谓“欺人之弱……以强暴行之”云云，是因为胡适头脑中还有皇权思想，以帝号为溥仪所应有，如果赞成民国，就应该赞成取消帝号，就不存在胡适所说的“丧”“弱”问题。而其中最刺激胡适的则是对其原文中不合逻辑部分的逆推，由于胡适表明自己是赞成取消帝号的，又说此次修改条件是“欺人之弱，乘人之丧，以强暴行之”，于是二李逆推出胡适的荒谬之处：“然则欲使清室取消帝号，必先等待复辟成功，清室复兴，再乘其复兴之后之全盛时代，以温和、谦逊、恭敬或他种……方法行之，方为民国史上一件最名誉的事”。[①]

胡适并没有正面就二李的质疑与之一一辩论，而是指斥当前社会舆论的不容忍，强调“容忍”和“言论自由”的重要。他从两方面立论：一是造成民国的条件很多，所以取消帝号，民国也未必就完全成立了；二是保存帝号未必就不是民国，并举英、法两国之例，一保存王室，一容忍王党，而不害其为民国。对于二李的逻辑逆推，胡适以为是充满着“苛刻不容忍的空气”。[②]

二李再度回复，申明并无干涉胡适言论自由之意，与胡适的辩论也毫无“苛刻不容忍”的意味，胡适屡屡提及言论自由有跑题之嫌。二李主要就胡适所举的英法两国对待王室王党的例子进行反驳，首先英国的国体是君主立宪，不是民国。其次法国对王党并不总是容忍，曾经处死过国王，驱逐王室近族，法国学者却从不以为“不名誉”。[③]

如果单就与二李的论争来说，胡适确实跑题了。二李既然与胡适观点不同，自然难免互相辩难，其逻辑逆推，本在情理之中，算不得苛刻不容忍。但是胡适也确实感受到了不容忍的空气，这种空气虽不存

① 李书华、李宗侗：《李书华、李宗侗致胡适》，《胡适来往书信选》，第277页。

② 胡适：《胡适致李书华、李宗侗》，同上书，第278页。

③ 李书华、李宗侗：《李书华、李宗侗致胡适》，同上书，第282页。

在二李的文章中，却存在众多和二李立场接近的激进年轻人的言论中。正是这些年轻人的过激甚至是谩骂言论，使得胡适承受着极大的心理压力，一方面不愿与周作人、二李等反对者深入辩论，一方面又不免反应过激，动了火气。

胡适日记中记载了几则因反对驱逐溥仪而遭到攻击的事例，虽然发生在与二李辩论之后，但可约略见出当时胡适的处境。一是有北大学生在厕所涂鸦，谩骂胡适等人："梁启超、章士钊、胡适三人现[拜]把为兄弟，拥戴段祺瑞为父，并追认袁世凯为祖父，溥仪为曾祖"，"章、梁、胡曾[真]可谓兄弟，均曾卖身于段贼，袁与溥实段之祖与曾祖也。"[①] 一是数月以后，上海学生联合会致函胡适，予以斥责："比年以来，先生浮沉于灰沙窟中，舍指导青年之责而为无聊卑污之举，拥护帝制余孽，尝试善后会议，诸如[此]类，彰彰皎著。近更倒行逆施，与摧残全国教育，蔑视学生人格之章贼士钊合作，清室复辟函中又隐然有先生之名。呜呼，首倡文学革命之适之先生乎！"[②] 此外，后来反清大同盟还有驱逐胡适出京之议，虽然并未真正实行，但是这些显然都在在增强着胡适关于"苛刻不容忍的空气"的感觉。

二 《语丝》群体的态度

《语丝》杂志主要以北大"太炎门生"教授群体为中心，也是当时最集中讨论"溥仪出宫"事件的媒体，它创刊于 1924 年 11 月 27 日，第一期便有讨论这一事件的文章。与胡适相比，"语丝"群体在立场上，完全认同民国，赞成冯玉祥临时政府修改"优待条件"。同时由于在舆论上和行动上都处于胜利者的一边，他们的心态显得相对平和，发言

① 王文彬、甘大文:《王文彬、甘大文致胡适》,《胡适来往书信选》, 第 315 页。
②《上海学生联合会致胡适》, 同上书, 第 341 页。

的姿态也更从容，迥异于胡适因感受到外界强大压力而表现出来的激切、悲愤。

《语丝》关于“溥仪出宫”的讨论，主要有三个方面的话题：一、自身的满清生活体验和民国情结的表达；二、对同情溥仪与清室的外国人和遗老的批评；三、对溥仪未来人生道路的设计。

表达满清生活体验和民国情结的文章可以钱玄同的《三十年来我对于满清态度底变迁》一文为代表。与胡适不同，“语丝”作者群如钱玄同、刘半农、周作人等，或者直接参与了辛亥革命，或者与革命党有着密切联系，因而他们对于清室，本能的存一种对立心态，于民国则本能的怀有着一种爱惜的心态。钱玄同将自己的政治态度的变化分为七个阶段。第一阶段是十岁至十六岁（1902 年）时，和一般的传统读书人一样尊君，认同清室皇权，懂得写字避历代皇帝的讳，遇到特定的词知道抬头。第二阶段是十六岁至十七岁（1903 年），受到梁启超新民丛报言论的影响，虽隐有排满思想，但是认同“保皇论”，反感谭嗣同式的激烈排满主张。第三阶段是十七岁时，仍然受“保皇论”支配，不喜太后，但仍赞成光绪皇帝。第四阶段是十七岁至十八岁（1904），读到友人赠送的《革命军》和《驳康有为论革命书》，尊清思想根本动摇，并因章太炎《驳康有为论革命书》一文提及公羊春秋的“复九世之仇”引起自身阅读体验的共鸣，开始认同革命，剪辮发，办白话报，弃用清帝纪年。第五阶段是从 1904 年到辛亥革命以前，受到革命刊物影响，尤其认同章太炎、刘师培等人偏重光复旧物、保存国粹式的排满革命，仇视满清。第六阶段是辛亥革命以后，对于满人已无对立心态，对清廷的仇恨却只消退了一部分，不赞成“优待条件”，因为他认为皇帝本身即是罪恶的。在他看来清廷及溥仪的叛逆之迹不仅仅是 1917 年的参与复辟，还包括擅自使用清廷年号，发布上谕，等等。第七阶段是 1924 年修改“优待条件”以后，溥仪废除帝号，钱玄同仇视之心完全消除，但是随后溥仪逃往日本使馆，遗老们阴谋破坏民国，又使他重新生出仇恨之心。钱玄同这篇详述自己对于满清态度变迁的文章，具有一定的代表性，周作人就称钱的许多经验和自己一致。[①]这种个人心迹的回溯，加上钱玄同风趣尖刻的笔法，也带有几分胜利者总结历史的意味。

周作人对于外国人评论中国的言论，一直心存警惕，认为他们主观上是要对中国不利，在客观上也不可能真正了解中国。譬如他在给胡适的信中即表明对胡适可能“为外国人的谬论所惑”的担心。有日方背景的《顺天时报》认为优待条件的订立，是英使朱尔典居中斡旋而成，所以冯玉祥的政变将引起列强不满。周作人认为这种观点是无理取闹，因为如果优待条件由朱尔典与列强担保，那么张勋复辟的时候，他们就应该出面反对。复辟时不干涉，则此时就无资格反对。[②]这一层意思，他在载于《语丝》第一期的《清朝的玉玺》一文中，有更为详尽的阐述。在他看来，相对于中华民国而言，外国人和清室遗民都不是本国人，他们不可能了解民国，所以《顺天时报》这样的报纸，“好恶无不与我们的相反”。[③]随后周作人又撰文批评该报所载美国人李佳白反对修改优待条件的文章，指出李佳白这些外国人，以及打倒复辟的段祺瑞，对于丁巳复辟故意“健忘”。而且周作人总结出一个在中国的外国人思想上的一个公例，即“外国人居留中国愈久，其思想之乌烟瘴气亦必愈甚”。由此，对于《顺天时报》这样的外国机关报，周作人还做了一个有些二元对立的论断：“他们所幸所乐的事大约在中国是灾是祸，他们所反对的大抵是于中国是有利有益的事”。[④]当时北京的报纸还译录一则日文新闻，有三位日本博士（佐佐木亮三郎，狩野直喜，矢野仁一）反对中国废弃帝号，认为这是颠覆王道根基的乱暴行

---

① 钱玄同：《三十年来我对于满清态度底变迁》，《语丝》第八期。

② 周作人：《周作人致胡适》，《胡适来往书信选》，第270页。

③ 周作人：《清朝的玉玺》，《语丝》第一期。

④ 周作人：《李佳白之不解》，《语丝》第四期。

为。周作人撰文批驳，认为这首先属于干涉中国内政；其次所谓“王道根基”云云为中国人所难以理解，日本博士硬将日本人的观念强加于中国，虽然“老实”，却近于“狂妄”；最后以朝鲜为例，说明颠覆了朝鲜“王道根基”的，正是日本的侵略。[①] 此外，章川岛的《欠缺点缀的中国人》等文，也都批评了外国人对于溥仪出宫事件的干涉，讽刺了胡适的“最不名誉”说。

《语丝》对于遗老的批评有两类，一是整体的笑骂，一是具体讨论林纾、罗振玉的评价问题。前者可以钱玄同为代表。钱玄同之排斥遗老，既牵涉新旧之分，又包含夷夏之辨：在思想上，遗老都是守旧的，坚持的是“旧中国”文化传统中腐朽愚昧的部分，与钱玄同拥护的“欧化的中国”正相反；而同为遗老，在民族气节上，他们也远不能与明末顾炎武、黄宗羲等人相比，因为顾、黄诸人为汉人守节，反对异族入侵，是“尊中国而攘夷狄”，清室遗老则反之，为异族守节，是“尊夷狄而攘中国”。所以，他认为凡是（清室）遗老，都是“恶性”的，于民国有害的。[②] 关于优待条件，钱玄同则通过两个层面的历史对比提醒遗老，民国之于清室是非常宽厚仁慈的。一是古往今来亡国之君都没有好下场，包括败亡于满清之手的明代和太平天国的亡国之君；二是满清从入侵到入主中原，对于汉人的大肆屠杀和高压统治。而民国既没有像历代王朝更迭中的胜利者一样对待溥仪和清皇室成员，也没有为汉人报“九世之仇”，即便在清室参与复辟反叛民国之后，仍然维持优待，包括此次国民军进京，也只是修改而非废除优待条件。民国如此宽厚，而遗老尚以为不足，如果因此再次图谋复辟，其实正是害了溥仪。[③]

---

① 周作人：《三博士之老实》，《语丝》第四期。

② 钱玄同：《写在半农给启明的信底后面》，《语丝》第十二期。

③ 钱玄同：《告遗老》，《语丝》第四期。

关于林纾和罗振玉评价的讨论，还可以反映出《语丝》群体在对外部的舆论上有着尽量保持一致的自觉。最早提起这一话题的是周作人，他在文中有限度地肯定了林纾工作态度的认真勤奋，认为林琴南写《荆生》，“不免做的有点卑劣，但他在中国文学上的功绩是不可泯没的”。并将之与罗振玉比较，认为林纾的文学工作在很大程度上可以与其遗老身份剥离，具有文学趣味，罗振玉则比林纾更遗老，是所谓的“恶性遗老”，文字也毫无趣味。[①] 这篇文章引发了刘半农的感叹，他除了对于林纾“借重荆生”压迫新文化运动表示“无论如何不能宽恕”以外，更多地表达了对于当年论战中“唐突前辈”的后悔。[②] 周、刘两文尤其是刘文引起了钱玄同的不满。他先是不满于周作人将林纾遗老的政治身份与学术功绩分开的做法，因为有学术功绩的遗老，不仅仅是林纾，林纾、罗振玉辈遗老不论在学术功绩和政治态度上都不能与明末遗老顾亭林等人相比，而且清代遗老不存在良性、恶性之分，他们在反对民国、卫护旧伦常、旧礼教方面是一致的，都是“恶性”的，不必扬林抑罗。对于刘半农的“唐突”之说，钱玄同就更不同意，他反对认林纾为前辈，而且即便是前辈，也照样可以“唐突”，前辈和后辈是平等的，前辈并不必然有教训后辈的权利，而且在当时其实是林纾对“我辈”的“唐突”更甚。钱玄同还有一个近似简单化的“进化论”的看法，认为后辈更有资格教训前辈，而非相反，因为后辈的知识比前辈更“进化”。[③] 周作人随后又撰写了《再说林琴南》一文，将之前相对即兴的表达做了清晰的界定，将林纾的功绩严格限定在“介绍外国文学”，认为除此以外，没有别的好处。林纾翻译的勤奋固然可佩，但是他占用的社会资源也多（稿费是别人的五倍）。他自己的作品更没有价值，因

① 周作人：《林琴南与罗振玉》，《语丝》第三期。

② 刘半农：《欧洲通信》，《语丝》第二十期。

③ 钱玄同：《写在半农给启明的信底后面》，《语丝》第二十期。

为没有性格，如同门房一样传达古人的思想文章。在维护旧礼教方面，尤其不值得佩服，他的卫道不是自己的独立判断，不是个人主义的孤独的抗战，而是托庇于“帝王鬼神国家礼教”之类的大名号之下，所以算不得勇敢，周作人希望于年轻人的，是有自己独立的判断，超脱于传统和时髦之外，孤独地冒险前进。[①] 从这三人的文字看，可见刘半农性格最为天真，易为外界所感，一见周作人的“恕词”，立即引发自己“唐突前辈”的后悔之情。钱玄同立场最决绝，态度也最激烈，对于林纾等遗老的政治和思想倾向的斗争，丝毫不肯让步。周作人相对平和，大约也是由于林纾已死，所以颇有“恕词”，试图将林纾的政治身份与文化贡献分开评价，即便在政治身份上，也倾向于认为林纾属于“良性”遗老，不同于“恶性”的罗振玉。但在钱玄同批评之后，周作人也迅速调整姿态，明确立场，前后观点虽仍可一贯，侧重点却已截然不同。

关于溥仪未来人生道路问题，是从《语丝》创刊即开始讨论的，论者主要是钱玄同和周作人。从两人的文章可以看出，他们对于溥仪个人没有恶感，甚至有同情和一定的欣赏。临时政府修改优待条件之后，溥仪出宫，废除帝号，爱护民国的人认为民国根基得到巩固，清室已经无害，所以对于清室和溥仪都不再有敌对的仇视心态，也不再将溥仪当作敌对阵营的象征和代表，而是看作与自己平等的民国国民，从而可以从容以长者身份为他未来的道路出谋划策。他们一旦设身处地以一个现代公民的标准来观察溥仪，自然会觉得他长期处于深宫，困于遗老、后妃之手，其作为公民的自由和权利，都受到限制，知识和技能的学习也不及同龄人，值得同情。当然，这些都是钱、周等人揆诸情理的单方面想象，他们对于溥仪的了解极为有限，想象基础还是源于胡适。胡适在 1922 年进宫见过溥仪后所写的《宣统与胡适》一文，将溥仪塑造为一个有新思想、有独立性、有反思之心的现代有为青年，文中

---

① 周作人：《再说林琴南》，《语丝》第二十期。

提到他关心时政，订阅包括《晨报》《英文快报》在内的报纸；赞成白话，阅读、写作新诗，不仅熟悉胡适，还知道康白情、俞平伯；能摆脱身边人的干扰，独立行事，出宫探望师傅的病；有求知欲望，向往出洋留学；对于清室的过错有反省，为靡费民国金钱感到不安，做过独立生活的努力。[①] 胡适塑造的这一充满现代意识的溥仪形象显然为钱、周所接受，成为他们谈论溥仪未来出路的前提。

从“语丝”的讨论来看，钱玄同和周作人为溥仪设计的道路，都是希望他能够从此摆脱宫禁，像其他现代青年一样有良好的受教育机会，学习现代人必备的知识技能。钱玄同认为溥仪自幼生长于深宫之中，在现代知识技能方面都低于同龄人，所以希望他补习初中程度的科学常识，然后考高中，甚至出国留学。[②] 周作人则在钱玄同的基础之上，更考虑到溥仪身份、经历的特殊性，建议他将来到欧洲研究希腊文学。因为溥仪做过皇帝，比一般人更容易理解这种贵族式的精美的文明，甚至期待于溥仪学成归国之后可以到北大担任希腊文明的讲座。[③] 可见，对于溥仪未来人生道路的设计，钱玄同、周作人与胡适并没有什么区别。他们之间的不同，与其说是思想观点，不如说是感情和态度。于“出宫事件”，钱、周首先看到的是民国根基的稳固，革命心愿的满足，继而以现代意识看溥仪，认为国民的身份荣于皇帝。胡适则更多地站在溥仪和清室的立场，感受他们被驱逐的屈辱和痛苦，因而不满国民军手段上的不够绅士，对他们的“恃强凌弱”产生了道德义愤。而在思想观念上，留学美国的胡适显然不可能赞成帝制，这也是胡适虽然愤愤不平，但是和周作人以及二李都不愿也不能深入辩论的原因。

整体而言，“语丝”群体关于“溥仪出宫”的讨论，主要是从道德

① 曹伯言整理：《胡适日记全编》3，安徽教育出版社，2001 年，第 736 页。

② 钱玄同：《恭贺爱新觉罗溥仪君迁升之喜并祝进步》，《语丝》第一期。

③ 周作人：《致溥仪君书》，《语丝》第四期。

伦理尤其是革命伦理层面入手，而很少考虑到政治操作的法理层面。所以集中在几个方面论述：一是从现代民主共和观念出发，批判帝制，认为普通国民比皇帝光荣。二是从满清入主中原的历史寻找“驱逐溥仪”的合法性，这又带有一定的反满革命、光复汉室的种族革命思想。因为清廷曾经屠杀、压迫汉人，所以将其清王朝推翻，将逊帝驱逐出宫，完全合乎革命伦理。三是从中外历代王朝更迭来看，亡国之君都没有好下场，而民国则给出了保存清室的优待条件，当然是仁慈宽厚之举。四是清室一直违规使用年号、给官民赐谥、颁行荣典，尤其是丁巳复辟，公然破坏双方约定，所以国民军修改优待条件、驱逐溥仪出宫之举，不算违约。

《语丝》诸人的论述中，除了第四点是在具体的优待条件基础之上立论以外，其余三个方面都是“从头说起”，带有很强的“一厢情愿”的色彩，这显然只对那些认同革命道德、革命伦理的人才具有说服力，很难说服清室和遗老。

三　法理层面的辩护

从法理层面讨论“优待条件”的，重要的文章有两篇。一篇是发表于《现代评论》一卷一期（1924 年 12 月 13 日）的《清室优待条件》，作者周鲠生是北大法学教授，其专业背景决定了他立论的角度与《语丝》诸人不同。在周鲠生看来，之前的论述都侧重于“主观的伦理”的方面，而非建立于“客观的事实”之上，不足以解决修改优待条件这一“实际政治问题”。周鲠生自己的论述从法律、道义、手续三个方面层层推进：一是“优待条件”的性质，是否是国际条约，民国是否有权修改；二是修改条件在道义上是否合理；三是手续上是否得当。

关于“优待条件”的性质，胡适和段祺瑞等人，都认为是国际条约，这也是他们坚持认为修改条件有违国际信义的理由。周鲠生也认为如果是国际条约，则民国无权单方面修改，但他认为“优待条件”既非国际条约，也非私法契约，而只是民国给予清室的一种特典。因为国际条约的签约双方是两个国家，清室显然算不得一个国家，至于订立优待条件时曾经照会各国驻北京大使，那只是单方面的通告。私法契约也需要双方或多方协定，而优待条件虽经民国与清室协商，但最终是以民国政府单方面的名义宣告。周鲠生据此对优待条件的性质作出界定：民国为了政治上的权宜而给予清室的一种特典。这种特典不能超越于一般法令之上，其永久性也不受国际法或宪法的保障，民国自然有权修改或取消。

至于道义的角度，周鲠生从两个方面论述。一是一国的法令，本就随着政治变动而改变。国民军的政变，其实是一场革命。对于一场革命而言，废除一个优待条件是很正常的。第二方面，则是国民党及《语丝》诸人也已提及的，清室附和张勋复辟，已是违约在前。优待条件的前提是清室主动逊位，赞成共和，一旦清室谋求复辟，优待条件的基础不复存在，自然失效。民国不予追究，已经是宽大之至。所以，修改优待条件并不违反道义。

从手续的角度来看，周鲠生认为有欠缺、唐突之处，但也情有可原。因为社会上阻力太大，如果不用这种雷霆手段，则不可能成功。事后的修补，可以考虑请国民会议追认，但绝不可以翻案。[①] 周鲠生的立场和《语丝》诸人其实是完全相同的，他也认为在民国之中保留废帝称号，给予特典，既不符合民主精神，又可能影响民国根基。所不同者，只是论述的角度，更多从法律和具体的政治操作层面论述而已。

周鲠生的文章发表后，《现代评论》的另一主撰者王世杰作了回应，意见与周大同小异，唯一略有不同之处在于优待条件性质的具体认定。在王世杰看来，影响国家与国家、国家与个人权利关系的国家行为，有

---

① 关于周鲠生观点的论述，均源于《清室优待条件》一文，《现代评论》第一卷第一期。

四种，即国际条约，普通契约，法律命令，以及学理上所谓的“公法契约”。王世杰认为优待条件的性质应该属于最后一种。“公法契约”在成立的手续上，须经当事各方合意，但与普通法律命令不同。国家任命官吏即属于“公法契约”，清室优待条件，也是如此，所以民国可以不经过清室同意而自行变更。[①]

另一篇从法理方面讨论优待条件的，是宁协万的《清室优待条件是否国际条约》一文。宁文意旨与周鲠生文接近，只是在具体论述方面略有差异。关于优待条件的性质，宁协万认为条约的双方应该都是国家，且须经代表国家主权的元首批准与国家之间的关系。所谓国家，需要包括三要素——领土、国民、主权，而逊帝宣统仅有帝号空名，处境与1814—1815年间的拿破仑一世类似，无领土、无人民、无政权，不可作为国际条约的一方，所以优待条件只能是国内规则，相当于“条例”“规则”，在国际上类似于1871年意大利对于教皇的保证法律。在国内宣统的地位则相当于衍圣公，国家给予的优待都是主权者单方面的意思，不具备条约性质，所以民国在法理上有权单方面修改，属民国内政，国际上也无权干预。民国的失误在于没有把握好修改条约的时机，最佳时机是丁巳复辟失败、共和再造之时，彼时民国应立即将溥仪附和复辟之罪公诸天下，废除优待条件。[②]这一点国际上也有先例，那就是拿破仑一世第一次战败后，仍然保留帝号，给予年金，但他试图复辟，再败后，帝号、年金即被取消。而且优待条件在袁世凯时代即已被修改一次，这也从事实上说明了可以以国家主权方式单方面修改优待条件。[③]

---

① 王世杰：《清室优待条件的法律性质》，《现代评论》第一卷第二期。

② 这一点和周作人的观点一致，周作人在给胡适的信中即说：“清室既然复过了辟，已经不能再讲什么优待，只因当局的妇人之仁，当时不即断行，这真是民国的最可惜的愚事之一。”（《周作人致胡适》，《胡适来往书信选》，第270页。）

③ 宁协万：《清室优待条件是否国际条约》，《东方杂志》22卷22号。

其实关于优待条件的性质，即便是遗老和列强，也都是心知肚明。据金梁《光宣小记·逊位诏》记述："时英使朱尔电，颇奔走其间。皇室思引国际自重，欲得朱使签字。朱以不得干内政为辞，惟将议定条件，照会各使馆备案而已。"[①]可见在优待条件签订之时，英国大使朱尔典就很清楚，这属于民国内政，而非国际条约。首都革命后，遗老及军阀们动辄说国际约法、列强干预，不过是挟洋自重，借列强之名恫吓民国而已。

另据天忏生《复辟之黑幕》载，张勋复辟失败，离京曾向溥仪索要黄金万两，溥仪说："万两黄金值银四十余万元，朕即位于今甫七日，酬汝四十余万元，不啻以五万元买一日皇帝做也。"张勋则说自己自辛亥以来六年间，先后报效不下五十余万。瑾太妃质问："今复辟势将消灭，民国优待四百万之皇室岁费，皆断送汝手，吾孤儿寡妇，又向谁取偿耶！"[②]如果此条史料属实的话，则可见后宫太妃也知道附和复辟是违反约定之举，一旦失败，优待条件是必然会取消的。

四 结 语

这些年来，有不少胡适研究者，喜欢将胡适的只言片语当作圣经，而往往忽略胡适发言的语境，以及思想的前后变化。即如"溥仪出宫"事件，人们便常常将"民国史上的一件最不名誉的事"一语挂在嘴边，不仅不研究此事的来龙去脉，不考虑胡适同时代人的不同看法，甚至连胡适自己观点的变化，也置之不理。

1930 年 10 月 23 日，徐一士访问胡适，访谈内容后来以《与胡适之博士一席谈》之名发表。1922 年胡适进宫见溥仪，引起不少非议，

---

① 章伯锋等主编：《近代稗海》第十一辑，四川人民出版社，1988 年，第 328 页。

② 同上书，第四辑，第 268 页。

尤其是二人的称谓（“他称我为‘先生’，我称他为‘皇上’”），遭人嘲笑。当时徐一士在《京津时报》发表评论，认为根据优待条件，清帝保存帝号，民国待之以外国君主之礼，所以胡适的称谓并无不妥。[①] 这一评论给胡适留下很好的印象，以为“平允”。[②] 此次访谈，徐一士提及旧事，胡适也欣然讲述当年进宫见溥仪经过，以及对“溥仪出宫”一事的看法：

> 至溥君出宫一事，胡君谓当时颇病当局者手续之未安，曾致书王儒堂论之。及今思之，溥君出宫，在其个人得一解放，可有相当之自由，胜于蛰处深宫，势等囚禁。而故宫图籍珍品，亦得与国人相见，作研究之资料，尤胜于长此锢闭，听其埋没。是此举虽近操切，而事实上实为有益，觉当时意见，犹有几许火气未除耳。[③]

胡适坦率地反思了自己当年的“火气”，对于“溥仪出宫”事件的看法做了修正：从溥仪个人角度来看，得到了自由，胜于囚禁宫中；从公众角度看，可以看到禁宫中的图籍珍品，增加研究资料。所以虽然手段上有些“操切”，但结果上却是有益的。这和周作人、钱玄同等人几乎完全一致，与李书华、李宗侗的看法也并不冲突。至于胡适念兹在兹的“手续”问题，徐一士解释说“此为一种非常举动，故立时解决，若按部就班缓缓商办，即将办不动矣”，胡适也表示了赞同。[④] 事实上徐一士的解释，也正是当年胡适的反对者们的解释，譬如周作人就认为国民军驱逐溥仪出宫是“极正当”的，周鲠生的文章在论“手续”部分，也说明如果不用此种手段，则根本不能成功。胡适的反思，可以见

---

① 徐一士：《凌霄一士随笔》（一），山西古籍出版社，1997 年，第 324 页。

② 《胡适日记全编》，第 736 页。

③ 徐一士：《凌霄一士随笔》（一），第 325 页。

④ 同上。

出一个学者的坦率和真诚，也可以部分解释胡适当年的“不解释”的原因。在1924年的舆论氛围中，胡适是非常孤立的，不仅遭遇老朋友、老同事的反对，也受到各种社会激进力量的压抑。从道义和个人情谊上，胡适又同情溥仪的弱者处境。这些都激起了他“正义的火气”和道德义愤。而从政治理念上说，胡适显然是赞成共和反对帝制的，与他的反对者其实并无根本分歧，而双方又处于一种互相抵触的论战语境中，胡适显然难以心平气和地阐释自己的观点，只有愤愤不平地保持沉默。

胡适另一次提及“溥仪出宫”事件，则是受到东北局势的触动。据罗尔纲的回忆，那是在1931年9月10日前后的一个星期天，胡适和徐志摩、罗尔纲等人游景山，在山顶俯视故宫时，胡适沉痛地说：“东北情况严重，如果当年冯玉祥不把溥仪驱逐出宫，今天北平不知怎样了，那时我反对把溥仪驱逐出去，我错了！”[①] 我们将罗尔纲的回忆和徐一士的采访相对比，可以见出胡适关于“溥仪出宫”事件的看法的反思并非一时冲动，而是前后一贯的，经过认真思考的。

纵观“溥仪出宫事件”全过程，可见国民军修改“优待条件”，将溥仪驱逐出宫，既合乎法理，又不违背道义。从法理上说，优待条件不属于国际条约，民国有权单方面修改或取消；从道义上说，清室违规使用年号、赐予官民谥号、荣典，尤其是附和复辟在先，已经破坏了优待条件；从先例上来看，则袁世凯1914年已经对优待条件做过一次修订。而具体到溥仪出宫，严格来说，根本不违背优待条件，因为最初的条件之中即约定了大清皇帝是“暂居宫禁，日后移居颐和园”。

不惟如此，优待条件的订立，是政治博弈的结果，本质上是一个政

---

① 罗尔纲：《师门五年记・胡适琐忆》(增补本)，生活・读书・新知三联书店，1998年，第132页。

治问题，而非纯粹的法律问题。一旦政治力量的对比发生改变，约定必然会随之修正，这是很正常的事情，不可全部从法律角度立论。周鲠生就认为政治变动，会带来旧制的改变，优待条件也不可能永久不变。尤其是他将国民军的执政，看作一场“革命”（而非简单的“政变”），既然是革命，当然一切制度都会被推翻，何况区区一个优待条件呢？[①]

可见即便撇除各人对国民革命、溥仪与清室的情感因素，胡适与反对者尤其是周作人、钱玄同、李书华、李宗侗等人在思维方式上也有着根本不同。胡适可谓“食马肉不食马肝”，更看重具体的法理、手续问题，更在意手段的绅士、温和与否，倾向于将一切问题都置于既定的政治格局之下考虑，而不愿意穷追这一政治格局的合法性来源，因而也就反对天崩地裂式的政治大变动。周作人等人则更愿意“从头说起”，只要符合政治伦理、革命伦理，对于他们认为不合理的既定政治格局，并不介意通过暴力手段将之打翻，所以将对于手段的“绅士”与否的执着看作“秀才式的迂阔”，而赞同孔子式的“以直报怨”，以为国民军之举是“极自然极正当的”。[②] 所以当年处于革命氛围之中，胡适最孤立；今日是和平年代，建设时期，大家纷纷反思革命之弊端，胡适忽然多了许多隔代知己。

至于溥仪出宫事件的后果，有一种观点认为溥仪后来潜往东北，沦为日本侵略中国的工具，根源于优待条件的修改。这种看法也是值得商榷的。溥仪和清室复辟与否，并不由民国优待与否决定。民国之于清室，无论如何优容，所能给出的条件，总不可能与复辟成功带来的巨大利益相比。真正影响清室复辟的原因，还是政治力量的对比，一旦得到有利的时机，溥仪本人即便主观上不赞成复辟，也必然被遗老

① 周鲠生：《清室优待条件》，《现代评论》第一卷第一期。

② 周作人：《周作人致胡适》，《胡适来往书信选》，第270—271页。

裹挟而参与其中。所以民国的失误不在于修改优待条件，而在于修改条件后便对溥仪放任自流，没有有效的控制。这从主观上看，是过低估计了溥仪所具有的政治符号力量，理想化地认为溥仪已经成为普通公民，有权择地而居，而忘记了他即便变为平民，也是一个特殊的平民。从客观形势上看，“民国”一直都不是一个整体，中央政府常常政令不出都门，地方实力派军阀各怀心腹事，尤其是在北伐成功以前，执政当局频繁更替，城头变幻大王旗，制度、政策缺乏长期规划和延续性，因而在溥仪的问题上，给日本人以可乘之机。而在 1924 年的民国，掌握各地实权的北洋军阀，或与复辟派暗通款曲，或首鼠两端，时刻准备望风而动。修改优待条件之举，直接摧毁了复辟派的精神中心，断绝了旧军阀的投机复辟之念，复辟势力从此式微。这于一个形式上的民国的根基的巩固，是有贡献的。

胡适与文学研究考据化倾向

考据之学，在清代尤其是道、咸以前，一直居于学术界的统治地位，被视为学术正宗。王国维在《沈乙庵先生七十寿序》一文中曾说：

> 我朝三百年间，学术三变：国初一变也，乾、嘉一变也，道、咸以降一变也。顺、康之世，天造草昧，学者多胜国遗老。离丧乱之后，志在经世，故多为致用之学，求之经史，得其本原，一扫明代苟且破碎之习，而实学以兴。雍、乾以后，纪纲既张，天下大定，士大夫得肆意稽古，不复视为经世之具，而经史小学专门之业兴焉。道、咸以降，途辙稍变，言经者及今文，考史者兼辽、金、元，治地理者逮四裔，务为前人所不为，虽承乾嘉专门之学，然亦逆睹世变，有国初诸老经世之志。故国初之学大，乾、嘉之学精，道、咸以降之学新。[①]

考据之学是所谓“汉学”（朴学）的核心，顾亭林、阎若璩等人已开示门径，后经钱大昕、戴震等人发扬光大，成为清代学术主流。道、咸以后，一来考据之学已趋于极盛，二来帝国内外皆面临重重危机，遂有“经世致用”的今文经学兴起。又由于太平军之乱，朴学大本营江南学术遭到毁灭性打击，湘籍的曾国藩等人崛起，考据之学受挫，理学

---

① 王国维：《沈乙庵先生七十寿序》，《王国维文集》第一卷，中国文史出版社，1997年，第97页。

和桐城古文一定程度上得到兴盛。[1]但是考据之学虽有衰落之势，在“同治中兴”以后，仍然继续存在，只不过“普通的经学史学的考证，多已被前人做尽，因此他们要走偏锋为局部的研究”，即金石学、元史及西北地理学和诸子学。[2]这在清末民初的学术研究中便引起两种风气：一是考据化，一是史料化。

一　现代大学的学者化、专家化

民国以来，现代大学的建构日趋完备，研究化和专业化的要求，也强化了这两种倾向。如1913年后北京大学文科中太炎门生取代桐城派占据主流地位，在学术方面，其实是汉学家取代古文家，考据家取代文学家。陈平原曾将大学中的教员更替和学制演变结合考察，认为桐城派之被“扫地出门”，既有人事关系，牵涉到“领导权之争”，也是由于他们的文论，如林纾的《春觉斋论文》和姚永朴的《文学研究法》，主要着眼点都不是“文学研究”，而是“写作指导”，“偏于具体写作经验的传授，与新学制的规定不尽吻合”。[3]

学者对文人、儒林对文苑的轻视，在历史上一直存在。姚鼐欲师戴震反遭“微言匡饬”，后来屡屡攻击“朴学残破”，其弟子方东树则撰《汉学商兑》，专门攻击汉学。[4]民国时桐城派重镇姚永朴任职北大，以《文学研究法》为授课讲义，计四卷二十四目，其中“范围”一目区分文学家与诸家的不同，考据家为其一。姚氏认为，“考据家宗旨，主于训诂名物，其派有二：在经者为注疏家，（略）在史者为典制家”。对

---

① 参见艾尔曼著，赵刚译：《从理学到朴学》，江苏人民出版社，1995年，第173、174页。

② 梁启超：《中国近三百年学术史》，《饮冰室合集》第10卷，中华书局，1989年，第28页。西北地理学的兴起也与当时学人面对外部危机，关心边疆有关。

③ 陈平原：《新教育与新文学》，《中国大学十讲》，复旦大学出版社，2002年，第123、125页。

④ 章炳麟：《清儒第十二》，《訄书》，上海古籍出版社，2000年，第151页。

于后者，只是一笔带过，主要评论对象则是注疏家[1]，虽然说“文学家读书议礼，亦未尝不用考据”，并引姚鼐语，所谓：“以考证累其文，则是弊耳；以助文之境，正有佳处，夫何病哉！”但其主旨，仍在论述考据注疏之学对于文学的负面作用。如引《汉书·艺文志》说：“后世经传既已乖离，博学者又不思‘多闻缺疑’之义，而务碎义逃难，便辞巧说，破坏形体。”引吴汝纶书信：“说道说经，不易成佳文。道贵正而文者必以奇胜，经则经疏之流畅，训诂之繁琐，皆于文体有妨。”又引梁章钜语，从著述家与考据家出现的先后论述前者优于后者：“著作始于三代，考据起于汉唐注疏，考其先后，知所优劣矣。著作如水，自为江海；考据如火，必附柴薪。”[2] 林纾也站在文学创作和鉴赏的立场批评当时大学中文学考据化的破碎倾向，斥章太炎为“庸妄巨子”，“剽袭汉人余唾，以挦扯为能，以饾饤为富；补缀以古子之断句，涂垩以《说文》之奇字，意境义法，概置勿讲”。[3] 朴学大师章太炎则区分经儒与文士，以为“经说尚朴实，而文辞贵优衍”，而“桐城诸家，本未得程、朱要领，徒援引肤末，大言自壮，故尤被轻蔑”。[4] 钱基博也称“章炳麟实为革命先觉；又能识别古书真伪，不如桐城派学者之以空文号天下。于是章氏之学兴，而林纾之说熸”。[5] 而在当时的环境中，太炎学说一派已经占据强势地位，姚永朴、林纾的言论，并不能引起关注。

新文化运动中，陈独秀进北大任文科学长，带入一大批“新人”，这些人多是原来《甲寅》《新青年》的撰稿人，因“文学革命”得名，

---

① 这与当时学术界桐城派和太炎学说派的斗争有关，其后黄侃的《文心雕龙札记》和刘师培的《中古文学史讲义》，均有与姚书争论之意。

② 以上所引姚永朴文字，均见姚永朴：《文学研究法》，凤凰出版社，2009 年，第 22—23 页。

③ 林纾：《与姚永概书》，转引自钱基博：《现代中国文学史》，中国人民大学出版社，1999 年，第 171 页。

④ 章炳麟：《清儒第十二》，《訄书》，第 152、151 页。

⑤ 钱基博：《现代中国文学史》，中国人民大学出版社，1999 年，第 171 页。

不以学术成就为人知，在世人心目中属于“文士”，对于大学来说，是一股外来力量，与现代大学的本身性质并不完全相合。蔡元培引进陈独秀，很大程度上是要借助其与《新青年》的“新”来攻伐老北大的“旧”，以思想革命作用于学术领域，借助现代刊物的动员力量来表明立场、打开局面。人们多能看到“一校一刊”结合产生的巨大力量，往往忽略了二者冲突的一面。大学有其自身的内在逻辑和规则，“新人”倘若不能适应，顺利实现文士向学者身份的转化，往往难以立足。这批“新青年”初进北大，学术上均遭不同程度质疑，便是因此。

据罗章龙回忆，蔡元培宣布聘请陈独秀担任文科学长之初：“消息传出，全校震动。青年学生无不热烈欢迎，奔走相告，而教师中的遗老遗少则窃窃私议，啧有烦言。他们的‘理由’之一，是陈先生只会写几篇策论式的时文，并无真才实学；到北大任教，尚嫌不够，更不要说出长文科了。蔡先生对于这些攻击，态度是鲜明的，驳斥也是有力的。他说，仲甫先生精通音韵训诂，学有专长，过去连太炎先生也把他视为畏友。熟悉陈先生的人也出来说话，说他在文学考据方面有素养、有研究、有著作，高一涵先生甚至说，仲甫先生讲文字学，不在太炎先生之下。这样众口一辞，才慢慢堵住了攻击者的嘴。”[①] 陈以爱曾据此分析当时的学风，一来当时只有“训诂音韵”“文学考据”才算得上是真正的学问，在北大文科中，考证之风已经形成，二来章太炎已然成为该领域的学术权威，其学术具有不证自明的合法性。[②] 其实，罗章龙文中所谓的“遗老遗少”，就包括部分章门弟子。

李大钊之进北大，是章士钊提议，蔡元培、陈独秀引入，据章氏

---

① 罗章龙：《陈独秀先生在红楼的日子》，童宗盛主编：《中国百位名人学者忆名师》，延边大学出版社，1990年，第55—56页。当时的北大学生罗家伦在后来的回忆中也说：“他（引注：指陈独秀）的毛病是聪明远过学问，所以只宜于做批评社会的文字而不宜于做学术研究的文字。”（罗家伦：《蔡元培时代的北京大学与“五四”运动》，罗久芳编：《罗家伦与张维桢——我的父亲母亲》，百花文艺出版社，2006年，第47页。）

② 陈以爱：《中国现代学术研究机构的兴起》，江西教育出版社，2003年，第17页。

回忆,"盖守常虽学问优长,其时实至而声不至,北大同僚,皆擅有欧美大学之镀金品质,独守常无有,浅薄者流,致不免以樊哙视守常"。[①]由于现代大学的研究化、专业化特质,对于从业人员的学历和专业学术成果均有要求,李大钊其时两者皆无,自不免遭人轻视。当然,章士钊此文撰于1951年,具有时代烙印,认为"北大同僚,皆擅有欧美大学之镀金品质",不免有误,当时北大文科中欧美留学生尚未占据主导地位,引领风气的正是多留学于日本的太炎门生。

在这批"新人"中,转型最成功的是胡适。这一来是因为他具有留学经历,属于"洋博士",二来他也积极适应当时学风,虽因提倡文学革命而名震海内,但迅速转向国故学的研究,"用科学的研究法去做国故学的研究",打造其"新知深沉""旧学邃密"[②]的"新式讲国学者"形象,获得老派学人的认可。

胡适初进北大,学问也一度遭到学生质疑,后来安然渡过难关,在北大立足,固然有傅斯年等人"保驾"的成分,更重要的是他不信任上古史料的"裁断",外接西方"科学精神",内续清代辨伪传统,[③]与当时学风有相合之处。蔡元培1918年在为《中国哲学史大纲》作序时,也刻意强调胡适在材料辨伪上的"汉学"工夫,有意无意地将胡适说成是"生于世传'汉学'的绩溪胡氏,禀有'汉学'的遗传性;虽自幼进新式的学校,还能自修'汉学',至今不辍"。[④]胡适自己在次年的《再版自序》中,称做这部书,所最要感谢的学人中,过去的是王怀祖、

---

① 章士钊:《〈李大钊先生传〉序》,转引自《李大钊史事综录》,北京大学出版社,1989年,第175页。

② 胡适:《论国故学——答毛子水》,《胡适文集》卷2,北京大学出版社,1998年,第327—328页;蔡元培:《我在北京大学的经历》,高平叔编:《蔡元培全集》第6卷,中华书局,1984年,第350页。

③ 后来读书渊博的陈汉章反倒因为同学"詈以不明科学方法"愤而离职。(见朱希祖:《逐辩"北京大学史学系全体学生驱逐主任朱希祖宣言"》,《北京大学日刊》1930年12月9日。)

④ 蔡元培:《〈中国哲学史大纲〉序》,《中国哲学史大纲》,上海古籍出版社,1997年,序言页1。

王伯申、俞荫甫、孙仲荣，近人中是章太炎，北大同事中则是两位太炎门生钱玄同和朱希祖，这都颇可以反映当时的学风和胡适的态度。[①]

罗家伦以北大学生的眼光，观察到胡适"回国第一年的工夫，拼命的在写着他的《中国哲学史》上卷，他自己亲手抄了两道，的确下过一番苦功"。初到北大时，"胆子还是很小，对一般旧教员的态度还是很谦恭，后来因为他主张改良文学而陈独秀钱玄同等更变本加厉，大吹大擂，于是胡适之气焰因而大盛，这里仿佛有点群众心理的作用在内"。[②] 胡适态度转变的原因，固然有罗家伦所分析的，是借助外部思想文学变革的力量，与其在学术上站稳脚跟也有关系。

刘文典早年曾参加革命，认同新文化运动，是《新青年》早期的撰者之一，被陈独秀引进北大后，却"费了一年多的工夫，把《淮南子》整理了一遍，做成《淮南鸿烈集解》这一部大书"，被胡适称为"可以不朽"。[③] 刘文典虽然对于自己的学术颇为自信，[④] 且"做过校勘的工夫"，但"素来无人晓得"，所以初做此书时，"就有人听了冷笑"。[⑤] 刘文典急于出成果，以乾嘉学人之法治《淮南子》《论衡》《庄子》，[⑥] 正

---

① 胡适：《〈中国哲学史大纲〉再版自序》，《中国哲学史大纲》，上海古籍出版社，1997 年。

② 罗家伦：《蔡元培时代的北京大学与"五四"运动》，罗久芳编：《我的父亲母亲——罗家伦与张维桢》，百花文艺出版社，2006 年，第 46—47 页。

③ 曹伯言整理：《胡适日记全编》，安徽教育出版社，2001 年，第 476、478 页。

④ 刘文典在给胡适的信中曾自夸《淮南鸿烈集解》"比起平常的书来费心血也要多些，将来定价也要贵些，并且价值比较的永远些，无论多少年后都可以有销路，究非那些风行'一时'的书可比。"见《胡适遗稿及秘藏书信》第 39 册，黄山书社，1994 年，第 649—650 页。

⑤ 刘文典致胡适函，见《胡适遗稿及秘藏书信》第 39 册，第 651 页。

⑥ 刘文典在给胡适的信中曾反思此前的治学方法："自己从前做工夫的法子实在太呆板、太拘谨了，充其量不过跟着乾嘉时候的先生们'履大人迹'，实在不是二十世纪的学者所该干的。从前很以'谨守家法'自豪，现在很想要自己开析一点境宇，至少也要把'家法'改良修正一番，总要教后人以我们的'法'为'家法'才好。"（同上书，第 687 页。）

是要展现自己的学术能力,“挂招牌”[1],确立自己的学术地位。也正是因为《淮南鸿烈集解》一书的出版及胡适的“逢人说项”,使得刘文典“薄有虚名”,[2] 对其学术地位的确立,起到了重要作用。

因没有学历而受伤害最大的,是刘半农。他支持陈独秀的新文化运动,长于文学创作,周作人曾看过他所出示的《灵霞馆笔记》的资料,“原是些极为普通的东西,但经过他的安排组织,却成为可诵读的散文,当时就很佩服他的聪明才力”,但是现代大学注重的是学术研究而非创作,当时“英美派绅士很看他不起,明嘲暗讽,使他不安于位”。[3] 鲁迅在忆文中也提到,刘半农不仅“使有些‘学者’皱眉。有时候,连到《新青年》投稿都被排斥。”[4] 后来到法国镀了一层金,获得“国家博士”后,才心安理得。

从大学教员更替的长远趋势看,正是学者、专家取代文士、通人,大学对学历的要求日益严格,以文学或社会批评见长者,往往被视为“浮华得名之士”。陈独秀终于被挤出北大,固有人事因素,但与他注意力集中在社会政治批评,不措意于学术研究,在大学根基不深也有关系。鲁迅虽然学术研究和文学创作均有建树,且一直不忘其“文学史”,但不能忘情社会、“为学术而学术”,所以也只有为了“文章”而牺牲“学术”,虽一度在高校任教,终于离开大学,自由撰稿。[5]

---

① 1922 年 2 月 2 日刘文典致胡适信中催促速将《淮南鸿烈集解》付印,称“典因为一种关系,急于要挂块招牌”(《胡适遗稿及秘藏书信》第 39 册,第 658 页)。

② 刘文典 1923 年 12 月 18 日致胡适信,《胡适来往书信选》(上),中华书局,1979 年,第 223 页。

③ 周作人:《周作人回忆录》,湖南人民出版社,1982 年,第 339 页。

④ 鲁迅:《忆刘半农君》,《鲁迅全集》第六卷,人民文学出版社,2005 年,第 74 页。

⑤ 顾颉刚曾称自己长于研究,鲁迅长于创作。虽非确评,却可见出其自我期许,及时人将文学创作与学术研究视为两途的看法。

二 胡适与文学研究的考据化

在具体的文学研究方面，罗志田曾注意到考据风尚之下“文学”的失语，即王国维所谓的以“考证之眼”研究文学和“以史学的标准看待小说戏曲”两种倾向。这两种倾向看似新的学术趋向，“实则是陈旧的东西被推陈出新者以新生形式表述出来”[①]，揭示了传统与现代学术之间断裂与传承并存的混沌现象。

考证之学，本是清代学术主流。民国时期，胡适等人又提倡整理国故，将源自西方的科学精神与传统考证方法结合起来，成为所谓“新汉学”，在学界具有很大的势力，形成舆论气候以后，对于那些“相对重理解而轻功力的学者造成一种压迫，以至于必须为自己非考证的研究方法辩护”[②]。如钱穆本来喜好心性之学，不喜考据，但受主流学术风气影响，中青年时期却主要致力于此，以至于时人皆以考据家视之。[③]这也可见出学术环境对于年青学人治学的引导和规约。

胡适作为五四新文化运动的先锋，思想上历来被认为趋新，学术方法上虽也屡屡开创新范式，但与传统治学方法却有着千丝万缕的联系，其实是披着科学外衣的传统考证之法。这里面固然有主流学风制约的因素，但也是其自身学术的内在理路发展的结果。纵观胡适一生，

---

① 罗志田：《裂变中的传承——20世纪前期中国的文化与学术》第九部分《文学的失语——整理国故与文学研究的考据化》，中华书局，2003年。另，陈以爱《中国现代学术研究机构的兴起》一书中，亦有《文化启蒙与考证学风》一节，可参看。

② 陈平原：《中国现代学术之建立》，北京大学出版社，1998年，第224页。

③ 钱穆晚年回忆中曾抱怨：“余本好宋明理学家言，而不喜清代乾嘉诸儒之为学。及余在大学任教，专谈学术，少涉人事，几乎绝无宋明书院精神。人又疑余喜治乾嘉学。则又一无可奈何之事矣。”又张君劢曾对他说：“君何必从胡适之作考据之学，愿相与作政治活动，庶于当前时局可有大贡献。余告以余非专一从事考据工作者，但于政治活动非性所长，恕难追随。”（钱穆：《八十忆双亲·师友杂忆》，生活·读书·新知三联书店，2005年，第150、175页。）

其治学方法来源主要有四个方面：一是最为人所知的，即杜威的"实验主义"（历史的方法和实验的方法），胡适通过杜威的"科学方法"反观中国传统的考据之学，认为二者有"相通之处"。[①] 二是西方的"版本学"（textual criticism），尤其对于西方校勘法中的"求古本"最为推崇，终身奉行不辍。胡适认为中西方的校勘学"殊途同归"，而西方的校勘法"更彻底、更科学化"。[②] 三是宋学尤其是朱熹的影响。胡适治学最重证据，但实际上直到20岁时方才开始接触注重"实事求是"的汉学，并对其颇有微词。胡适的治学门径是从朱熹的宋学处悟入，称"朱熹的宋学为我后来治汉学开拓了道路"。[③] 这一方面固是因为他思想中有重疏通、综合的一面，反感汉人的附会、胶着，也牵涉到他对于汉、宋之分的看法。其实清代主流学人崇尚汉学，不满宋明之学，在内在学术理路上主要是缘于对王学末流"空疏"的不满，其反对的重点在陆、王而非朱熹。而作为宋学的一支，朱熹也注重实证，且具批判精神，章学诚便认为"今人有薄朱氏之学者即朱氏之数传而后起者也。朱子求一贯于多学而识，寓约礼于博文，其事繁而密，其功实而难"，将顾炎武、阎若璩、戴震等都算作朱熹传人。[④] 胡适受其影响，认为"清代的汉学大师，除了惠栋、江藩一般迷信汉儒的人之外，和汉儒的精神相去最远，和宋儒、朱熹一派倒是最接近的。"[⑤] 在他看来，清人治学与宋学之间并非截然对立，其中有着内在的历史延续性，"近三百年来 [学术方法上通行的] 批判研究，实是自北宋——第十至第十二世纪之间——开始，其后历经八百余年逐渐发展出来的批判方法，累

---

① 胡适口述、唐德刚整理：《胡适口述自传》，安徽教育出版社，2005年，第103页。

② 同上书，第134—135页；曹伯言整理：《胡适日记全编》2，第516—519页。

③ 胡适口述、唐德刚整理：《胡适口述自传》，第128、136页。

④ 章学诚：《朱陆篇》，胡适：《科学的古史家崔述》，《胡适文集》卷7，北京大学出版社，1998年，第165—166页。

⑤ 胡适：《科学的古史家崔述》，《胡适文集》卷7，第165页。

积的结果”。[①] 胡适学术思想的第四个来源，便是清代学术。一是乾嘉之学，所谓“用归纳之法，以小学为之根据”。[②] 胡适对此虽然接触较晚，小学根基终于不深，但是归纳法却正与其思维方式相合，在其理解中并与杜威实证主义的“科学精神”相通，成为其研究传统学问最重要的方法。二是辨伪学者尤其是今文学家的疑经思潮所带来的批判精神。怀疑和辨伪精神，本是朴学求真题中应有之义，阎若璩《古文尚书疏证》已开其端绪，其后有今文学派兴起，今文家以考据学为手段攻击古文学派伪造典籍，由常州学派庄存与、刘逢禄等人发其源，魏源、龚自珍、廖平等人扬其波，至清末康有为发表《新学伪经考》《孔子改制考》，以考据的形式，批评古文家作伪，张扬今文学说。虽然康有为文中多有今文家的怪力乱神之处，但其《孔子改制考》一文实开民国古史辨派的疑古之风，顾颉刚即受其影响，产生对古史的怀疑。[③] 胡适也曾明确关注过清代的疑古辨伪学人，他 1915 年即注意到姚继恒的《古今伪书考》，并摘录在日记中，[④] 在北大时又指示顾颉刚搜集姚继恒的材料，顾颉刚因此向上追溯研究辨伪史，发起编辑《辨伪丛刊》[⑤]。另一位辨伪学人崔述更被胡适称为“科学的古史家”“新史学的老先锋”[⑥]。1921 年胡适购得《东壁遗书》，令顾颉刚搜集材料，标点整理，[⑦] 并撰《科学的古史家崔述》一文，为其编写年谱，揄扬不遗余力。

胡适自称有“历史癖”和“考据癖”，研究文学所使用的也正是历史和考据的方法：一是纯粹考证作者、版本，这多用于文人独立创作的

---

① 胡适口述、唐德刚整理：《胡适口述自传》，第 128 页。

②《胡适日记全编》，第 515—516 页。

③ 顾颉刚：《〈古史辨〉第一册自序》，《古史辨》，第 42—43 页。

④《胡适日记全编》，第 295 页。

⑤ 顾颉刚：《〈古史辨〉第一册自序》，《古史辨》，第 57—58 页。

⑥ 胡适：《科学的古史家崔述》，《胡适文集》卷 7，第 142 页。

⑦ 顾颉刚：《〈古史辨〉第一册自序》，《古史辨》，第 61—62 页。

小说；一是考察某一故事在历史上的演变过程，这多用于由一个母题长期滚雪球似地演变带有集体创作性质的小说。前者如《〈红楼梦〉考证》，长达数万字，几乎全是关于作者身份、家世的考证。[①]1920年，亚东图书馆出版标点本《儒林外史》，胡适为之作序，竟作成了一篇《吴敬梓传》，1922年该书出第四版时，胡适又将新搜集的资料整理出来，做了一篇详细的《吴敬梓年谱》。[②]"历史的方法"则尤其适用于《西游记》《水浒传》《三国演义》《三侠五义》等小说。这些小说的共同点，都是先有一两个核心故事（母题），经过数百年乃至上千年的传说、演绎，最后逐渐成熟、定型。胡适从考察《三侠五义》中李宸妃故事九百年中的变迁沿革中得到的教训即是："传说的生长，就同滚雪球一样，越滚越大，最初只有一个简单的故事作个中心的母题（motif），你添一枝，他添一叶，便像个样子了。后来经过众口的传说，经过平话家的敷演，经过戏曲家的剪裁结构，经过小说家的修饰，这个故事便一天一天的改变面目：内容更丰富了，情节更精细圆满了，曲折更多了，人物更有生气了。"[③]在胡适看来，这些故事的最后成型，是许多年无数人不断添加材料、"做加法"的结果，而他要做的就是将关涉该母题的史料（包括历史和文学作品）按照时间演进顺序排列，倒回去追根溯

---

① 胡适：《〈红楼梦〉考证》，《胡适文集》卷2，第464页。实际上关于《红楼梦》的悲剧性，正是王国维早年论文《红楼梦评论》的着力之处，在他看来，中国人的精神是世间的、乐天的，所以文学作品都是"始于悲者终于欢，始于离者终于合，始于困者终于亨"，带有厌世解脱精神的只有《桃花扇》和《红楼梦》，而《桃花扇》中的解脱是缘于外力的（张道士的棒喝之语），"他律的"，《红楼梦》中的解脱则是从作品内部生发出来的，是"自律的"。王国维也正是在这个意义上高度肯定《红楼梦》的价值与文学地位。（王国维：《红楼梦评论》，《王国维文集》，第一卷，中国文史出版社，1997年，第10—11页。）

② 胡适：《吴敬梓传》，《胡适文集》卷2，第592—598页；《吴敬梓年谱》，《胡适文集》卷3，第475—499页。

③ 胡适：《〈三侠五义〉序》，《胡适文集》卷4，第382页。

源，抽丝剥茧，“做减法”，考察其在不同时代的演变、由此所反映出的读者（听众）的心理以及该文体在每一时段发展的成熟程度。如研究《西游记》，胡适便把“玄奘取经故事”这一母题的发展详细考辨，从玄奘本人的《大唐西域记》和慧立的《慈恩三藏法师》开始，到《大唐三藏取经诗话》《唐三藏西天取经》等，直到现在定型的吴承恩本《西游记》，又考察美猴王的来历等，一一梳理。[①]

胡适这一方法，将考证与历史的方法完美地结合在一起，将故事整个演变过程清晰、完整地予以呈现，带有强烈的方法论色彩，为这一类小说的研究开创了新的范式。不过就其本质而言，这其实是以史的方法来研究文学，显然更适用于史学研究。顾颉刚正是看到胡适为亚东版《水浒传》所做的序文受到启发，开始以故事的眼光看待古史，以胡适考察“梁山泊故事”的方法来考察“孟姜女故事”的演变，并由此发展出“层累造史”的史观，开启了民国“古史辨运动”的潮流。顾颉刚称他的“古史辨”文字，“并不是仅仅要做翻案文章”，其“惟一宗旨，是要依据了各时代的时势来解释各时代的传说中的古史”，其实即是将古史作为了解其所流传时代思想风俗的史料。[②] 而胡适用这一方法研究白话小说时，所更多注意的也正是其史料价值，而非美学价值。而且这一方法的另一大缺陷在于，只适合研究在历史上长期演变、带有集体创作性质的故事、传说，对于文人独立创作的作品常常无用武之地。

---

① 胡适：《〈西游记〉考证》，《胡适文集》卷 3，第 500—535 页。

② 顾颉刚：《〈古史辨〉第一册自序》，《古史辨》，第 56、58、80—81 页。

三 结 语

“五四”以后发展起来的文学研究考据化倾向，以清人治经学的方法研究小说、戏曲等通俗文学，一方面固然有利于提高白话文学的地位，但另一面也将研究对象“化石”化，使之与当下的文学创作隔开。这一风气在大学中文系和文学研究者中造成的影响即是重考据而轻欣赏、批评，重新史料的发现而轻旧知识的理解、贯通，重作者身世、题材演变的考察而轻审美层面的体味、涵泳，重外部研究而轻内部研究，使得文学研究支离破碎，难免买椟还珠之讥。[①] 胡适以历史考据的外部研究方法治文学，这与他自身文学创作、鉴赏能力不高有关，也受制于当时学风及他自己提倡的“科学方法”。他的方法内接传统考证之学、外援之以西方科学精神，一时蔚为风气，成为学术界的“舆论气候”。程千帆在上世纪 40 年代曾指出大学中文系偏重考据之蔽：“以考据之风特甚，教词章者，遂亦病论文术为空疏，疑习旧体为落伍。师生授受，无非作者之生平，作品之真伪，字句之校笺，时代之背景诸点。涉猎古今，不能自休。”[②]

罗志田曾考察中国现代文学研究中的考据倾向和文学失语的关系，认为这一倾向在某种程度上是中国儒林轻视文苑传统在现代的复活，同时也是“整理国故运动”影响的结果。[③] 而现代意义上的大学和现代学术体制的建立，强调从业人员的学者身份，对于“文士”的排斥，强化了这一传统。现代学术更以容易客观化、量化的“研究”、新见为评

---

① 不独中国如此，外国文学研究中也有此风气，如朱光潜《“灵魂在杰作中冒险”——考证、批评与欣赏》一文中述及自己在外国大学中学习“文学批评”方面的课程，教师所讲授的只是版本研究、“来源”研究、作者生平研究等考据学知识。(《朱光潜全集》第二卷，安徽教育出版社，1987 年，第 36—37 页。)

② 程会昌（程千帆）：《论今日大学中文系教学之蔽》，《国文月刊》第 16 期。

③ 罗志田：《裂变中的传承：20 世纪前期的中国文化与学术》，中华书局，2003 年，第 255—321 页。

价、考核标准，忽略涵养性情的人格陶冶和文学创作。前引程千帆文对此作出分析，认为中国传统学术于义理、词章、考据三者之中，“义理期于力行，词章即是习作，自近人眼光视之，皆不足语于研究之列。则考据一项，自是研究之殊称”。所以在新式“科学精神”的潮流下，作为传统旧学的“考据”不仅未受压抑，反借势兴起，压倒义理和词章之学，“于所谓科学方法一名词下，延续其生命”。[①]

大学中文系授课内容的考据化、破碎化倾向，不仅在文学研究方面造成偏颇，对于文学创作的发展更是不利。作为白话文的倡导者，胡适自然乐于见到今人疏于操练被他称为“假古董”的古典诗文，但是大学中文系中连新文学创作都退居边缘，却不能不引起他的反思。这从他 1934 年 2 月 14 日的一条日记中可见一斑：

> 偶检北归路上所记纸片，有中公学生丘良任谈的中公学生近年常作文艺的人，有甘祠森（署名永柏，或雨纹），有何家槐、何德明、李辉英、何嘉、钟灵（番草）、孙佳汛、刘宇等。此风气皆是陆侃如、冯沅君、沈从文、白薇诸人所开。
>
> 北大中文系偏重考古，我在南方见侃如夫妇皆不看重学生试作文艺，始觉此风气之偏。从文在中公最受学生爱戴，久而不衰。
>
> 大学之中国文学系当兼顾到三个方面：历史的；欣赏与批评的；创作的。[②]

“历史的”方面，自然偏重考据；“欣赏与批评的”，则重于体味涵泳。二者的对象都是前人的文学创作。“创作的”在胡适那里，显然只能是新文艺。胡适的复杂性在于，作为学者，他固然不断强调乾嘉考

① 程会昌（程千帆）：《论今日大学中文系教学之蔽》。

②《胡适日记全编》6，第 325 页。

证之学与西方实证科学的联系，而作为白话文运动的鼓吹者，他又对与自己的倡导有很大关系的大学中重学术研究尤其是考据之学而轻创作、欣赏的风气，深表不满。他在执掌中国公学和北大文科时，对此作出过反拨的努力，提倡新文艺创作，如引进没有学历的作家沈从文到大学任教，请新文艺作家到北大开设《文学演讲》《新文艺试作》之类的课程，甚至聘请以创作知名的徐志摩担任北大级别最高的研究教授等，不过一种风气一旦形成，落实为学术制度，即便是始作俑者也难以扭转。关于文学研究考据化和大学中文系培养目标学者化的论争，在1940年代依然继续。

笔名与责任

笔名是近代以来一种特别的文化现象。在传统中国，文人往往在名、字之外，尚有别号。而在晚清报业发达之初，文人的笔名也多带有别号之色彩，甚至笔名就是别号，如洪都百炼生、我佛山人、天虚我生等。二者的功能也多有重合之处，或表达某种人生理想、生活旨趣，或表达对前贤的追慕，或是某一时期心境、遭遇的体现。

新文化运动以来，“《新青年》编辑者不愿意有别号一般的署名”，[①] 同人或署本名，或调整笔名。如“半侬”是刘复在上海创作通俗文学时所用笔名，此时便改为“半农”，其“从上海带来的才子必有‘红袖添香夜读书’的艳福的思想”，也被鲁迅等人“骂”掉。[②] 鲁迅自己以前的笔名如“自树，索士，令飞，迅行”等也不使用，而改用鲁迅、唐俟。这里“不愿意有别号一般的署名”的“编辑者”应是胡适。胡适自己在1915年以前曾有别号若干，如期自胜生、铁儿、胡天、藏晖室主人、冬心、蝶儿、适之、适盦、适等，后来他认为“今日科学时代，万事贵精确划一。吾国文人喜用别号，其数至不可胜计，实为恶习；无裨实际，又无意义，今当革除之。凡作文著书，当用真姓名，以负责任而归划一”。[③] 所以别号均不再用，单留被当作本名使用的“胡适”。其“留学日记”原本题作“藏晖室札记”，曾为好友许怡荪摘录若干在《新青

---

① 《〈阿Q正传〉的成因》,《鲁迅全集》第三卷，人民文学出版社，2005年，第395页。

② 《忆刘半农君》,《鲁迅全集》第六卷，第74页。

③ 曹伯言整理：《胡适日记全编》2，安徽教育出版社，2001年，第235—236页。

年》刊出，胡适最初将日记在亚东图书馆印行时仍沿袭旧名，以表对于亡友的纪念。十一年后，日记在商务重版，胡适深自后悔，以为这是“太迂就旧习惯的举动”，更名为《胡适留学日记》。[①]

可见胡适反对别号、笔名，是出于两个方面的考虑：一是要精确，节省精力，因为别号“无裨实际，又无意义”，去除后“可以节省别人脑力，也可以免除后人考订‘室名’‘斋名’的麻烦”[②]；二是要提倡使用“真名”，“负责任”。

胡适的提议之所以得到支持，我以为主要还不在于此，更在于同人对此前旧文人（尤其是鸳鸯蝴蝶派）笔名、别号所体现出情趣的反感，所以在《新青年》的撰述者中，除极少数的如“淮阴钓叟”“二十八划生”等仍看来像是别号外，几乎全部使用本名或精炼的看似真名的笔名。

而胡适使用“真名”的提倡在此后并没有在大范围内得到贯彻，这固然不排除有人不肯“负责任”的因素，但根本还在于胡适的“真名论”本身便存在缺陷。

一　文学不是自然科学

新文化运动提倡科学，其贡献皆不可抹杀。可是人文社会科学与自然科学毕竟有所不同，不宜将自然科学的规范和标准完全引入，甚至以之为唯一衡量标准。

姓名固然只是一个符号，可本名多为父母长辈所取，个人无选择权。名外有字，虽多是成年后自取，但需与名有连带关系，亦不自由，所以名字外才有号。别号、笔名的自由度之于名、字，如朋友之于父母

---

① 胡适：《胡适留学日记·重印自序》，安徽教育出版社，1999年，第3—4页。

② 同上书，第4页。

兄弟。笔名充斥，固然可能滋生乱象，但也正因许多有创造性的笔名的存在，才使得文坛丰富多彩。

笔名在很多时候，本身即是文章组成的一部分。以鲁迅为例，据许广平的回忆，鲁迅“每每在写完短评之后，靠在藤躺椅休息的时候，就在那里考量”[①]。虽未必每篇所用之名皆有深意，但是不少署名仍与文章内容或是所处的舆论社会构成互动关系。许广平自己在读书时曾向鲁迅投过一篇论文，在署名问题上称自己喜欢“西瓜皮”和“小鬼”，请鲁迅于其间“随便写上一个可也”。[②]鲁迅则认为这两个名字“用于论文，却并不相宜”，因为“若假名太近于滑稽，则足以减少论文的重量”，最后选用了她的另一个笔名“非心”。[③]1933年鲁迅发表在《申报·自由谈》中不少批评时事的杂文多署名“何家干”，有“谁家做”即谁人所为之意，预设了被批评者的反应。而转向的杨邨人曾攻击过他，所以鲁迅予以讽刺的文字《青年与老子》署以“敬一尊”之名，有“回敬一杯之意，亦即‘回骂’也”。[④]此外如隋洛文、乐雯（与洛文谐音）、越客之类皆是针对浙江党部呈请缉拿“堕落文人鲁迅”的迫害，而康伯度、仲度（延续伯度而来）、封之余之类则是由于郭沫若、廖沫沙等人攻击他为“封建余孽”“买办”。这样的笔名，自嘲之中蕴含着讽刺与反抗，其作用早已远远超越对于书报审查官员的迷惑，更提示着我们对于当时文学场景与舆论气候的理解。

详细考察起来，同样作为笔名，其间亦有区别。有的笔名、别号，用得久了便成了本名，甚至比本名更“真”。如“鲁迅”之于“周樟寿”“周树人”，“胡适”之于“胡嗣穈”“胡洪骍”，“废名”之于“冯文炳”等等。有的笔名，则是作者为特定目的，所使笔名不仅隐去本来

---

① 许广平：《略谈鲁迅先生的笔名》，《欣慰的纪念》，人民文学出版社，1981年，第25页。

② 《两地书·一八》，《鲁迅全集》第十一卷，第65页。

③ 《两地书·一九》，同上书，第69页。

④ 许广平：《略谈鲁迅先生的笔名》，《欣慰的纪念》，第20、23页。

身份，而且刻意误导读者，使人将其与另一身份相联系。[1]这不仅是假名，而且是假身份。有的则仅仅是一个符号，并不透露关于本人的信息，读者无论作如何猜想，都与署名无直接关联。第一种笔名等同于用本名，第二种或许存在“欺骗”性质，需具体看待，存在的最多的还是第三种。

二 真名不等于责任

将使用真名与“负责任”相联系，进而认为使用笔名便是不负责任，这种观点并非胡适独有，鲁迅的老同学朱希祖便也持此说。他在北京女子师范大学讲授文学史时便曾说过“人们使用假名是不负责任推诿的表示”，当时听讲的许广平便认为“这也有一部分精义，敢作敢当，也是不可不有的精神”。[2]

这一观点至今仍为许多人所信服，并将之作为比较胡适与鲁迅高下的依据。有些学者便因为“鲁迅喜欢使用笔名，他一生用的笔名不计其数，但是胡适却几乎不用笔名”，认为“这不仅是署名自便的问题，还是一个你敢不敢对自己的言论负责任的问题。试想，如果作者自己都不敢或不愿意对自己的言论负责，谁还敢相信他呢”，并将之贴上标签，称之为“自由主义知识分子的一大特点”。[3]

朱希祖的“假名论”，鲁迅有过评价：“迂远之至”。在他看来，在“在人权尚无确实保障的时候，两面的众寡强弱，又极悬殊”之际，“叫

---

① 其著名者如钱玄同、刘半农为扩大新文化影响，遂制造“王敬轩”来信作为靶子，合演“双簧戏”。又如梁实秋因为要攻击素相熟识的京派作家文风晦涩令人“看不懂”，“走入了魔道”（选取的靶子是两个新近青年作家卞之琳、何其芳），并试图借助“教育”的力量，所以化身为一个“已经教了七年的书了”的“中学国文教员”絮如。（《独立评论》238号）

② 《两地书·一八》，《鲁迅全集》第十一卷，第65页。

③ 丁东、智效民、高增德、谢泳，参见丁东等：《思想操练》，广东人民出版社，2004年，第298—299页。

喊几声的人独要硬负片面的责任”，无异于“孩子脱衣以入虎穴”，使张良下挑战书邀秦始皇决斗。鲁迅并指出文章的内容（或者说作者的姿态）与有无用笔名之必要的关系：“朱老夫子生活于平安中，所做的是《萧梁旧史考》，负责与否，没有大关系，也并没有什么意外的危险……”[①]“他历来所走的都是最稳的路，不做一点小小冒险事，所以他偶然的话倒是不负责任的，待到别人因此而被祸，他不作声了。”[②]

真名论看似有理，其实恰恰忽略了最重要的一点，即在一个缺乏基本言论自由、书报审查制度盛行的社会环境下，国家和媒体对于创作者发言的约束及对于舆论的控制力。将个体从其所处的具体的历史语境和生存空间中抽空进行评判，难免产生胶柱之见。

上世纪 30 年代，文章发表之前需经两层把关，即刊物编辑和书报审查官员。作者与读者及政府管理部门并不直接见面，所以作者更多的倒是要考虑对于发表媒体的责任。因为媒体是文字的第一道“守门人”（gatekeeper），如有违禁文字出现，她也将承受直接后果。至于读者，尽可以根据作品内容来做出判断，而非以作者署名来决定取舍。在此意义上，作者署真名或是笔名，其重要性远逊于刊物编辑知不知道作者的真实身份。而且名家使用化名，对于媒体和作者而言，更是一种损失。胡适意义上的真名，也是如此，多强调的是作者真实身份为编辑所知，而非一定要署本名。其主编的《独立评论》的规定是：“我们不能发表没有真姓名与真地址的文字。投稿和通信都可以用笔名发表，但我们必须知道作者的真姓名和住址。”梁实秋化身为与胡适“没有什么认识”的中学教员絜如来信，胡适不仅照登其文字，对于其身份，也并不予以揭穿。[③]在这一点上，当下的很多“自由主义者”比

---

① 《两地书·一九》，《鲁迅全集》第十一卷，第 68—69 页。

② 《两地书·二二》，同上书，第 75 页。

③ 《独立评论》238 号“通信”及“编辑后记”栏目。

胡适要高标准严要求得多。

有意思的是，朱希祖还曾因“署名”问题和新文化运动的反对派发生过论辩。他批评《大公报·文学副刊》文章多不署名，该刊编辑张荫麟作出如下回应：

> 1. 西国大日报杂志文学评论之作，常多不署名。本副刊实仿效之。
>
> 2. 吾国普通人之习惯，尤注意作者及个人之关系，往往不就本篇细行阅看研究，而于个人的关系妄为揣测，实属无当。故本副刊以为在今中国，唯有提倡不署名之批评，方可得近真理而免误会，此正区区负责任之愚诚也。
>
> 3. 本副刊体例始终如一。“来稿”署真名或别号，一随其人之意。专篇“书评”均署名。因此中不免有个人意见，须昭郑重也。“通论”或撰或译，全不署名。其属于浮泛性质如“某人百年纪念”者更不署名。
>
> 4. 无论署名之问题如何，本副刊编辑，对于全体文字均负责任。①

上述第四点正是编辑“守门人”作用的体现。正是他们决定某篇文字是否采用，也将为该文字的社会效果（包括对于读者、对于报馆老板以及当局）负责，所谓“责任”编辑是也。至于第二点，刻意强调“此正区区负责任之愚诚也”，固有强辩之嫌，但是“提倡不署名之批评，方可得近真理而免误会”也并非毫无缘由。鲁迅在《准风月谈·前记》中便也曾提到过“用种种笔名”，“一面固然为了省事，一面也省得

① 转引自沈卫威：《“学衡派”谱系——历史与叙事》，江西教育出版社，2007年，第140—141页。

有人骂读者们不管文字，只看作者的署名”。[①]

在我们批评作家发文使用笔名以前，更应该考虑的是压制言论自由和根据署名决定放行与否的审查制度。鲁迅等人的文字如果使用本名（或是为人所熟知的笔名），则根本没发表的机会，“欲负责任而不得”。如果一篇文字用甲名可以发表，而用乙名则不能发表，则不负责任的恐怕就很难说在于文字内容和作者，而在于不自由的出版发行制度。这也正可以从反面证明，那些可以以真名面世的文章，只能是在官方监督、允许的前提下出现的。这样的文字可粗略分为三种类型。

一是“歌德”派或是“为主分忧”的文字。这种文字不惟不会使用笔名，而且生怕当局不晓得其作者为谁。这里可以1930年前后担任上海市宣传部长、教育局长的陈德徵为例。此人是1930年代国民党政府“围剿”胡适的始作俑者，曾以本名“德徵”发表《胡说》《浅识》等文予以攻击，指其“违反总理遗教，便是违反法律，违反法律，便要处以国法。这是一定的道理，不容胡说博士来胡说的”，“违反总理遗教者，即为反革命，即为反法；反革命和反法，均当治罪”。其主持的上海市宣传部并具体提出处治办法：“查封新月书店”，“呈请市执委会转呈中央将中国公学校长胡适迅予撤职”，“呈请市执委会转呈中央将胡适褫夺公权，严行通缉使在党政府下不得活动”等等。[②]这些利用公共权力限制别人的人身、言论自由乃至试图置人于死地的言行，陈德徵均以真名出之，难道我们因此便认为这些言论是“负责任”的，是“自由主义”的吗？署真名的未必便是为了负责任，有时只是邀功固宠。

另一种是与现实无涉的文字。或是吟风弄月，将人们对于压迫的反抗消解于无聊之中。或是避居书斋，从事纯学术的考据训诂，“生活

---

① 《准风月谈·前记》，《鲁迅全集》第五卷，第200页。

② 曹伯言整理：《胡适日记全编》5，第379、434—435、601页。

于平安中……负责与否，没有大关系，也并没有什么意外的危险”。[①] 而将知识者的工作限制在学术范围以内，将学者的生命耗费在经籍解读之中，与大众隔开，使各不通气息，也正是历代专制统治者的目标。清代小学盛行，岂非正是文网严苛之结果？

最后一种是如胡适一般，在有限的言论空间内坚持以真名、以政府诤友的身份对其进行监督、批判。胡适 1952 年在台北市编辑人协会所做的演讲中强调“言论自由同一切自由一样，都是要个人自己去争取的”。[②] 他自己 1930 年代参与的“人权论争”，便是向国民政府“争自由”之举，虽遭围剿，但对于扩大当时的言论空间贡献颇多。不过我们也必须看到，在文字发表之前，便已表露身份，所以其内容即便是有激烈的批评，也只能是建立在对当局认同和维护基础之上，在既定的空间内腾挪躲闪。

王彬彬先生曾以“风高放火”与“振翅洒水”来定位鲁迅、胡适二人与国民党当局的关系，前者是“放火”，“试看最后到底是谁灭亡”，后者则是“救火”，“救得一弊是一利”，并将之作为解释胡适、鲁迅二人对国民党政府采取不同批判方式的一种原因。[③] 这也可以用来解释为何胡适坚持使用真名。一方面，正因为胡适在底线上与国民政府站在一起，所以他那些“负责任”的言论不妨（也被允许）使用真名发表。另一面，正是为了要向政府示以忠诚之意，表现自己的“负责任”，也需要使用真名发表批评言论。而鲁迅那些“放火”文字，由于往往突破当局允许的范围，不可能通过“真名”的方式争取得到。据王彬彬先生的另一篇文章《“禁，删，禁，删”》可知，1934 年 6 月 1 日国民党政府的“图书杂志审委会”正式在上海办公，或删或禁。各地也皆有

---

① 《两地书・一九》，《鲁迅全集》第十一卷，第 68—69 页。

② 胡适：《新闻独立与言论自由》，《胡适文集》第 12 卷，北京大学出版社，第 601 页。

③ 王彬彬：《风高放火与振翅洒水》，《风高放火与振翅洒水》，人民文学出版社，2004 年，第 52 页。

专管查禁“普罗文艺”的机构，派员或“佯为”买书，或“佯为”看戏，“实则是密查，并随时可封禁”。该文所引当时武汉警备司令部参谋李起坤的一份报告中则写道，“……故普罗文学刊物，本市各书店亦有出卖，其中亦有作品内容之攻击对象与时代背景，已属过去者，尤费考虑，经审慎检查之结果，已扣留多种，均存汉市党部。兹谨将中国普罗文艺作家姓名（或笔名）列表附呈。……”[①]可见当局对于与己意不同之言论文字，无论是生产还是流通阶段，均有严密控制。鲁迅曾说改用“何家干”“丁萌”等笔名是因为“旧日的笔名有时不能通用”，[②]这正是检察官用“嗅觉”判断和李起坤们“列表附呈”的功绩。如不频繁更替笔名，鲁迅则早已噤声，何谈“负责任”与争自由呢？在我看来，正是鲁迅那些与审查官们捉迷藏的笔名与文字，在当局容忍的范围以外，争取到了更大的言论空间。这是为许多在与政府达成共识的前提下争取自由的人所不能理解也难以做到的。

而很多将鲁迅使用笔名等同于“不负责任”的批评者所视而不见的是，鲁迅的文字最初在报纸杂志发表虽多用化名，结集出版时却均以真名示人，并“将当时所用的笔名，仍旧留在每篇之下，算是负着应负的责任”[③]。

在这样的背景下，不看内容，只查作者，甚至是检举揭发他人笔名，试图借用政治力量使对手噤声，如所谓的“鲁迅即教育部佥事周树人”[④]之类，才是背离了言论自由的准则，是不负责任的。

---

① 王彬彬：《“禁，删，禁，删”》，《风高放火与振翅洒水》，第66、73、71页。

②《伪自由书·前记》，《鲁迅全集》第五卷，第4页。

③《准风月谈·前记》，同上书，第200页。

④《伪自由书·前记》，同上书，第5页。

三　笔名与文坛登龙术

关于笔名的效用，语言学家王力先生有过一段妙论："文学家之用笔名，不外两种原因：第一是换换新花样，第二是不让人家知道真姓名。若为的是换换新花样，那没有什么可说；若为的是隐藏真姓名，这个目的却不容易达到。世间只有捐钱修葺寺庙的'无名氏'没有人根究真姓名，否则只要人家肯调查，总会查得出来。甚至自署'废名'的，人家还是会知道他是冯文炳。固然，笔名常常变换的人比较容易隐藏真姓名，但这是和文坛登龙术相违背的；一般人总喜欢专用一个笔名，以使读者深深印入脑筋。"[①] 而"所谓文坛登龙术，就是尽量使名字在报纸杂志上和读者见面的次数增加。'著名'者，'着名'也；多在书报上'着名'，自然可以'著名'"[②]。

名虽然只是一个符号，但是"成名"却往往可以给"名"的拥有者带来巨大的利益。"名"，作为一种文化资本，在传统型社会，可作为进身之阶。传统士子，常以"养名"为入仕捷径。在现代社会，"名"还直接进入市场，带来巨大的商业利益。频繁更替笔名，无疑于知名度有损，不利于"著名"的形成或维持。所以逐名者总是远多于避名者。

在大学、研究所等学术机构，"名"和学术地位直接相关。刘文典初进北大时，籍籍无名，后花费了一年多的时间，完成《淮南鸿烈集解》，被胡适称为"可以不朽"，并推荐在商务印书馆出版，此书的出版以及胡适的揄扬，使得刘文典"薄有虚名"[③]，对他学术地位的确立，起到了重要作用。而胡适更是在一次给他的学生罗尔纲的信中强调用真名发表学术论文对于确立学术地位的作用："我劝你挑选此项金石补订笔记之最工者，陆续送给《国学季刊》发表，用真姓名。此项文字可

---

① 王了一：《姓名》，《龙虫并雕斋琐语》，中国社会科学出版社，1993 年，第 7 页。

② 王了一：《著名》，同上书，第 93 页。

③ 刘文典 1923 年 12 月 18 日致胡适信，《胡适来往书信选》(上)，中华书局，1979 年，第 223 页。

以给你一个学术地位，故应用真姓名。”据余英时先生分析，胡适对于罗尔纲的告诫是自身的经验之谈。[①]而胡适参与新文化运动，“暴得大名”，对于他后来学术地位的确立，显然也是很重要的。

对于作家来说，“名”更是直接和经济收入相连。由于潜在读者数量庞大，名家的文章著作更易得到出版商的青睐，稿酬版税也格外优厚。据陈明远《文化人与钱》一书载，上世纪二三十年代上海的稿费标准，“最低者（小报消息或‘报屁股’文章等）每千字5角钱，高者每千字3元。鲁迅文章一般稿酬是千字3元，有时千字5元（如商务印书馆和中华书局给鲁迅的稿酬标准），《二心集》的稿酬为千字6元，这在上海就是很高的了。”[②]胡适因提倡新文化运动名声卓著，1918年2月经章士钊介绍初次给商务印书馆的《东方杂志》投稿，张元济即允以高酬，“千字六元，连空行在内”，和林纾相同。[③]在版税方面，上海出版界“标准一般在10%、15%—20%之间。例如，1921年泰东书局答应给郭沫若的版税是10%；胡适在新月社自订的版税标准是：初版15%，再版20%；鲁迅著作的版税一般是20%。”[④]无论是作为学者还是作家的名家，使用不为人熟知的笔名发表文字，无疑都是不符合利益最大化原则的。

传统社会的别号与现代社会的笔名，都是很复杂的文化现象，其使用自然会有弊端，但是仅仅因其不符合科学的“精确划一”原则便不加辨析地要加以废除，或是简单化地将其等同于“不负责任”，都是值得商榷的。在一个可能因言获罪或随时可能被噤声的时代，强制每一个国民发言都要署上真名，才是不符合言论自由原则的。

---

① 罗尔纲：《师门五年记·胡适琐忆》，生活·读书·新知三联书店，1995年，第59—60页。
② 陈明远：《文化人与钱》，百花文艺出版社，第56页。
③ 张元济：《张元济日记》，商务印书馆，1981年，第353—354页；张树年：《张元济年谱》，商务印书馆，1991年，第149页。
④ 陈明远：《文化人与钱》，第56页。

远离真相的追寻

——评秋石《追寻历史的真相》

鲁迅是中国现代影响最大也是争议最多的作家，这一方面与他自身思想的独特性、深刻性和复杂性有关，另一方面也由于 1949 年以后国家政权（包括 1940 年代的延安）将其纳入到国家意识形态建构的框架之中，塑造成为文化旗帜。虽然模仿有风险，但毕竟是推崇备至。鲁迅与中国共产党尤其是毛泽东的关系，更是鲁迅研究中一个经常讨论的话题。

秋石的《追寻历史的真相：毛泽东与鲁迅》（以下简称《追寻》）一书，处理的便是这个问题。

一 “追寻历史的真相”的背景

这事儿得从十年前说起。

新世纪之初，鲁迅之子周海婴的《鲁迅与我七十年》一书出版，书末的“再说几句”牵涉到 1957 年的“毛罗对话”——罗稷南问毛泽东，如果鲁迅还活着，他可能会怎样。毛泽东回答：要么是关在牢里还是要写，要么他识大体不作声。[1] 这则史料，在随后数年中，引发大量争论，参与者根据各自的立场及对鲁、毛关系的认定大致可分为两派，姑

---

① 周海婴：《鲁迅与我七十年》，文汇出版社，2006 年，第 319 页。

且称为“说无派”和“说有派”。

“说无派”认为毛泽东一贯推崇鲁迅，对其评价最高，且自称“我与鲁迅的心是相通的”，不可能做出这样的回答，以为周海婴的说法属于“孤证”，不足为据。尤其是周海婴初版书中的这部分内容在细节上有一些不确之处，也损害了史料的可信度。毛泽东研究专家陈晋就曾撰文指出周海婴文中史料细节上的错误（如罗稷南的籍贯问题等），并引用毛泽东1957年在公开场合谈论鲁迅的讲话记录，质疑“毛罗对话”的真实性。[①]

不过随后“孤证”的提供人、罗稷南的学生贺圣谟撰写《“孤证”提供人的补正——对周海婴先生所记述的毛泽东同罗稷南关于鲁迅的谈话的若干补正》一文，对周海婴文中细节上的不确切之处作了纠正，表示自己亲耳听闻罗稷南讲过此事，罗稷南的侄子陈焜也从海外写信予以证实。[②]贺、陈两人的材料都是直接来自罗稷南本人，细节上也更准确，这无疑都增加了该则史料的可信度。不过严格说来，这仍然是“孤证”，因为周、贺、陈的说法源头其实是同一个。“说有派”最为有力的证据则是来自当年在“毛、罗对话”现场的黄宗英，她撰写的《我亲聆罗稷南与毛泽东对话》以亲聆者的身份证明了“对话”的真实性，这才真正地使得“孤证”不孤。[③]

秋石在关于“毛罗对话”的论争中也曾撰写《爱护鲁迅是我们的共同道义——质疑〈鲁迅与我七十年〉》一文，借用谢泳和陈晋的研究否定“毛罗对话”的真实性，[④]不过此时黄宗英的文章尚未发表，秋石

---

① 陈晋：《“鲁迅活着会怎样”》，陈明远编：《假如鲁迅活着》，文汇出版社，2003年，第44—61页。

② 贺圣谟：《“孤证”提供人的补正》，陈焜：《关于毛泽东答罗稷南问——致周海婴先生的一封信》，同上书，第11—18、19—25页。

③ 黄宗英：《我亲聆罗稷南与毛泽东对话》，同上书，第88—95页。

④ 秋石：《爱护鲁迅是我们共同的道义》，《假如鲁迅活着》，第62—70页。

引用的论据也主要针对的是周海婴文中的细节性错误。黄宗英出面作证以后，这些批评显然已经很难对“毛、罗对话”构成否定。

二 《追寻》一书的内容

正是在这一背景下，秋石声称费时六年三个月，四十九次前往上海，三上北京，更与相关人士“通话或当面恳谈两千余次，阅读了逾八百万字的各类书籍及资料，委托友朋查阅网上相关资料数十万字”，[①] 撰写出这本《追寻历史的真相——毛泽东与鲁迅》，讨论毛泽东与鲁迅的关系，最终得出一个颇有些“政教合一”的老结论：毛泽东的心与鲁迅是相通的。此书分为两部分，上篇“追踪‘毛、罗对话’的历史真相”，延续了数年前的争论，质疑“毛、罗对话”尤其是周海婴、黄宗英等人描述的那种“毛、罗对话”的存在，是从否定的方面说毛泽东对鲁迅不可能存在误解和不敬，下篇“毛泽东与鲁迅”则是从正面阐释毛、鲁之“相通”。

上篇主要是针对黄宗英的叙述进行批驳，计六个部分。第一个部分是“‘亲聆者’还有多人在世”。经过查证，秋石发现了截至2002年黄宗英文发表为止，当年在历史现场的尚有8人健在。这是从“身份”上质疑黄宗英“唯一”亲聆者的权威性。第二部分是“1957年7月7日晚：历史现场相与析”。这一部分主要借助1957年的报纸登载的关于座谈会的报道，质疑黄宗英文中表现的当晚紧张的氛围，并提及多年前的“周旋遗产案”以影射黄宗英人品之不足信。第三部分“毛泽东和蔼可亲：黄宗英等亲历者说”。这一部分仍然是借助1957年报载的座谈会参与者的感受发言，试图证明当晚的气氛是和谐融洽的，参与者是幸福愉快的，毛主席是和蔼可亲的，黄宗英2002年文中所写到

---

① 秋石：《追寻历史的真相——毛泽东与鲁迅》，上海人民出版社，2011年，第228页。

的紧张害怕是靠不住的。第四部分是“1957年：赵丹先生属于左派阵营”。这一部分也是试图以赵丹的获奖、入党、当选全国人大代表等事件证明1957年的赵丹在政治上和事业上都是顺利的，是得到毛泽东、周恩来保护的，心情也必定是舒畅的，是不存在黄宗英文中所述及的烦闷的。第五部分“关于‘毛、罗对话’等情况的通报”。这一部分与“毛、罗对话”最直接相关，秋石称根据自己奔赴各地与“各方专家、学者印证的同时，做了颇为艰难曲折的调查”，得出与周、黄等人截然不同的结论，他认为毛泽东对“假如鲁迅活着会怎样”的回答是：“依我看，依鲁迅的性格，即使进了班房，他也还是要说、要写的……”[1]此外，秋石还摘引了毛泽东在1957年的三次讲话，认为在这三次讲话中毛泽东对鲁迅的态度仍然是正面的。上篇的最后一部分针对的是黄宗英2008年接受采访时关于温家宝讲话中提到的“赵丹遗言”的理解问题，与“毛罗对话”无关，也是以别一问题的误差来否定黄宗英“其人”，从而影射“其文”的不足信。

下篇分为七部分，第一部分为“‘我跟鲁迅的心是相通的’”，分别从鲁迅和毛泽东文字中搜罗相合之处，以及萧军关于毛泽东懂鲁迅的论述，证明二者“心是相通的”这一结论。第二部分“在毛泽东和鲁迅之间架起桥梁”，则是以冯雪峰为中介，写鲁迅与毛泽东之间的间接评价，如鲁迅对毛泽东的诗词有“山大王”气的论述等。第三部分“诗心相通”，搜罗毛泽东对鲁迅几首诗的应和、引用，证明二人“相通”。第四部分“与鲁迅书长相随”，论述毛泽东对鲁迅书的借阅、收藏，以及引导、命令他人阅读鲁迅。第五部分“对‘阿Q’的独特理解”，则搜罗了毛泽东谈话和文字中涉及阿Q的部分。第六部分“‘圣人’和他的学生们”则收录了相传鲁迅、茅盾给红军的贺信，以及共产党人尤其是毛泽东对鲁迅的悼念、鼓吹、推崇。第七部分“爱屋及乌扬鲁迅”，

---

① 秋石：《追寻历史的真相——毛泽东与鲁迅》，第47页。

则是搜罗了毛泽东对于鲁迅关心过的部分友人、学生如瞿秋白、丁玲、萧军的赞扬、照顾、优待，以此证明毛泽东对鲁迅的尊崇。

三 《追寻》对历史语境的忽视

秋石崇敬毛泽东和鲁迅，此书历时数年，有明确的针对性和指向性，对于鲁、毛关系也给出了自己的定位和判断，热情可感。但是此书上编并不能对黄宗英的说法构成有力的否定，下编对于"毛泽东的心与鲁迅是相通"的证明则更可看出他对毛、鲁二人都缺乏整体性的理解，论证过程往往流于对只言片语的穿凿附会。

先说上编。关于罗稷南版本的"毛、罗对话"，经周海婴率先公开披露，贺圣谟、陈焜继起证实，则罗稷南有过这样的说法已可得到确认，随后黄宗英以亲聆者身份出面证明，使得"孤证"不孤。如欲对其作出否定，不外两途：一是当时另有人在场，明确听到不同版本，以此证明罗稷南版本之误。这是从事实层面加以否定，最具说服力。二是依据毛泽东对于鲁迅的认识和态度，推断其不可能对于"鲁迅活着会怎样"做出这样的回答。这是从情理层面推断，说服力与前者比较，相对要弱一些。

在事实层面，秋石一再声称自己"长达六年之久"[①]的对于"毛罗对话"现场幸存者的寻找，可是这些幸存者的言说，则毫无引用。以秋石之卫道情殷，自不可能是一时疏忽，只能是他们对于黄宗英的回忆并无否定之意。可见秋石的"寻找"只能说明黄宗英不是唯一幸存者，而难以否定其亲聆者的身份。在第一编带有总结性质的第五部分("关于'毛、罗对话'等情况的通报")中，秋石非常突兀地宣称，经过他艰难曲折的调查、考证之后，毛泽东的诠释应该是这样的："依我

---

① 秋石：《追寻历史的真相——毛泽东与鲁迅》，第6页。

看，依鲁迅的性格，即使坐进了班房，他也还是要说、要写的……”[①] 可这一“诠释”并无原始出处，秋石只在下面罗列了 1957 年 3 月三次谈及鲁迅的讲话片段，可见他的“调查、考证”只是将这几次讲话中的内容糅合在一起，参以罗稷南版本的“毛、罗对话”，加以修改取舍。[②] 这种“想当然耳”的无中生有之术，实在令人啼笑皆非，与言必有证的实事求是态度明显背道而驰，根本不合论辩之义，更谈不上是“考证”。正如胡适所说：You can’t beat something with nothing。[③]

秋石并搜集 1957 年报纸登载的关于座谈会及参与者的感受发言的报道，质疑黄宗英文中表现的当晚氛围的紧张，证明毛主席的“亲切”与“和蔼可亲”。[④] 这种反驳，也毫无说服力。因为在 1957 年的政治环境中，黄宗英等人对于毛主席的感受只可能是“亲切”与“和蔼可亲”的。秋石不顾这一点，对黄宗英大加嘲讽，是无视历史语境，甚至是很不厚道的。

此外，同为 1957 年，以 5 月中旬前后为分水岭，中国的知识分子政策也有很大变化。

所以如陈晋、秋石等人以该年 3、4 月份毛泽东对于鲁迅的评价来推断 7 月份的“毛、罗对话”为不可能也缺乏说服力。众所周知，发生在 1957 年的“反右”源于 1956 年的“双百方针”、动员知识分子帮助党整风。1957 年 3、4 月份尚处于鼓励知识分子发言、“大鸣大放”阶段，而到了 5 月 15 日，毛泽东已起草了《事情正在其变化》的内部文

---

① 秋石：《追寻历史的真相——毛泽东与鲁迅》，第 47 页。

② 毛泽东三次讲话中提及鲁迅“敢不敢写”的内容有如下几句：“他一定有话讲，而且是很勇敢的”；“有人问，鲁迅现在活着会怎样？我看鲁迅活着，他敢写也不敢写。在不正常的空气下面，他也会不写的，但是更多的可能是会写”；“鲁迅的时代，挨整是坐班房和杀头，但是鲁迅也不怕”。（秋石：《追寻历史的真相——毛泽东与鲁迅》，第 47—48 页）秋石的“考证”显然只不过是对这三句话内容的综合。

③ 胡适：《胡适致苏雪林》，《胡适来往书信选》（中），中华书局，1979 年，第 338 页。

④ 参见秋石书上编第二、三部分，《追寻历史的真相——毛泽东与鲁迅》，第 7—39 页。

件，开始有意识地部署“引蛇出洞”的“阳谋”，6 月 8 日《人民日报》发表社论《这是为什么》，明确摊牌，将“党内整风”变为“反击右派”，形势急转直下，知识分子的处境日益艰难——这正可以反证黄宗英文中所说的苦闷与恐惧是当时的主流心态。而作为政治领袖，毛泽东在 3 月与 7 月的讲话中对于“鲁迅活着会怎样”的回答有所不同、有所侧重其实正在情理之中。

再说下编。秋石的核心论点是“毛泽东与鲁迅的心是相通的”，这一结论更是完全建立在对于鲁迅和毛泽东二人都缺乏整体理解的基础之上，只是选取一点毛、鲁互相评价的片段，加以附会而已。

毛泽东是一个政治人物，而非纯粹的文人、学者，他考虑问题也多是从政治战略角度着眼，而不仅仅是文学审美层面。如他 1937 年对鲁迅的推崇，其中或不乏个人情感在内，但更多的还是代表当时的中国共产党与国民党争夺文化领导权，1949 年以后的鲁迅形象的塑造，也绝不仅仅是一个文学、思想问题，而是整个中国新意识形态建构的一个有机组成部分。“鲁迅”作为一个巨大的文化资源，早在他刚刚去世时，就已被符号化，参与政权合法性的建构。[①] 1940 年代解放区关于是否还需要鲁迅式杂文的讨论和对于鲁迅思想的阐释已经可以看出政治权力对于鲁迅的重塑。1949 年以后，大一统的国家政权形成，知识分子要被螺丝钉式地纳入国家机器之中，鲁迅式的批判精神更加不合时宜。作为国家政治上的最高领导人毛泽东，是不可能和一个永不止息地进行批判的文学家鲁迅心心相通的。毛泽东经常自己阅读并命令他人阅读鲁迅，并不必然说明他对鲁迅如何尊崇。众所周知，毛泽东对于资治通鉴的阅读更是贯穿其一生的，他从中获取的养料恐怕远较

---

① 如鲁迅丧事的操办，就完全违背了鲁迅的本意，被变成一场争夺文化领导权的政治运动。关于这一点可参看王彬彬先生的《作为一场政治运动的鲁迅丧事》一文。见王彬彬：《往事何堪哀》，长江文艺出版社，2005 年，第 193—210 页。

鲁迅作品为多，但我们并不曾说毛泽东的心与司马光是相通的。毛泽东还曾指示接班人阅读《后汉书》中的“刘盆子传”，这也并不能说明毛泽东的心与范晔是相通的。毛泽东的这些阅读，基本都是带有着“拿来主义”式的实用色彩，未必完全赞成撰者观点。正因为如此，作为政治人物的毛泽东，在不同的历史阶段，在公开场合和私人聊天中，对作为文学家的鲁迅做出不同判断，是完全有可能的。

秋石对于鲁迅的误解就更深。如鲁迅说毛泽东的诗词有山大王气，毛泽东并曾应和、书写过鲁迅的若干诗句，秋石便认为这算是“诗心相通”，这也是大谬不然的。鲁迅笔下的“山大王”，往往带有贬义。这牵涉到鲁迅的“治乱循环”史观和他对于“农民起义”的看法。此处不及展开，姑举数例。他在《再论雷峰塔的倒掉》一文中，将对于社会的“破坏”分为三种：轨道式破坏，寇盗式破坏，奴才式破坏。在三者之中，只有第一种是革新的破坏者，因为他“内心有理想的光”，所以是有建设意义的。后两者，或仅仅是破坏，或是“仅因目前极小的自利，也肯对于完整的大物暗暗的加一个创伤”，结果都是“留下一片瓦砾”，无关乎建设。[①] 其中寇盗式的破坏者在鲁迅这里，主要的就是中国历史上不断出现的土匪和农民起义（很多时候这二者也是合一的）。而对于中国历史上一些著名的农民起义领袖，如张献忠、黄巢，鲁迅更是深恶痛绝。这些都足以说明鲁迅“山大王气”的评价恰恰说明他与毛泽东“诗心不通”。此外，鲁迅对于革命的态度，也能说明他作为一个独立的知识分子，与政党所需要的文化螺丝钉不同。据李霁野的回忆，鲁迅当年身受“革命文学家”围攻时，冯雪峰向他描述大好形势，鲁迅却以一贯的泼冷水的态度对他说，将来你们到来时，我将要逃亡，

---

① 鲁迅：《再论雷峰塔的倒掉》，《鲁迅全集》第一卷，人民文学出版社，2005 年，第 202—204 页。

因为你们来了之后首先要杀我。冯雪峰忙说，那弗会那弗会。[1] 鲁迅在1934年给曹聚仁的信中也说："倘当崩溃之际，竟尚幸存，当乞红背心扫上海马路耳。"[2] 而据胡风的回忆，冯雪峰对鲁迅的不够"螺丝钉化"明确表示过不满，说："鲁迅还是不行。不如高尔基；高尔基那些政论，都是党派给他的秘书写的，他只是签一个名……"[3] 在"文革"期间，有两句诗一度广为流传：假如鲁迅依然在，天安门前等杀头。[4] 这其实正是时人对于鲁迅先见之明的呼应，也是对于"假如鲁迅活着"这一问题的答案。

秋石对于史料的选择和运用也往往只求为我所用，而不辨真伪甚至自相矛盾。这一方面说明著作态度的不严谨，另一方面也可以看出他对于鲁迅研究状况的隔膜。姑且各举一例。如鲁迅、茅盾给红军的贺信，鲁迅研究界已普遍认为不可信，秋石因为该史料有利于自己观点的论证便不加辨析直接引用，令人惋惜。又如秋石论证毛、鲁二人的心相通，主要论据是毛泽东照顾、优待丁玲等鲁迅友人、学生，"爱屋及乌"。可是与丁玲等人相比，胡风与鲁迅的关系显然更为密切，气质上也更为接近，而他在1949年以后的遭遇就完全不同，不仅远远没有得到"爱屋及乌"的待遇，反而被打为"反党分子"，受尽磨难，而鲁迅不太喜欢的周扬则一度掌握着中国文化方面的最高权力。秋石对于这些反面史料视若不见，也大大减弱了其论据的说服力。

"鲁迅活着会怎样"这一个问题，[5] 自从鲁迅去世以后就不断被人们问及、被讨论，也一直刺激着知识分子的神经。这主要是因为作为

---

① 李霁野：《忆鲁迅先生》，《鲁迅回忆录》，北京出版社，1999年，第110页。

② 鲁迅：《鲁迅致曹聚仁》，《鲁迅全集》第十三卷，第87页。

③ 胡风：《鲁迅先生》，《鲁迅回忆录》，第1382页。

④ 赵浩生：《周扬笑谈历史功过》，《新文学史料》1979年2期。

⑤ 这一问题有时也以其他面目出现，如"我们今天还需不需要鲁迅""鲁迅精神有没有过时""我们今天的社会能产生鲁迅吗"等。

一个独立的知识分子，鲁迅首先是批评社会的典范，是左翼名义上的领袖，同时他又被国家政权树立为文化的旗帜，纳入共和国意识形态的建构之中。而由于各人对于知识分子职能认识的不同，对于鲁迅与政治的关系、与国家政权的关系理解各异，这一问题的答案也就言人人殊。鲁迅的命运在一定程度上是独立知识分子命运的缩影，“鲁迅活着会怎样”，或者说“我们还需不需要鲁迅”，“我们需要怎样的鲁迅精神”，这个问题的回答实际上关乎知识分子的生存环境和自我定位。

韩石山的“进化论”及“小说笔法”

——读《少不读鲁迅，老不读胡适》

今人韩石山数年前出了一本书，名曰《少不读鲁迅，老不读胡适》，不仅标题醒目，封底的广告语也颇为骇人，声称是“揭秘两大文化阵营的明争与暗斗”，“新文化运动以来对鲁迅最不认同的声音”，归结到底，曰：“这是令鲁研界汗颜的一本书”。不知是作者当真以为如此，又或只是一种行销的手段——单看“揭秘”“暗斗”“最……”这些词语，很容易让人联想到商家的促销广告。阅读之下，有以下感想：

一 学历与年龄双重进化论

在韩石山的鲁胡比较学中，价值判断非常鲜明，即鲁迅不如胡适，并由此连坐起来，与鲁迅接近的人皆不如与胡适接近的人，前者代表一种落后的黑暗的堕落的力量，而后者则代表了一种进步的光明的前进的力量。后者取代前者，是历史的进步。前者批评后者，则是开历史倒车，是负隅顽抗，是“没落者的不平”。

支撑韩石山作出这些判断的则是他那独特的“学历进化论”与“年龄进化论”。在韩石山看来，学历和年龄中存在着一条进化的方向，以此可以判断人的新与旧、进步与落后，甚至人品的高尚与卑污。大略言之，学历的进化论如下：没有留过洋的落后于留过洋的，在留过洋的人中，留洋法日的，又落后于留洋英美的。韩氏在他的书中如此坚决地说道：

> 太炎弟子入主北大文科，必然预示着桐城派的没落。
>
> 英美留学生的归来，也就必然预示着留日学生和太炎弟子的失落。[①]

韩氏在一次演讲中也明白地通过学历来比较胡适与鲁迅：“两个人都留过学，一个是1910年留学美国，取得哥伦比亚大学的博士学位，一个是1902年留学日本，在一个医学专科学校学习过，毕业没毕业都还说不定。”并自问自答：“是直接留美的对西方社会了解的多呢，还是留日的对西方社会了解的多？是一个哥伦比亚大学的哲学博士的社会理念先进呢，还是一个日本仙台医学专科学校的肄业生的社会理念先进呢”，“我相信，任何一个出以公心的人，都会得出自己的结论，肯定是前者比后者，对西方社会了解的多，前者比后者的社会理念要先进”[②]。看看，学历不仅有如此大的功效，可以决定一个人的社会理念先进与否，而且还是不言自明、不容置疑的，倘不赞同，那当然是没有“出以公心”的缘故。这就是韩石山式的论辩术。

不惟胡鲁二人有此霄壤之别，他们各自的朋友也或鸡犬升天，或池鱼遭殃。胡适的朋友们，从陈西滢到徐志摩，个个年轻有为，心胸宽广。鲁迅的朋友们，则个个堕落哀怨，心胸狭窄——其中唯一一个得到韩氏区别对待“宽大处理”的是林语堂，那是因为他有过留美经历，之前交友不慎，“整日和这般人厮混”，写的文章也是“将无聊当有趣的下流文字”，后来和鲁迅分裂，则立刻走向正道。至于鲁迅朋友中那些没有过留美经历的人，出身既不佳，觉悟自然低，所以只能一直“下

---

① 韩石山：《少不读鲁迅，老不读胡适》，中国友谊出版公司，2005年，第14页。以下简称韩书。

② 韩石山：《一边是鲁迅，一边是胡适》，参见韩氏新浪博客 http://blog.sina.com.cn/s/blog_473d7d8501000b0i.html。

流”下去了。刘半农虽然后来也得了洋博士头衔(还是“国家博士”),并且也与鲁迅疏远,但只因为所留之“洋”是法国“洋”,而非英美“洋”,所以不能作数。半农先生泉下有知,想来也当懊悔吧。[①]

其实,较早注意到上世纪留学生群体中“英美派”与“法日派”之区别的,是海外学者周策纵,不过周先生只是指出二者不同,并无必欲于二者之间评定高下之意。其后,上海的历史学者朱学勤从其对法国革命政治文化的研究开始,逐渐“告别革命”,转而认同源自英美自由主义的渐进改革,对于鲁迅也几经反复,虽一度“怀念鲁迅”,但这一被他认为是“包办婚姻”的作者与读者关系却终于走向破裂。[②]敢于在英美学历与法日学历之间划出如此明确的线性进化路线的,还是韩石山。

除了学历,韩石山还有年龄进化论。仍然是在上文提及的那次演讲中,韩氏在比较胡鲁学历的同时,也进行了年龄比较:

> 这样吧,我们先不要说把胡适和鲁迅做比较,只说世上有过这么两个人,我们把他们做个比较。比什么呢,谁对西方社会了解的多,谁的社会理念先进,要改造中国社会,我们该信谁的那一套。什么都不要管,只记住一个(胡适)比另一个(鲁迅)小十岁就行了。
>
> ……就好像,一个老头子,一个小伙子,谁都知道小伙子的劲大,可你偏要说老头子的劲大,小伙子的劲小,那就得比一比了。

看来,韩石山的“常识”就是谁的年龄小,谁就是新人,谁就代表了先进的社会理念,谁的那一套就可以改造中国社会。胡适和鲁迅提

---

① 韩书,第216—217页。

② 朱学勤:《想起了鲁迅、胡适与钱穆》,《被遗忘的与被批评的——朱学勤书话》,浙江人民出版社,1997年,第13—14页。

倡白话文与文学革命，写文章启蒙民众，不过是小伙子和老头子玩掰腕子的游戏。

在新文化运动前后，不少知识分子曾有过这样的机械进化论观，但这不过是出于一种对于青年人能胜过自己超越自己的美好期望。对于鲁迅来说，还包含着一种强烈的“历史中间物”意识。其实青年一定胜于老年的观点，是对于进化论的误读。首先达尔文的进化论是在整个生物历史长河中考察的，并不能简单运用于一个很短的时间段。其次，物种演化只是自然界的一种客观规律，未必适用于人类社会。更何况，达尔文只是指出生物的同源性和演进方向，并不包含后来的生物一定优于从前之义。鲁迅等人在思想上后来也都迅速地抛弃了这一幻想，在学术界也一直存在对这种机械进化论的反思。可是韩氏对于这些都不管不顾，坚持用他那可以证明英美派优于法日派的年龄进化论。

这种粗糙简单的进化论观点，也形成了韩氏独特的“出身论”和“身份决定论”。学历和年龄（有时还加上籍贯和相貌），决定了一个人的思想，个体在其所处社会历史语境中的主观能动性和文化实践功能完全被抹杀，同一学历和年龄群体之间的差异性也完全消失了。且看韩氏对同为章门弟子的鲁迅与黄侃的比较：“两人均为早期的留日学生，又都出自太炎门下，从年龄上说，黄侃还要比鲁迅小几岁。鲁一八八一年生，黄一八八六年生，小鲁五岁。黄对新文化运动的态度，前面已经说了，鲁又能高明多少呢？”又说：“黄侃的心态就是鲁迅的心态，刘半农的处境就是鲁迅的处境，还没有进北大之前，鲁迅的心态和处境，已大致确定了”，更何况刘半农年龄还比鲁迅要小，“与胡适同年生”，那么他还有“上进之心”便在情理之中，而鲁迅则只能“当豪华落尽之际，才会感到岁月的无情，人生流转的无奈”了。[1] 吾人读书

① 韩书，第 79、18—19 页。

至此，也不免掩卷长叹：鲁迅啊鲁迅，谁叫你不幸早生几年，又不曾到英美去留学呢？又何其不幸，遇到一位对学历和年龄要求如此严格的学者韩石山呢？——出国要趁早，而且一定要去英美啊！

不过这一点，有时于韩先生自己似乎有几分不便。韩先生此书出版以后，上海的郜元宝教授有商榷之文。韩先生亦有回应，对于郜氏观点并不认同，甚至有“我上大学的时候，你大概小学还没毕业”之语。[①] 按照韩先生自己的历史观，这无异于逆历史潮流而动。据我在网络搜索的结果：韩先生生于 1947 年，1970 年毕业于山西大学历史系，最高学历是大学本科。郜先生则生于 1966 年，复旦大学博士毕业并留校任教，如今已是教授、博士生导师。倘若这些信息大致不差的话，据韩氏历史观，无论从学历还是从年龄方面，我们都可断言：郜元宝代表了先进的社会文化理念，韩石山则代表了落后的社会文化理念。对于两人的观点，我们自然是“吾与郜也”，因为“历史就是这样更替的，谁也阻挡不了”[②] 啊！

不过对于历史观的问题，韩先生还有一段妙论，或许对此可以有所补救，因此不嫌其长，抄录如下：

> 不管秉持什么样的主义，都应当取进步的历史观。这样你看到的才是真的，你的主义才是对的。除非你事先就知道你的主义是错的还要秉持着。
>
> 进步的历史观的一条准则是，历史是不断前进的，社会是不断发展的。新的思想，终究要取代旧的思想，新的制度，终究要取代旧的制度。纵然在前进的过程中会有反复，但历史发展的大的趋势是不会改变的。真要是那种大的历史的反

---

① 韩石山：《让我们一起谦卑服善——致郜元宝先生》，《南方文坛》2007 年第 1 期。

② 韩书，第 14 页。

> 复，你能知道，更多的人也会知道。如果你认为是历史的反复，更多的人不这样认为，那么你就要省察一下自己是不是错了。还有一点也很重要，就是，是反复不是反复，还得看是什么样的人看的。如果你本身就是个落后的人，你认为反复了，说不定正是历史的进步。只是没有按你的心思进步罢了。[①]

看完这段话，我私下揣测，或许韩先生就代表了"更多的人"和"本身就是进步的人"吧。学历和年龄的决定性作用，在此是不是又有选择地失灵了呢？"想来是吧"！——韩营的事，真是难办哪。

行文至此，忽然想起韩书中对于鲁迅文风的分析，这也是他证明胡新鲁旧的论据之一。韩氏认为胡适的文风是清楚的，明白的，语气是肯定的，所以都是"通"的，好的，新潮的，创新的，因而是进步的。而鲁迅文风的则是直露的，不饱满的，是传统的，固守的，因而也是落后的。以韩氏的逻辑而言，得出这样的结论，本在意料之中。不过我关心的，却是他研究鲁迅文风"守旧"的方法。他将《记念刘和珍君》中的一段文字"实词剔去，只剩下骨架，看看它的本相"，看到的是："但……竟至于……想来……然而……也……竟……况且……更何至于……"。于是得出结论，这是"古文辞的随意镶嵌"和"古文句式的娴熟周转"，因而鲁迅是一位"古文大师"。[②]

见贤思齐，我不揣浅陋，也来对上引韩文中的两小节做一番同样的分析，"实词剔去，只剩下骨架"，看出的"本相"是："不管……都……才……除非……"，"终究……纵然……但……如果……那么……如果……说不定……只是……"。于是，我发现了，韩先生文中也有"古文辞的随意镶嵌"和"古文句式的娴熟周转"，原来韩先生也是一位"古文大师"！啊呀，失敬，失敬！

---

① 韩书，第129—130页。

② 分别参见韩书，第283、287、293、295、296、303页。

二　心理揣测学及论据的使用

韩石山此书的另一显著特征是随处可见全知视角的小说笔法，韩石山仿如长着一双上帝之眼，洞察一切，经常钻进人物内心，叙述他们的心理活动。其心理揣测，也分为两类：对于英美派，是不辞辛劳，曲为辩护；对于法日派，则是欲加之罪，何患无辞。这就是韩石山式的"严谨"。

对于英美派的心理描写，不去多说。单看那些纯粹推测鲁迅等人心理的文字，多充满了喜剧甚至闹剧的色彩。在论及鲁迅受邀为《京报副刊》写"青年必读书"时，为了证明鲁迅的观点是因嫉妒而针对胡适、徐志摩等英美派的故作惊人之语，韩石山可算下足了功夫：

> ……想到胡适、梁启超们的又一次张扬，想到尚未消散的朋友们的不满，他是再没有什么好心境来凑这个热闹了。写什么鸟书目呢！①
>
> ……
>
> 论开书目的气派，是无法跟胡适、梁启超一年多前的举动相比的，人家一开就是一长串，一登就是几期连载。尤其是胡适，这儿登了那儿登，再三了还能再四，真可说到了匪夷所思的地步。
>
> 行事之潇洒，是不能跟徐志摩相比的。这回人家根本就不主张开书目，虽说开了十部，谁都能看得出来，那是应付，不过是他那篇长文章的一个小尾巴。但这小子多会来事儿，明明是应付，你还不能说他什么。人家毕竟开了，还是十部，还有那么多的外国书，且有些就是直接用外文写的。②

---

① 韩书，第116页。

② 同上书，第118页。

鲁迅内心如何想法，我想如果他的日记中不曾记载，别人大约是无法知道得如此详细的。这一点姑且不论，单看文中大量的市井江湖之语，什么“一开就是一长串，一登就是几期连载”，“这小子多会来事”，“还有那么多的外国书，且有些就是直接用外文书写的”云云，便是无论如何与曾在日本留学多年精通外语的鲁迅扯不上关系的。不惟鲁迅，五四那一代学人中，多半都有深厚的中西学修养，即便是被现在许多学者认为重政治革命而轻文化变革的陈独秀，也精研小学，编过英文词典。这恐怕是今天的许多学人所难以想到的。那种带有阿Q式口吻的对于“一开一大串”、一登好几期，以及“那么多的英文书”乃至于“这小子多会来事”的艳羡，“怕是”也只能属于推测者自身，而非鲁迅。

韩氏在书中常常让鲁迅等人自己跳出来展现内心活动，不惟上文所举的一处。如他让鲁迅哀叹自己的时运不济，以衬托英美派的雄厚实力和鲁迅的自惭形秽，也为其证明鲁迅嫉妒英美派埋下伏笔：

> 有谁有这样不幸的婚姻么，正在青春年华，满腹学问，却只能摊上这样的妻子……
>
> 有谁有这样不幸的时运么，正当人到中年，事业有成，却遇上这么多留学英美归来的新派人物……[①]

对于鲁迅的不喜欢徐志摩，韩石山也有独特的精神分析式的解释：

> 是徐志摩的性格、作派，还有他那种虽说痛苦，却十分美好的婚恋生活，都让鲁迅看着心里不舒服。……[②]

---

① 韩书，第73页。

② 同上书，第81页。

在描写鲁迅“接受了中国共产党的委任”之后（鲁迅接受过共产党的书面委任，韩石山也是以他独特的“想来是有的”推测出来的[①]），韩氏又想象了一番鲁迅获得新武器装备，自以为可以战胜英美派留学生时内心的狂喜：

> ……鲁迅主动学习了马列主义的社会学理论与文艺学理论，情况才有所改变。这一来，让鲁迅很是振奋，觉得自己虽然得道晚了些，得的是道主真传，比那些自由主义、民主主义之类的人云亦云的东西要强多了。多少年无法与英美留学生抗衡，这回可得到了法力无边的武器，看你们往哪儿跑！……[②]

原来鲁迅等人的文学活动，不过是为了与英美派争宠，其心理根源，则是嫉妒英美派诸君子丰富多彩的婚恋生活。用小说笔法，以鲁迅的口吻来述说鲁迅内心的卑下并坐实英美派的强大，虽不是韩石山的一大发明，但是运用得如此明目张胆且毫不顾及逻辑的，韩氏恐怕还是第一位。

更能展现韩石山“心理描写”才华和丰富想象力的，是他对周作人与陈西滢关于“叫局”事件的叙述。在此事件中，周作人之所以揪住陈西滢不放，与他的妇女观有关，本无甚神秘之处。可是在韩氏笔下，却真如本书广告所示，有了几分“揭秘”的色彩。韩氏先构造出周作人与凌叔华之间的“恩情”及凌与陈西滢相恋后周的感想：

> 毕竟陈西滢是北大英文系的主任，留英归来的博士，又

---

① 韩书，第 69 页。

② 同上书，第 79 页。

是风华正茂的年纪，而他，只能算个老留日学生，且已四十出头年纪。……

再顺理成章地描写周作人批评陈西滢时的“恶毒”心理：

> 这还击的力度是很大的，也是十分恶毒的。等于是明告凌叔华，你挖苦我吗，那就看看你的情人是个什么东西！他说“现在的女学生都可以叫局”，他不知叫过多少次局了，玩弄过多少女学生了，你不过是个刚走出校门的女学生，怎么会和这样的伪君子，这样的衣冠禽兽走到一起呢？[①]

精彩之处还不止于此，更在于韩氏对于凌叔华也有“想象”，有“心理描写”：

> 虽没有可靠的文字记载，我们可以想象，一直在陈西滢身边，与徐志摩来往也很频繁的凌叔华，一定在关注着事件的发展。这些信息，随时可以知道。
>
> 她不会不知道周作人的这股子气，是冲着谁来的。
>
> 她未必不想插手，只是苦于没有机会。一面是自己的业师，一面是自己的情人，这苦衷是可以理解的，也是值得同情的。一个年轻女子的幽怨，分外让人爱怜。

最后是凌叔华出面求情：“根子在自己身上，只有自己出面认错，才能平息这位心胸狭窄的业师的怒火”，而“周作人毕竟是个怜香惜玉的人”，“他也知道他发的是无名之火，火气一出，也就没事了”。[②]

---

① 韩书，第 188 页。

② 以上所引文见韩书，第 190—192 页，文字中的着重号，皆为引者所加。

这样的描写，不仅对周作人是一种歪曲，对于陈西滢，尤其是对于作为女性的凌叔华，更是一种亵渎。大约在韩石山看来，知识分子之间的斗争，其由头也只能是那么点子力比多了吧。

韩石山为了褒扬英美派，贬低法日派，在论据使用上也常只求为我所用，而不详加辨析。如韩氏为了渲染北京大学内英美派的无辜和法日派的疯狂，依然是根据“身份决定论”先揣测道：“鲁迅一进入北大，以他的留学出身，师承，还有籍贯，很快便和太炎门生们打成一片。他本人就是太炎门生。对新派人物取怎样一种态度，也就不难想见了。其时北大旧派的势力还是相当大的，只能说新派对旧派造成一种心理上的威胁，却不能说新派主动对旧派施以攻击。”[①]（天知道他的那些“不难想见”“只能说”“不能说”都是从哪里得来的）至于旧派对新派的攻击，他引用了《知堂回想录中》的一段文字：

> ……新的一边还没有表示排斥旧的意思，旧的方面却首先表示出来了。最初是造谣言，因为北大最初开讲元曲，便说在教室里唱起戏文来了，又因提倡白话文的缘故，便说用金瓶梅当教科书了。其次是旧教员在教室中谩骂，别的人还隐藏一点，黄季刚最大胆，往往直言不讳。他骂一般新的教员附和蔡孑民，说他们“曲学阿世”，所以后来滑稽的人便给蔡孑民起了一个绰号叫做“世”，如去校长室一趟，自称去“阿世”去。知道这个名称，而且常常使用的，有马幼渔、钱玄同、刘半农诸人，鲁迅也是其中之一，往往见诸书简中，成为一个典故。（《知堂回想录》第523页）[②]

---

① 韩书，第16—17页。

② 同上书，第17页。

周作人所说新派，指的是支持新文化运动的知识分子，包括胡适，也包括鲁迅、刘半农等人。旧派，则指的是反对新文化运动的，在北大教授中主要是所谓的“国粹派”，如黄季刚、刘师培等人。而在韩石山的眼中，只有英美派才配称得上是新派，其他一律是旧派。周文中被攻击的新派包括鲁迅、钱玄同、刘半农等所谓的“法日派”，韩石山竟据此作为法日派攻击英美派的证据。倘非没有读懂，便只能说是先入之见太深，论据选择上太饥不择食了。

这样的莫名揣测和胡乱引用，在此书中还有许多。韩氏心理描写的倾向也是泾渭分明，胡鲁有别：对于胡适阵营不惜曲为辩护，对于鲁迅或被他认为是鲁迅一派的揣测，则基本都是负面的甚至是阴暗的、滑稽的。其立论不是“有一分证据说一分话”，而是“证据不够，揣测来凑”。不过，因此我倒想起了那位代表现了“先进的社会理念”的胡适之先生的两段话，抄录下来，与尊崇胡适者共勉：

> 这种态度并不足以作战，只适以养成一种卑污的心理习惯；凡足以污辱反对党的，便不必考问证据，不必揣度情理，皆信以为真，皆乐为宣传。更下一步，则必至于捏造故实了。……
>
> 我以为，这种懒惰下流不思想的心理习惯，我们应该认为最大的敌人。宁可宽恕几个政治上的敌人，万不可容纵这个思想上的敌人。因为在这种恶劣根性之上，绝不会有好政治出来，绝不会有高文明起来。……[①]

通读韩氏此书，对比封底的广告语，我是大失所望的。这本号称

① 胡适：《与李幼燕常燕生书》，曹伯言整理：《胡适日记全编》5，安徽教育出版社，2001年，第446页。

"公道""科学""放弃成见"的书，不过是一次"抑鲁扬胡"的旧货新展。立论毫不"公道"，基本主题先行，且肆意割裂资料，为我所用。货色先便陈旧，批鲁文章，鲁迅在世时便多如牛毛，韩氏的主要观点，我们只要翻开太阳社诸君、自称将"反鲁"当作半生事业的苏雪林女士以及鲁迅死后半世纪仍念念不忘斥之为"阴险""小人"的"正人君子"梁实秋先生等人的文章，便都可见到，"新文化运动以来对鲁迅最不认同的声音"云云，首先便不能成立。单就批判的"技术含量"而论，也无甚可观，在技巧花样的翻新方面，韩石山对于"反鲁大业"，可说毫无新发明、新发展。在资料掌握上，亦远不及张耀杰、邵建诸君（韩石山的许多观点和材料甚至是直接从他们那里来的），既未超越"先贤"，又不能与"时贤"比肩，遑论令他人汗颜？或许正如一位研究者所说的，韩石山的意义正在于写了这么厚的一本书，"更进一步把零散的观点集中起来加以系统化，把许多人躲躲闪闪对鲁迅的贬低索性挑明，推到极端，确实达到了耸动视听的效果"[1]。

---

[1] 郜元宝：《一种破坏文化的逻辑——评韩石山〈少不读鲁迅老不读胡适〉，并论近年"崇胡贬鲁"之风》，《南方文坛》2006年第4期。

张耀杰的刀笔手法

今人张耀杰是以还原历史真相自诩的，所写文章也是要“通过老辈人的旧情往事”，“发扬光大”“21 世纪的生命感悟和公民理性”。[1]然而在论及具体的历史个体时，他却常违背了他的自我期许，下笔武断，任意剪裁，多削足适履之痕。究其原因，则与其成见太深且相当偏执有关。张氏自称曾是鲁迅、周作人的崇拜者，后经谢泳的劝说开始阅读胡适，从此思想被“点亮”。[2]大约与此有关吧，张耀杰在对民国历史人物进行评价时，几乎是以胡适和周氏兄弟为两个坐标：与前者关系近的，便不惜颂扬，为之翻案，如对于所谓的欧美派便是；与后者关系近的，便极力涂黑，如对于所谓“某籍某系”者便是。这种偏执，甚至到了“凡是敌人反对的，皆是我们拥护的”地步。譬如鲁迅、钱玄同等新文化派人物与林纾之争，张耀杰便挖空心思为林纾辩护，其目的不过是要贬损前者（详论见后）。这样，张耀杰在部分地还原一些历史细节的同时，又布下了更多的历史迷雾。

“刀笔”是张耀杰最常扣的帽子，基本可以说专为鲁迅与周作人的脑袋准备的（偶尔也波及陈独秀、钱玄同、杨杏佛）。所以如此，除了张氏对这两人的厌恶和他们的绍兴籍贯以外，还有就是周作人曾在文中揭露过“刀笔”之黑暗：

---

① 张耀杰：《历史背后——政学两界的人和事·序言》，广西师范大学出版社，2006年，第7页。
② 同上书，第5页。

笔记中说老幕友讲刀笔的秘诀，反复颠倒无所不可，有云欲使原告胜者，曰彼如不真吃亏，何至来告状，欲使被告胜，则斥原告曰，彼不告而汝来告状，是汝健讼也。欲使老者胜，曰不敬老宜惩，欲使少者胜，则曰，年长而不慈幼，何也。[①]

周作人文中明明是批判揭露这种“反复颠倒无所不可”的“刀笔”，并进而为其“寻根”，认为这种习性源自中国历史上读书人为求功名而作的八股、策论——周作人是终身反对八股策论，且经常批评的。张耀杰却如发现了惊天秘密，将其看作周氏的自供状，自作多情地表扬其“难能可贵”[②]——揭露黑暗者被等同于黑暗本身。

倘说“反复颠倒无所不可”便是刀笔，我倒觉得张耀杰的文字恰是符合这一标准的。阅读张文，印象最深的，便是其成见太深，其结论往往在没有论证之前便已“大胆假设”完毕，即已经定罪，所剩下的仅仅是搜集罪证而已。鲁迅在《三闲集·通信》中曾说过，“盖天下的事，往往决计问罪在先，而搜集罪状（普通是十条）在后也”。[③]“有罪推定”是张耀杰经常用来作为证明陈独秀、鲁迅、周作人等人不合现代宪政精神的一大罪状，而自己于此却运用得相当纯熟。为了证明自己的“假定”，张耀杰论述时在论据的选择和阐释上都过于随意，时常使用双重标准，对于历史人物的评价不求“同情的了解”，尤其是对于不合他的标准的人物，肆意嘲弄甚至谩骂，乱扣帽子，常用的除“刀笔”外，还有诸如专制、怨毒、化公为私，自相矛盾，“欲加其罪，何患无辞”（即“欲加之罪，何患无辞”）等等。这些与他自己标榜追求的“自由”“宽容”的现代理念其实是矛盾的。

---

① 周作人：《师爷笔法》，《周作人文类编》第3卷，湖南文艺出版社，1998年，第504页。

② 张耀杰：《林纾与〈新青年〉的文化之争》，《历史背后——政学两界的人和事》，第40页。

③ 鲁迅：《三闲集·通信》，《鲁迅全集》第四卷，人民文学出版社，2005年，第101页。

本文限于篇幅，无法对以上诸点一一辨析，只拟就其论据的使用和阐释（即“笔法”，或称“刀法”）上，略作分析。粗略说来，张氏“刀法”主要是三招，即削足适履、指鹿为马与无中生有。

由于先存先入之见，张耀杰在论据的选择上不免“削足适履”，对于与预设论点相左的材料往往视而不见。这可以他那篇声称要为陈翰笙澄清“鲁迅对于他的一再指责”而实际上大量闲笔、多半篇幅均与鲁迅无关的长文（《陈翰笙：被鲁迅批评的世纪老人》）为例。张耀杰关于民国文化教育界的许多文章，多是在论证北大“某籍某系”的法日派教授对于欧美派的排挤，此文亦不例外：陈翰笙被打造成“正面努力”的“正人君子”兼“拥有国民党党员和共产国际情报人员双重身份的‘红色’革命家”，鲁迅等人则一如既往地出于“某籍某系”的狭隘立场，无学理地“党同伐异”，是对留学欧美的现代评论派成员的敌对和仇视。[①] 可是许多容易见到而对陈翰笙不利的材料，张耀杰则有选择地予以忽略。其中最有名也流传最广的当属谢兴尧先生的《红楼一角》，中有如下记载：

自民十六革军北伐，学界风潮尤为澎湃，新留学回来的，谁都懂得政治手腕，于是设法煽动学生中的有力分子，以群众为后盾，向学校说话，名为请求，实即要挟。这中间凡信仰、同乡，各种关系都有，只要讣闻上所列的那些谊，都用得上，又以主义与党谊的作用，最为激烈。……我还记得，似乎有位研究农村经济的新人物，也曾在北大教过书，这时忽又想回北大作教授，学校当局大概是恐怕他戴的红帽子，将来惹起麻烦。没想到这位先生便以学生为斗争工具，来个‘霸

① 张耀杰：《陈翰笙：被鲁迅批评的世纪老人》，《历史背后——政学两界的人和事》，第194、196—197页。

王硬上弓'，说朱希祖、马幼渔二人把持校政，不肯聘请新人。中间也曾贴标语，闹风潮，末了这位先生还是进来了。"[①]

戴着"红帽子""研究农村经济的新人物"即"红色"革命家陈翰笙，正是他鼓动学生在《河北民国日报》发表《警告朱马二教授》的文章，对此被认为是"某籍某系"的史学系主任朱希祖和国文系主任马幼渔均自称"诚信未孚"一再向代校长陈大齐提出辞职，后经陈大齐和蔡元培反复挽留方才留任，但朱希祖终因自己往日的学生傅斯年操控的另一次学潮愤而离职。朱希祖离职后到南京方知是"傅斯年逢蒙之祸"，而据周文玖先生对与傅斯年关系密切的何兹全先生的采访，则傅斯年对于鼓动学生驱赶朱希祖并取而代之（史学系主任一职傅暂代后又推荐留美博士陈受颐担任）不仅供认不讳，而且"很得意"。[②]

陈翰笙在《四个时代的我》的回忆中一再强调自己被朱希祖等"某籍某系"排挤，称朱希祖以十几位学生的名义伪造短信，声称听不懂陈的南方口音，"想把我排挤走，要他的留日朋友代替我"。这份短信上既附有学生名单，其真伪一问便知，在北大多年屹立不倒的朱希祖即便要排挤陈翰笙，何以会用如此愚蠢的方法呢？陈翰笙并不确定真伪，亦不查实，却借王世杰的话（查实"会把朱希祖搞臭了"）来坐实自己的"伪造排挤"的假定，而对于他自己后来鼓动学生驱逐朱希祖的行为却闭口不谈。[③] 张耀杰完全据此立论，是很不公平的。

其实对于陈翰笙的"排挤说"，朱希祖亦有答辩："陈翰笙先生两次教课不终局，是由于高仁山的原因，高仁山被逮，他也远避他方，考试成绩至今未给，何尝由于排挤？""至云余诬蔑陈先生，则所诬者何

---

① 谢兴尧：《红楼一角》,《堪隐斋随笔》，辽宁教育出版社，1995 年，第 82 页。

② 周文玖：《朱希祖与中国现代史学系的建立》,《烟台师范学院学报》2006 年 3 月。

③ 陈翰笙：《四个时代的我》，中国文史出版社，1988 年，第 28—29 页。

事？质证者何人？不可随便乱说。”[1]当然朱希祖的答辩和质问是不会有结果的，因为背后运动的“宣言”是匿名的。与之辩论，无异于入“无物之阵”，与黑暗的虚空作战。

在张耀杰看来，傅斯年、陈翰笙与胡适、蒋梦麟既都留学欧美，“具备足够的学术修养和谋生能力，他们的着眼点往往会超越个人利益而以国家利益和公共事业为第一目标”，而沈尹默、马幼渔、周作人等缺乏学术修养和谋生能力的“法日派”则“往往以捍卫自己的职业饭碗和既得利益为第一目标”，[2]所以那些黑暗的、“党同伐异”的“排挤”只能属于这些所谓的“法日派”们，是与光明的“欧美派”没有关系的。可是通过这些不入张氏之眼的材料看来，欧美派“正人君子”的手段也并不少。

不惟如此，早在1920年6月，曾留学英国的陶孟和在致胡适的信中，即称沈尹默、马幼渔等人“独断独行”，认为非“除恶务尽”不可。[3]1930年，蒋梦麟辞去教育部长之职，再长北大，邀请胡适担任文学院长，网罗人才，试图实现“北大中兴”。掌握了教员去取之权的蒋梦麟、胡适，自然也要除旧布新。这里的“旧人”，不仅包括非新文化派的林损、许之衡，也包括曾经参与或赞助新文化运动的非英美派的“某籍某系”。所以蒋、胡莅校后，解聘林损、许之衡，挤走朱希祖，除去马幼渔国文系主任之职（由胡适自兼），沈兼士其时已在辅仁大学任文学院院长，钱玄同也在北平师大任中文系主任，两人在北大皆只是“名誉教授”，“某籍某系”只剩一个周作人，又是一个“多余的人”[4]。

---

① 转引自周文玖:《朱希祖与中国现代史学系的建立》,《烟台师范学院学报》。

② 张耀杰:《遭遇“包围”的蔡元培》,《民国背影——政学两界人和事》，浙江人民出版社，2008年，第55页。

③ 陶孟和:《陶孟和致胡适》(1920年6月20日),《胡适来往书信选》,中华书局,1979年，第97页。

④ 周作人:《周作人回忆录》，湖南人民出版社，1982年，第388页。

“除恶务尽”的目标，基本上也算是实现了。

除去对与自己预设论点相左的材料视而不见外，对已经引及的材料，张耀杰也往往全凭己意，或断章取义，刻意曲解，或是因缺乏常识而产生误读——此可谓“指鹿为马”。在《林纾与〈新青年〉的文化之争》一文中，张氏便一再称鲁迅、钱玄同、刘半农等人对林纾进行人身攻击。而遍寻张氏所引以上诸人的“人身攻击”的文字，语言激烈或有之，而实在毫无半点谩骂之语，兹列举两则被张定性为“人身攻击”的文字如下（分别出自陈独秀与刘半农）：

> 至于当世，所谓桐城巨子，能做散文，选学名家，能做骈文，做诗填词，必用陈套语，所造之句，不外如胡君所举旅美某君所填之词。……又如某氏与人对译欧西小说，专用《聊斋志异》文笔，一面又欲引韩柳以自重，此其价值，又在桐城派之下。然世固以大文豪目之矣。
>
> 可叹近来一般做“某生”“某翁”文体的小说家，和与别人对译哈葛德、迭更司等人的小说的大文豪，当其撰译外国小说之时，每每说：西人无五伦，不如中国社会之文明；自由结婚男女恋爱之说流毒无穷；中国女人重贞节，其道德为万国之冠；这种笑得死人的谬论，真是“坐井观天”“目光如豆了”。[①]

至少以我的凡人之眼看来，实在是寻不出何处有“人身攻击”之处，说得最重的话也不过是“谬论”“坐井观天”之类，难道张耀杰认为“西人无五伦”“中国……道德为万国之冠”这样的话不是谬论吗？

此外并有刘半农对于林纾翻译的小说所做的批评，也被张耀杰认

① 转引自张耀杰：《林纾与〈新青年〉的文化之争》，《历史背后——政学两界的人和事》，第26—27页。

为是“全盘抹杀”。刘半农的批评只有两点：“第一是原稿选择得不精”，“第二是谬误太多”，“删的删，改的改，‘精神全失，面目皆非’”。这话，直到今天，我想也还是很客观的吧。而同样是对林纾的批评，被张耀杰认为态度“可取”的张元济则有如此记录：“竹庄昨日来信，言琴南近来小说译稿多草率，又多错误，且来稿太多。余复言稿多只可接受，惟草率错误应令改良。”[①]“谬误太多”与“多草率，又多错误”，在我看来意思是差不多的，而只因一是出于刘半农之口，一是出于张元济之口（其实是蒋竹庄之口，但张元济表示了认同），评价便如此不同，即便是“此中有真意”，我辈俗人也只有“欲辨已无言”了。不知这算不算是“反复颠倒无所不可”呢？

对于林纾那些真正的人身攻击文字，张耀杰则或曲为辩护，或视而不见。林纾那两篇众所周知的影射小说《荆生》与《妖梦》是典型的人身攻击文字，且试图借助政府力量干预新文化运动的意图非常明显。张耀杰则一再考索，试图论证《荆生》中的痛打田其美、金心异、狄莫（分别影射陈独秀、钱玄同、胡适）的“伟丈夫”不是隐指安福系的徐树铮，而是“练过武功并写过一本《技击余闻》的民间侠士林纾”本人。[②]按《荆生》中人物之名与影射对象在文字上皆有对应关系，如田对陈、莫对适，新文化运动中人据此推测荆生指的是与林纾关系密切的权势人物徐树铮（荆、徐皆为中国传统“九州”之名）而非作者本人本是合乎情理的。张耀杰却不顾常识，仅仅根据林纾练过武功就硬要理解为作者自喻。更何况林纾的另一篇影射小说《妖梦》中也有一个新文化对立面的修罗王，且此次对于“白话学堂”（北大）的校长、正副教务长元绪、田恒、秦二世（蔡元培、陈独秀、胡适）不仅仅是“痛

---

① 转引自张耀杰：《林纾与〈新青年〉的文化之争》，《历史背后——政学两界的人和事》，第28、38页。

② 张耀杰：《林纾与〈新青年〉的文化之争》，同上书，第31页。

打”，而是吞噬，林纾虽学过武术，却未学过吃人，可见这位修罗王不可能是作者自喻，而只能是他心目中可以用学术思想以外的力量卫道的权力人士。不惟如此，倘说以狄对胡，还只是借胡适的姓氏开玩笑，影射他是蛮夷，而以元绪（乌龟）喻蔡元培则是赤裸裸的辱骂。至于“人头畜鸣”“禽兽之言”之类的话，林纾更是常付笔端。而这些，在张耀杰看来却又偏偏是属于“热心卫道、宗圣明伦和拥护古文”的“不需要任何理由的普世人权”了。[①] 至少在张耀杰这里，历史真是可以任他打扮的小姑娘。

自然，那些“指鹿为马”式的“张看”，也有不少是出于常识缺乏的误读。姑举一例，鲁迅从日本回国后，先在绍兴府中学堂担任博物教员，又兼任监学，在一次给老友许寿裳的信中称：“仆荒落殆尽，手不触书，惟搜采植物，不殊曩日，又翻类书，荟集古遗书数种，此非求学，以代醇酒妇人者也。”[②] 张耀杰据此评论鲁迅的夫妻关系：“身边有一个活生生的妻子，鲁迅却偏要到故纸堆中寻求‘醇酒妇人’的替代品，他与朱安的夫妻生活可想而知。”[③] 套用一句张耀杰批评唐德刚的话来说，这是“严重无知”。“醇酒妇人”，典出《史记·魏公子列传》：“公子自知再以毁废，乃谢病不朝，与宾客为长夜饮，饮醇酒，多近妇女。日夜为乐饮者四岁，竟病酒而卒。”“醇酒妇人”本是信陵君遭到安釐王猜忌后排遣苦闷并显示自己胸无大志以求自保的方法，类似的例子在中国历史上屡见不鲜。鲁迅此处借用，所要表达的是其僻处一隅、无学术氛围而又不能做事的苦恼。“荟集古遗书”在他看来，不过是一种并无积极意义的爱好，聊以替代放浪形骸式的排遣，麻醉自己、消耗生命而已。后来鲁迅抄十年古碑，用意也是如此。张耀杰将“妇

---

① 张耀杰：《林纾与〈新青年〉的文化之争》，《历史背后——政学两界的人和事》，第37页。

② 鲁迅：《致许寿裳》（1910年11月15日），《鲁迅全集》第十一卷，第335页。

③ 张耀杰：《周氏兄弟的文坛恩怨》，《民国背影——政学两界人和事》，浙江人民出版社，2008年，第128页。

人”“落实”为朱安，也算是奇谈了。

所谓“无中生有”是指其本无论据，却偏能突兀奇崛地得出预设论点，或是论据与别人本无不同，却偏偏自说自话地批驳翻案。此处分别各举一例。

刘半农发表在《新青年》四卷三号的《除夕》小诗中说“主人周氏兄弟，与我谈天——/欲招缪撒，欲造“蒲鞭”/说今年已尽，这等事，待来年”。此诗本无甚难解处，但在张耀杰的火眼金睛之下，也充满了“阴谋论”的味道。原诗下并有注释：“‘蒲鞭’一栏，日本杂志中有之，盖与‘介绍新刊’对待，用消极法笃促翻译界之进步者，余与周氏兄弟（豫才，启明）均有在《新青年》增设此栏之意。唯恐一时恐有窒碍未易实行耳。”[①] 此处说得很明显，“蒲鞭”是刘半农与周氏兄弟打算（尚未实行）在《新青年》新增的监督翻译界的批评性栏目，而非单篇文章。张耀杰文中本已引及这段文字，却仍将其狭隘化地理解为“引蛇出洞”，并将同期已经发表的“双簧信”径称为三人“共同策划出来的‘蒲鞭’”。[②]（诗中明言“这等事，待来年”）。倘仍不明白“蒲鞭”是何物，还可以参看《新潮》杂志。当时北大学生辈的傅斯年、罗家伦等人创办《新潮》，第一期开始即设“出版界评”栏目，便仿照的是日本之“蒲鞭”。

张耀杰热衷于将新文化派知识分子的一切文化活动都归结为阴谋（启蒙了张氏“不惑之思”的胡适除外），为达目的，不惜深文周纳，刻意曲解，这如果套用其本人常用来批评别人的话，恐怕也得算是“化公为私”吧。

再如《陈德徵的真面目》一文。此文是批评“作为文史学者的余英

---

① 刘半农：《除夕》，《新青年》4卷3号。

② 张耀杰：《林纾与〈新青年〉的文化之争》，《历史背后——政学两界的人和事》，第29页。

时、王彬彬等人”对陈德徵（征）的“妖魔化”的。陈德徵1930年前后是国民党上海市党部常委，一度任宣传部长、教育局长，曾因向国民党三全会提“严厉处置反革命分子案”，引起胡适的不满，又发表《胡说》《浅识》等文攻击胡适，指其“违反总理遗教，便是违反法律，违反法律，便要处以国法。这是一定的道理，不容胡说博士来胡说的”，“小子认以党治国之时，只有总理底遗教，是国家底根本大法；违反总理遗教者，即为反革命，即为反法；反革命和反法，均当治罪”。上海市执委会、宣传部复屡开常会，要求中央“严惩胡适”。在上海市的这一榜样的示范下，北平、苏州、天津、青岛等地党部、执委会均纷纷表态要求“严惩”“缉办无聊文人胡适”。陈德徵主持的上海市宣传部并具体提出处治办法：“查封新月书店”，“呈请市执委会转呈中央将中国公学校长胡适迅予撤职”，“呈请市执委会转呈中央将胡适褫夺公权，严行通缉使在党政府下不得活动”。该部并曾发密令要求没收焚毁《新月》。[①]

根据以上所引陈德徵的言论和提案，再加上张耀杰文中也曾征引的胡山源的记录（陈氏在之江大学预科读书时，参加学生罢课运动，便喜欢“怂恿别人坚持到底，而他则暗里和学校当局妥协”，毕业时他又故技重施，得到了毕业文凭，而老实的胡山源便是因他的“怂恿”被校方停学[②]），其行径与马克思所谓的“流氓无产者”的行为特征，多有相合之处。余英时先生和王彬彬先生称之为“党棍”“流氓”，如何算得上是妖魔化呢？

张耀杰为批驳“余英时、王彬彬的不实之词”列举了两条证据。一是余英时先生称陈德徵“连中学也没有毕业，写的骂人文字充满了

---

① 以上内容均出自曹伯言整理：《胡适日记全编》5，安徽教育出版社，2001年，第374、379、434—435、495—496、500—501、513、600、601、616、657、671页。

② 胡山源：《陈德征》，《文坛管窥：和我有过来往的文人政学两界人和事》，上海古籍出版社，2000年，第92页。

流气”[①]。张耀杰则据陈氏毕业于“相当于现在的专科”的之江大学预科否定余的论断。这是没有道理的。余英时先生考察近现代知识人的边缘化，主要是从知识主体的社会位置、自我预期、行为方式来判断，陈氏的专科文凭并不能否定他文字的流气和行为的“党棍”特征。二是王彬彬先生文中记录陈德徵执掌《民国日报》时，搞“民意测验”，“选举”中国伟人，“第一名是陈德徵，第二名才是蒋介石”。[②]张耀杰称之为“以讹传讹”的“道听途说”。[③]而他自己在网络中搜索来的材料却与王彬彬先生文中记载基本相同——唯一不同之处便是张耀杰的“伟人排名”是孙中山第一、陈德徵第二、蒋介石第三。姑且不论张耀杰搜索来的资料是否更为可信，但即便他征引的“排名”更权威，也与其所要反驳的主旨无关。因为王彬彬先生将陈德徵视为国民党中下层干部“光棍化”“流氓化”的依据并不来自这一“伟人排名”。

不惟如此，张耀杰在为陈德徵的学历辩护时，还愤愤不平地质疑胡汉民的“学历”与“素养”，称“早年留学日本的胡汉民几乎把全部精力用在了搞女人与搞政治方面，他的正式学历及知识素养只能比陈德征低而不可能比陈德征高”。[④]胡汉民留学日本期间是否全部精力都用于搞女人和搞政治，我没有详细考察，也没有兴趣，不敢妄言。但是胡汉民的正式学历与知识素养皆有据可查，实在不必用“只能……不能……”这样想当然的推测（张耀杰是时常批评周作人等人“想当然”并将之定性为“刀笔”手法的）。关于胡汉民的传记、年谱多矣，随便翻开一本便可知道：胡汉民1901年中乡试举人，次年赴日留学，入宏文学院速成师范科，两个月后退学回国，1904年再次赴日，入东京政

---

① 余英时：《中国知识分子的边缘化》，《中国知识分子论》，河南人民出版社，1997年，第168页。

② 王彬彬：《胡适、鲁迅与陈德征》，《南方周末》2006年12月14日。

③ 张耀杰：《陈德征的真面目》，《民国背影——政学两界人和事》，第222页。

④ 同上书，第224页。

法大学速成法政科，两年后毕业，进入专门部学习。至于他的知识素养与文字风格，不妨看看他与胡适关于井田制的学术辩论，尊崇胡适的张耀杰于此想来应该是熟悉的吧。

此外，张文约三分之一的篇幅用于抄录网上搜索来的关于陈德徵之子、成都科技大学教授、中科院院士陈星弼先生的传记材料，详细介绍其求学、教书的人生经历，并介绍其在“半导体器件”和“微电子”方面的科研成果，以此论证陈德徵“为国家和民族贡献出了一个优秀的儿子”。[①] 这实在是让人有不知人间何世之感了。张耀杰自称信守“宪政”“自由”等现代理念，自当反对以地缘、血缘等连带关系结成共同体，自己却偏偏使用这种古老的“父凭子贵”的逻辑，为陈德徵翻案（其实张氏也常常因鲁迅与周作人的血缘关系而将他们捆在一起批判，不时地在批评鲁迅与周作人时互相株连）。这样的例子在张耀杰的文章中并非偶然，如那篇攻击唐德刚“严重无知的”长文，因要为暗杀宋教仁的谋划者洪述祖翻案，便先强调其家世“并不比袁世凯低一个等级”，以一个超长句表明“他是清朝嘉庆年间指斥朝廷、冒死直谏，以一句‘丈夫自信头颇好，愿为朝廷吃一刀’而闻名于世的忠臣名士、自号‘北江’的洪亮吉的后代”，又反复点明他的儿子是洪深，“当时正在美国俄亥俄州立大学留学，后来成为中国影剧事业的先驱者”。[②] 在论述“世纪老人”陈翰笙时，也不忘强调“‘文革’后期，陈翰笙一度在自己家里开设免费英文学校，前后有300多人来这里学习，其中包括被‘打倒’的刘少奇、宋任穷、陈云等人的‘黑帮子女’。恢复高考以后，这些学生大都考上大学，并先后担任各行各业的重要职务”[③]。这次不是“父以子贵”，而是“师以徒贵”了。其实在那个张耀杰在学

---

① 张耀杰：《陈德征的真面目》，《民国背影——政学两界人和事》，第224—225页。

② 张耀杰：《〈袁氏当国〉的谬误》，同上书，第30、32页。

③ 张耀杰：《陈翰笙：被鲁迅批评的世纪老人》，《历史背后——政学两界的人和事·序言》，第207页。

校只能学习“毛主席万岁，林副主席是毛主席的接班人”、只能阅读用马粪纸印成的《关于解放以来文艺实践状况的报告》的特殊年代里，有资格学习英语和给这些暂时落难的“黑帮子女”教授英语，本来就是常人所不能享有的特权。张耀杰自己不就是1982年才开始自学英语吗？[①] 更何况，“恢复高考后”，也就是“拨乱反正”后，这些当年的“黑帮子女”即使没有学过英语，也一定会“考上大学”，也一定会“先后担任各行各业的重要职务”。他们“来之不易的幸福生活”本是“打江山、坐江山”的父辈留下的，与陈翰笙又有多大关系呢？再说一句题外话，张耀杰在不同文章中对于新文化派主要人物钱玄同一再予以贬损，可钱玄同也曾“为国家和民族贡献出了一个优秀的儿子”钱三强，按照张氏“父凭子贵”的逻辑，是否也应对其网开一面呢？

如此偏执地宣扬现代理念的人，内心却偏偏难以弃舍对于祖上或者后代的荣耀的渴求；如此狂热地宣称追求程序正义的人，却偏偏对于特权给人带来的地位如此不加辨析而津津乐道。这是不是也说明传统专制思想的鬼魂，还顽固地生长在许多人的心里呢？或许正如辜鸿铭所说：“我头上的辫子是有形的，你们心中的辫子却是无形的。”[②]

---

① 张耀杰：《历史背后——政学两界的人和事·序言》，第3—5页。

② 张家康：《一代怪杰辜鸿铭》，《书屋》2006年5期。

舒芜对“桐城派”的批判

舒芜出身桐城方家，幼时也念过数年家塾，受过传统教育的训练，不过他在文化观和文学观上则完全认同“五四”，尤其尊崇二周（鲁迅和周作人），这与现代学术风气和教育制度的演变有关。“五四”新文化运动是从反对“桐城派”开始的，这一点也为舒芜所继承，他的“桐城派”研究基本延续了周作人等人的方法和观点，持续对“桐城派”进行“挖根式”的批判。这在当时既是学术史的考察，也有着批判当下介入现实的意义。

一　从桐城后人到“二反二尊”

舒芜本名方管，虽然不是与方苞一系的“桂林方”，而是门户较小的“鲁谼方”，但是家族中桐城文化的氛围还是很浓厚。姚鼐弟子、撰写《汉学商兑》以维护“桐城派”尊崇的宋学义理的方东树便属“鲁谼方”。舒芜的曾祖父方宗诚，号柏堂，是方东树的族弟兼学生，也是以理学闻名的桐城名家，据说清末时日本尚有人研究柏堂之学。舒芜的外祖父马其昶是方宗诚的学生，又是“桐城派”的最后一个代表作家。有这样的家世背景，幼时自然难免受到“桐城派”的熏陶。[①]

① 舒芜：《舒芜集》第八卷，河北人民出版社，2001 年，第 99—101 页。

舒芜的祖父年轻时是维新党，曾两次去日本，所以家中子弟都读“洋学堂”，不过根据“中体西用”的原则，要先在家塾读几年书，“打个根底”，舒芜便是家族中最后一批“家塾出身”的学生。家塾中所教的，自然是旧学，先后有《弟子规》《三字经》《读史论略》《四书》《诗经》《左传》《礼记》《书经》以及唐诗古文等。在家塾之外，因为曾祖父是理学家，舒芜从其著作中选读了《俟命录》，并由此阅读宋明理学书及“学案”之类，自己动手写理学家式的笔记，培养出对哲学理论的兴趣。他还模仿外祖父马其昶的经学著作，将《论语》《孟子》按照“论仁”“论义”“论礼”等类目重编。在诗文创作方面，也曾受过传统的训练，与小朋友诗词唱和，自署“某某叟”“某某老人”，十三四岁时次祖父《冰崖酬唱集》中的诗韵写过老气横秋的旧诗。[①] 旧式教育除了这种知识上的传授以外，祭祀圣人也是很重要的一个环节，它通过一系列仪式化的流程，对读书人进行规训，强化他们对于圣人及传统之学的认同和敬畏。不过，这对少年时的舒芜，也产生过负面的效果。中国的传统教育，历来不注重儿童心理，儿童教育的目的也是使少年老成，尽早成人化。这种仪式训练本身就带有压抑少年人天性的成分，容易受到孩童心理上的排斥，甚至因一些不愉快的经历而给其留下心理阴影，使其产生叛逆之心。舒芜家中每年正月初七会举行这一仪式，(舒芜称之为“磕圣人头”“上七”)，祭祀圣人孔子及孟子、曾国藩、王夫之、姚鼐等先贤。有一年，他因为贪图在外婆家自由玩乐，误了回家参加祭祀的时辰，遭到祖父的冷眼，因惊吓而恐慌以致痛哭不止。[②] 这种带有创伤性的经历和记忆自然会使他对于传统之学产生负面情绪。

舒芜的少年教育也有新的一面。如前所述，方宗诚虽是理学家，

---

① 舒芜:《舒芜集》第八卷，第 117、1—2、124、260、146—147 页;《舒芜集》第二卷，第 1—2 页。

② 舒芜:《舒芜集》第八卷，第 115—122 页。

但年轻时却是维新党，对于新派学术倒也并不排斥，也并不要求家中弟子做“桐城派”古文，反倒经常赞美《大公报》的浅近文言社论。舒芜的姑母方令孺和堂兄方玮德，都是新月派诗人，方宗诚也赞赏他们的才华。方玮德早逝，方宗诚写的挽联有一句是“才名风度早惊人”。这样的家庭环境反倒使得舒芜形成以下观念：“一、新诗要代替旧诗词，是自然的，无足怪的，必然的，无法阻止的。二、并不是不会作旧诗词的才去写新诗，许多新诗人本来能做很好的旧诗词，他们是在新时代，觉得新诗才更适合表达自己的诗情诗意。三、现在既已有了新诗，你要有诗情诗意，而不愿受旧诗词格律的束缚，你可以写新诗，不必勉强作旧诗；如果要作就得遵守基本格律，那是历史形成的，不能也不必改变。”[①]

舒芜的父亲方孝岳曾留学日本，归国后在北大预科任教，与同为皖籍的新文化人士陈独秀、胡适均有交往，曾在《新青年》3卷2号“读者论坛”发表文章《我之改良文学观》，赞成“白话文学为将来文学正宗”，但当“姑缓其行”。[②] 正因为在这样宽松的家庭环境中，舒芜较早地接触到新文学作品和新式教育。由于方玮德早逝，他留下大量新文学书籍、刊物，包括鲁迅、周作人、郭沫若、徐志摩等人的著译作品，还有《新月》杂志、《东方杂志》和《小说月报》等，都被方宗诚冠以“总百氏”和“别九流”之名放在舒芜的房间，成为他的新文学启蒙读物。而在舒芜很小的时候，他的母亲便给他订了《小朋友》杂志，后来续有《儿童世界》《中学生》，这些都是配合新教育的少年儿童读物，介绍新文学作品，也批评旧教育，如《儿童世界》的一篇歌谣体长诗，舒芜老年时尚且记得：

---

① 舒芜：《“桐城派”与桐城文化》，《舒芜集》，第八卷，第96—97页；《另有一个诗坛在》，《舒芜集》，第二卷，第251页。

② 舒芜文中说方孝岳文发表于《新青年》2卷2号，为误记。

读什么经，
诵什么赋，
哼什么诗，
诌什么文，活人读成活死人！
（略）
民国成立，
皇帝取消，
学校成立，
经书取消：
什么文人学士痨病鬼，
一齐打入死监牢。

这些既对舒芜产生震动，却又引起他的兴趣和对传统教育信念的动摇。而数年家塾之后，舒芜进入新式学堂读书，接受的便是“狗，大狗，小狗，大狗叫，小狗跳”之类的新式教育。进入初中以后，舒芜接触到更多的新文学作品，初三时的国文教员吴步尹是北大毕业生，曾造访过苦雨斋，在课堂上大讲新文学，尤其是二周。由此舒芜形成了基本的文化观文学观，即是所谓的“二反二尊”：反儒学尤反理学，尊五四，尤尊鲁迅。[①]

二 对周作人“‘桐城派’批判”的研究和延续

新文化运动以反对理学传统尤其是以痛批“桐城谬种，选学妖孽”起始，竟能吸引到众多桐城方家子弟，可见当时思想风气的转变，及其对青年知识分子的吸引力之大。舒芜对“桐城派”道与文两个方面的

① 舒芜：《舒芜集》第八卷，第106、128—129、148—150、108页；《舒芜集》第二卷，第2页。

深入思考是从他对周作人的研究开始的，不过在新文化运动之前，已有不少批评“桐城派”的言论，这对舒芜也造成了一定的影响，至少在他接受了周作人的观点以后，这些潜在的思想被激活了。

“桐城派”在清代以文章名世，学问尤其是朴学根底不深，在贯穿清代的汉宋之争中又属于宋学一派，所以汉学家对桐城文人的批判，既具有汉学批评宋学的意味，也有着历史上一贯的学问家轻视文学家的成分在内。钱大昕就曾引用王若霖的话说方苞是“以古文为时文，以时文为古文”，批评其“义法”：“特世俗选本之古文，未尝博观而求其法，法且不知，而义于何有”，“乃真不读书之甚者”。[①]姚鼐曾经想以戴震为师，遭到婉拒，并被“微言匡饬”，这也直接导致姚鼐后来屡屡攻击“朴学残破”，其弟子方东树则撰《汉学商兑》，专门攻击汉学。[②]晚清冯桂芬继续批评桐城“义法”为不必要：“称心而言，不必有义法也；文成法立，不必无义法也”。蒋湘南则批评“桐城派”形式上沿袭八大家，取径不广，千人一面，沦为八股文，桐城文学所载之“道”不是从人情物理中悟得，而是误以宋明道学家语录之言为“道”，并以“奴蛮丐吏魔醉梦喘”八字形容桐城文学。而对桐城文章批判的最为尖刻的，则是一位桐城籍旧文人陈澹然，他不满意于桐城文派规矩束缚太多，称之为“寡妇文”：“寡妇目不敢斜视，耳不敢乱听，规行矩步，动辄恐人议其后”。[③]朴学大师章炳麟则区分经儒与文士，以为“经说尚朴实，而文辞贵优衍”，“桐城诸家，本未得程、朱要领，徒援引肤末，大言自壮，故尤被轻蔑”。[④]民初太炎门生大量进入北大，排斥“桐城

---

① 舒芜：《舒芜集》第三卷，第279、280—281页。

② 章炳麟：《訄书》，上海古籍出版社，2000年，第151页。

③ 舒芜：《舒芜集》第三卷，第271页。

④ 章炳麟：《訄书》，第151页。

派”，主要的攻击方向，也正是他们学问上的“空疏”。[①] 钱基博撰写现代文学史，即称“章炳麟实为革命先觉；又能识别古书真伪，不如‘桐城派’学者之以空文号天下。于是章氏之学兴，而林纾之说熸”。[②]

新文化运动以来，胡适、陈独秀等人引入西方文学概念，继续批判“桐城派”。不过对于“桐城派”的负面因素发掘得最深入的还是延续了章太炎一系的周作人。他在《中国新文学的源流》一书中，将中国文学发展趋势视为言志、载道两种潮流的起伏消长，而之所以有载道文学，是因为文学从宗教中分化出来，仍有一部分宗教势力残存。言志派的文学是即兴的，有真情实感的，载道派的文学是“赋得”的，是遵命文学，好文学都是先有意思，后有题目，赋得的文学则是先有题目，再有意思，所以古今的好作品都是即兴的言志文学，赋得的载道派不可能产生好文学。在当时的文学界，“桐城派”文学与新文学分别对

---

① “桐城派”对于太炎门生一派的反弹在文学史上时常为人所忽视。民初“桐城派”姚永朴任职北大，以《文学研究法》为授课讲义，计四卷二十四目，其中“范围”一目区分文学家与诸家的不同，考据家为其一。姚氏认为，“考据家宗旨，主于训诂名物，其派有二：在经者为注疏家，（略）在史者为典制家”。对于后者，只是一笔带过，以为“综其大体，多采掇群书，加以论断，与文学家实分道扬镳”。主要评论对象则是注疏家，虽然说“文学家读书议礼，亦未尝不用考据”，并引姚鼐语，所谓：“以考证累其文，则是弊耳；以助文之境，正有佳处，夫何病哉！”但其主旨，仍在论述考据注疏之学对于文学的负面作用。如引《汉书·艺文志》说，“后世经传既已乖离，博学者又不思‘多闻缺疑’之义，而务碎义逃难，便辞巧说，破坏形体。”引吴汝纶书信，“说道说经，不易成佳文。道贵正而文者必以奇胜，经则经疏之流畅，训诂之繁琐，皆于文体有妨。”又引梁章钜语，从著述家与考据家出现的先后论述前者优于后者：“著作始于三代，考据起于汉唐注疏，考其先后，知所优劣矣。著作如水，自为江海；考据如火，必附柴薪。”（姚永朴：《文学研究法》，凤凰出版社，2009 年，第 22—23 页）服膺桐城学说的林纾也站在文学创作和鉴赏的立场批评当时学界考据化的破碎倾向，斥章太炎为“庸妄巨子”，“剽袭汉人余唾，以挦扯为能，以饾饤为富；补缀以古子之断句，涂垩以《说文》之奇字，意境义法，概置勿讲”（林纾：《与姚永概书》，钱基博：《现代中国文学史》，中国人民大学出版社，1999 年，第 171 页）。

② 钱基博：《现代中国文学史》，中国人民大学出版社，1999 年，第 171 页。

应载道派和言志派。[1]

“桐城派”自述的文学谱系是“左传——史记——韩愈等唐宋八大家——归有光——方苞”，实际上追随的是八大家的路子。对于八大家的作品，因为是载道文学，周作人也不以为然。在他看来，唐代的文章并不好，即以韩愈而论，周作人就认为他的代表作都不好，少数几篇好作品，都是他忘记了载道时偶然作出的。而且韩愈提出“道统说”，这成为载道派永远脱不去的毛病。宋代亦是如此，苏轼等人写下的有文学价值的作品，往往是他们随便一写的书信题跋一类的东西。[2]

对于“桐城派”视为独得之秘的“义法”，周作人也揭去其神秘面纱，以为“只是一种修辞学而已”，而他们的主张归纳起来，不过两点：一是“文章必须‘有关圣道’”，也就是载道，代圣人立言；二是“文要雅正”，即是不可有语录语、俚俗语、小说家语等等。至于姚鼐提出的“神理趣味、格律声色”，周作人一概以启蒙者的立场将之祛魅化，称为“莫明其妙的东西”。[3]

周作人批评“桐城派”的另一个入手处，是开掘其与八股文的深层联系。他认为“‘桐城派’是以散文做八股文的”。因为“桐城派”强调载道，“文即是道”，所以在这一方面和八股文的主张相接。在周作人看来，“桐城派”的清代一世祖方苞“也就是一位很好的八股文作家”。正因如此，八股文式的“赋得”，追求制定题目下的“中式”，便泯灭了作者自己的思想和情感，文学沦为形式化的游戏。更为重要的是，周作人从中看出载道派文学与传统中国专制统治下人民的奴隶性之间的深层联系：“几千年来的专制养成很顽固的服从与模仿根性，结果是弄得自己没有思想，没有话说，非等候上头的吩咐不能有所行动。

① 周作人：《中国新文学的源流》，河北教育出版社，2002年，第17—18、36—37、31页。
② 同上书，第20页。
③ 同上书，第42—43页。

这是一般的现象，而八股文就是这个现象的代表。”而所谓的“代圣贤立言”“赋得”，不过就是“奉命说话”。[1] 周作人对“桐城派”的批评，既有学术史和文学史的意义，也有巩固新文化运动成果，服务当时思想界斗争的成分在，所以更能激起青年学生的同情。

舒芜自年轻时就形成“二反二尊”的文学观，晚年更是周作人研究专家，对周作人的“桐城派”批判也有深入研究。这主要体现在其《中国新文学史的“溯源”——周作人对唐宋八大家和“桐城派”的批判》一文中。在这篇文章中，舒芜将周作人对唐宋八大家和“桐城派”的批判置于新文学史“溯源”的脉络和文学史观念的重建中考察。舒芜除了介绍新文化运动史前期的“桐城派”批评言论和新文化人士反对“桐城派”的社会政治背景以外，着力点强调周作人的“桐城派”批判相对于新文化同人的独特性和深刻性，即从唐宋八大家和宋明理学入手的“挖根式”批判。周作人指出“桐城派”和八大家之间的继承关系，以及八大家的古文和八股文之间的渊源（“八大家的古文在我感觉也是八股文的长亲”），因其均与科举有着密切关系，被作为求富贵的手段，所以不免“褊狭、苛刻、虚伪”，带有“科举制度养成的奔兢躁进之气”。尤其是集中批判提出道统说的韩愈之文，说是“我却但见其装腔作势，搔首弄姿而已，正是策士之文”，等于挖了桐城文派的祖坟。对于柳宗元的文章，周作人也认为“矜张作态，不佞所不喜”。[2]

对于周作人及其他新文化人士的“桐城派”批判，舒芜是完全认同的。他认为前人对于“桐城派”的批判并非限于抽象的理论上的把握，而是“实实在在地感受到它的压迫，实实在在地遭受到它的反噬”，在今天的我们“应该比前人更加痛感‘桐城派’的‘道统’和‘文统’的反民主反科学的性质”，他甚至对于周作人、胡适等人对“桐城派”注

---

① 周作人：《中国新文学的源流》，第 31、40、63—64 页。

② 舒芜：《舒芜集》第三卷，第 288、291、292 页。

重语法修辞方面的肯定略有不满，以为是“他们的不够彻底处”，直击语法修辞这些表象背后的“寡妇主义”的“义法”本质。[①]

舒芜在自己的学术研究之中，也完全吸收了周作人等新文化派的观点和方法。譬如他对韩愈的研究，便于肯定韩愈在李、杜之后推动了中国诗歌前进的道路之后，批评其气质上的“躁急褊狭，无容人之度”，仕途上“热衷利禄，无恬退之心”，诗篇中则“好为人师，攘斥异端”，充满“怨毒之气”乃至“杀气”。将韩愈诗文在五四以后的不受欢迎归结为他“作品中流露出来的气质和精神状态上的庸俗性，总带有独断和专制主义的味道”。[②] 这都和周作人的判断是一致的。

对于“桐城派”文学，舒芜认为其“文运”与清朝的“国运”一致，桐城文学发迹源于清朝国势初定后的粉饰太平的需要，所以“方苞重‘道’，志在帮忙，大櫆重‘文’，则以帮忙之名行帮闲之实”。姚鼐以后，建立唐宋八大家至归有光、方苞一系的“文统”，树立“森严壁垒”。而至晚清没落，林纾对于新文化派的攻击、希望军阀徐树铮予以压制，其所谓的“忠愤之气”，也都是其来有自，源自祖师爷韩愈的“韩门家法”。在为吴孟复《唐宋八大家简述》所做的序中，他表示并不否认八大家中有好的作品，但是反感他们编排道统的做法，因为这种做法以正统自居，自然就会带有专制气息，如韩愈的“人其人，火其书，庐其居”。而将八大家编排在一起，则更可以集中突出其“有意‘做’文章”的缺点。韩愈因其“师其意不师其词”的观点，字字刻意求新求奇，将许多有生命力的词句排除在外，是“因噎废食”。由此影响到“桐城派”，不顾文体，“一味求‘简洁’，正是不得体”。[③]

---

① 舒芜：《舒芜集》第三卷，第298—299页。

② 舒芜：《舒芜集》第二卷，第87、88页。

③ 同上书，第348—351、366—368页。

三　对“桐城派”和桐城文化的区分

在对于传统文化与文学的态度上，舒芜也完全认同新文化派的立场。他认为在现代社会，新诗代替旧诗词是必然的趋势，现代诗人只有写新诗才能真正表达自己的情感。除了专门的学术研究者，青年人不必学写旧诗词。关于现代人学写旧诗词的负面效果，他认同鲁迅和聂绀弩的看法，认为除了格律上的束缚以外，更重要的是，容易产生一种“恨恨而死”的消极情绪，“旧诗真做不得，一做起来，什么倒霉的情感都来了”。[①] 他自己在十三四岁的时候，就曾跟表哥表弟等人诗词唱和，做过老气横秋的不符合少年人心性的诗词，所以对此感触很深。

不过，值得注意的是，舒芜批评“桐城派”，并不是一概否定桐城文化。除了对“桐城派”有限的肯定（如周作人所说的，“桐城派”至少可以将文字写通顺）外，他还注意桐城文化的多元性，即“桐城派”以外的桐城文人和桐城文化。他在为桐城县文联所编的《桐城古今》一书所作的序中，即提出要注意到同为桐城名人，各自的立场、境遇、观点完全可能不同，所谓“各有道”是也。[②] 舒芜对于人们将桐城文化仅仅局限于“桐城派”文化和桐城人刻意突出“桐城派”的做法，一直表示不满。他区分“桐城派”和桐城文化两个概念，认为“桐城派”虽被新文化运动打倒，但并不代表桐城文化便不存在了。他在《“桐城派”与桐城文化》一文中即罗列了许多“桐城派”以外的桐城名家，如被他认为是“明末遗民中的头等人物、大哲学家、大科学家、百科全书式的大学者”的方以智，以及钱秉镫、方文、孙临、孙学颜等全国知名的明遗民，皆出现于“桐城派”形成以前。“桐城派”形成之后的，则有考证学家马瑞辰、清末目录文献学家萧穆。“桐城派”被新文化派批

---

① 舒芜：《舒芜集》第二卷，第 251—252、244 页。

② 舒芜：《舒芜集》第四卷，第 71—75 页。

判以后，还有美学家朱光潜，哲学家方东美，诗人、散文家方孝孺（即舒芜的姑母），文学史家音韵学家方孝岳（即舒芜的父亲），文学史家杂文家丁易。[1] 当然，我们或许还可以加上新月派诗人方玮德（舒芜的堂兄），批评“桐城派”文学为“寡妇文学”的陈澹然等等。舒芜对这些人的评价显然要比“桐城派”文人更高，他在上引文中曾建议“桐城派”开两个全国规模的学术会议，即是关于方以智和朱光潜的。在与友人的通信中，他曾明确表示对方以智的仰慕，称“无可大师学究天人，我何敢妄攀。这次回桐城游浮山时，总算参拜了他的墓，足慰平生”，认为“方以智学术讨论会”“比桐城派讨论会有意思得多”。对于桐城人仅以“桐城派”自傲，舒芜有严厉的批评，认为“桐城人一向的缺点是陋，坐井观天，夜郎自大，我希望尽我的微力，把桐城人的眼界扩大一点”。[2]

舒芜对“桐城派”和周作人的研究，一方面是一种学术史、文学史的考察，在这一点上，他只求真理而不为家乡、尊亲避讳。另一面，这也是对当下社会思潮的介入，在1990年代以来的一片反思（在很大程度上是否定）“五四”、回归传统（很多时候是狭隘的儒家道统）的思潮中，他坚持“回归五四”，高扬科学民主的旗帜，本身便有着继续启蒙的意义。

---

① 舒芜：《舒芜集》第八卷，第97—98页。

② 舒芜：《碧空楼书简》（上），《书屋》2000年第5期。

第三辑

尉天骢反思式的原乡，最大的意义我想便在于此。他超越于常见的传统与现代、革命与“自由”式分野，剥离那些冠冕堂皇、似乎不证自明的具有极大魅惑力的激情，直指人心中互相关爱的伦常与知识者乱离之中的文化自信和道德坚守。这些才是我们民族根脉中最值得继承也最有价值的部分。

——《乱离与原乡：读尉天骢〈岁月〉》

乱离与原乡：读尉天骢《岁月》

尉天骢先生的散文集子《岁月》，分为三辑，原乡，历程，岁月。在我看来，“原乡”和“岁月”或许可以放在一处来读，均属于“原乡”范畴，以个人化的民族史的方式反思我们民族最深层的那些东西，思考那些暴力、残忍以及即便这些阴暗事实也难以完全压抑的千年不变的令人温暖的伦常。这是一种“损之又损”的解毒式的怀乡。“历程”部分则为怀人之作，叙写的是那些在家国之变大背景中漂流的知识人的苦苦坚守与乱离之悲，所忆虽然均是师友往还，多有温暖欢乐之事，却涂上一层浓重的悲怆的底色，悲喜映衬，悲而不惨，喜而不浮。

一

1949 年风云变色，政权易手，海峡两岸处于冷战状态，这边持续革命，那边加紧反共，生存在这种政治高压夹缝中的知识分子的进退出处，便难免有动人心弦之处。“历程”一辑所收人物，多为战后来台的“外省人”，尤其如台静农等人，因与鲁迅有过亲密交往，生存更为艰难。台静农先生抗战胜利后到台湾，本来只是过客，他为自己的书斋取名“歇脚庵”，“既名歇脚，当然没有久居之意”。[1] 结果这一歇就歇了近半个世纪，逆旅反成了家园。《岁月》中的《百年冰雪身犹在：

---

① 台静农：《龙坡杂文·序》，生活·读书·新知三联书店，2002 年，第 3 页。

记台静农先生》一文，提及两事。一是台先生对五代人杨凝"险绝"式书法的认同与理解，他认为"险绝"是对当时"诡异""软媚"之风的反动，是要以此树立自己的风格写自己胸襟。这其中，自然浸润着台先生自身的乱世人生经验。另一事，是他对《韩熙载夜宴图》的理解，他称韩熙载纵情酒色的行为为"自污"，是"自毁以求全"，通过"矮化自己，糟蹋自己"来向权贵表忠心，专制社会败坏人心，这是一大原因。[①]台先生自己另有《〈夜宴图〉与韩熙载》一文，对韩熙载"自污"的原因作详尽分析，对其评价是："体老庄之微枢，以杂猱而自污，既放诞，又狡狯，亦复可喜"。[②]在中国传统中，文人、功臣以醇酒妇人糟蹋自己以换取君上信任，这是最常见不过的事情。"醇酒妇人"一词本便源于《史记》对于信陵君类似行为的记载。汉武帝的兄弟河间献王仅仅因为"经术通明，积德累行"，得儒生爱戴，便遭武帝猜忌："汤以七十里，文王百里，王其勉之"，回家后也以此老法自污，"纵酒听乐"以终。[③]台先生自己生逢乱世，身在台湾而身份敏感，于此等乱离之中文人命运心理的体察，自有常人所不能及处。不过受过"五四"精神熏染的台先生显然不认同这种"放达"式的反抗，所以他说"任何人都没有权利以个人的不如意来破坏社会的常轨"。[④]而比较他文章中的含蓄、隐微和与尉天骢谈话时的相对直露、坦白，也可以看出，在当时他其实有许多话不敢说，不能说，至少是不便直说。舒芜曾说《龙坡杂文》关键词是"人生实难，大道多歧"，可谓见道之语，读出了台先生从容蕴藉文字背后的苦涩意味。[⑤]

---

① 尉天骢：《百年冰雪身犹在：记台静农先生》，《岁月》，上海人民出版社，2009年，第55—58页。

② 台静农：《〈夜宴图〉与韩熙载》，《龙坡杂文》，生活·读书·新知三联书店，2002年，第12页。

③《史记》，中华书局，1963年，第2094页。

④ 尉天骢：《百年冰雪身犹在：记台静农先生》，《岁月》，第58页。

⑤ 舒芜：《读〈龙坡杂文〉——悼台静农先生》，《舒芜集》第二卷，河北人民出版社，2001年，第275—276页。

关于社会伦常，俞大纲先生也有很有意思的论述。大纲先生出身的绍兴俞家，在海峡两岸的政学两界都有巨大影响力。《岁月》中的《素朴坦然一君子：记俞大纲先生》一文记述了俞先生的"小康是大同的基础"之论。这里的"小康"指的是在作为农业文明国家的中国，整个社会的一种最基本的伦常，渗入人性深处的那种行事准则。所以他说"不管国家动乱到什么地步，能保留一些小康的地区，保持文化之不坠，对于后代的复兴是有用的"，又说"从晚清到三十年代之间，在中国南方还能保持那么多优秀的知识分子，小康社会没有完全消失是其中的一大原因"。他对表兄陈寅恪《挽王观堂诗》中的"依稀廿载忆光宣，犹是开元全盛年"之句的理解，也是在这个层面上展开。在他看来，光宣之际，传统的伦常（即小康伦理）尚未被完全打破，可以保持基本的秩序。民国以后，旧的伦常解体了，而新的伦常尚不可见，社会便处于混乱的无政府状态。在政治领域，则是"经常意见不合，就把别人特别是对方置之于死地，让任何人都无所逃于天地之间"。[①]

可见对于现代中国知识分子来说，"乱离"还不仅仅是空间概念而言，更包括文化层面的飘零与无根的哀思。这也难怪当时许多历经丧乱的文人会特别钟情于陶渊明的《拟古诗》：

> 种桑长江边。三年望当采。
> 枝条始欲茂。忽值山河改。
> 柯叶自摧折。根株浮沧海。
> 春蚕既无食。寒衣欲谁待。
> 本不植高原。今日复何悔。

"历程"部分的怀人之作中，更多的是同辈友人，这些故事，多半充满了温暖与欢愉。如"永远年轻"的唐文标，豪爽而无城府，他与黄

---

① 尉天骢：《素朴坦然一君子：记俞大纲先生》，《岁月》，第92—93页。

春明初次见面就大批《苹果的滋味》，在尉天骢家的聚会中总是与人争辩甚至大吵，却又总是“不打不相识”。尉天骢也写到唐文标“生猛”背后的严肃与认真。他“由文学的危机想到近代世界难以克服的文化危机，由美国消费文化所带来的普遍性的腐蚀，思考人类难道没有救赎的可能”，所以他在台湾痛批现代派，大呼“天国不是我们的”。尉天骢还写到唐文标不修边幅背后的仔细，这种仔细其实是内心的善良和对朋友的情意。尉天骢初到美国住在唐家的第一天，唐文标安置好以后，叫他坐在电话机前，为之一一接通美国亲友电话，打完电话又拿出航空邮筒，说：“睡觉以前，先写信给老婆，明天一早我好拿去寄。”第二天他问尉天骢到“番邦”最先想到什么，尉天骢答以“雪和杏”，次早醒来，窗前桌上便放着一大篮黄澄澄的杏子，另有一本在台湾被视为禁书的《艳阳天》，以慰其“乡愁”。[①] 这些在乱世之中的美好，以及对这种美好的体察，大约也正是老辈人士所珍重的“伦常”与“小康”吧。而这一切温暖与欢愉的片段，在尉天骢的叙述中，却几乎无一例外地以死亡做结尾，唐文标，黄春明的长子国峻，逯耀东，等等。这样，即便是那些欢愉、温馨的往事，也都因剧中人的去世而涂上一层死亡的底色，显得凄怆凝重。使这些对友人的追忆抵达生命的深层，进入思考人类苦难的境地。而就在那篇记叙与黄春明一家交往的《遣怀：赠尤弥》中，尉天骢提到他的姑母在家中面临灾难性的变故时，为其老师李正纲先生“点醒”的故事，以及李先生所念的晏殊的《浣溪沙》：

> 一向年光有限身，等闲离别易销魂。酒筵歌席莫辞频。
> 满目山河空念远，落花风雨更伤春。不如怜取眼前人。

尉天骢的姑母因此从悲痛的阴影中走出，接下全家的重担。[②] 这种

---

① 尉天骢：《燃烧的灵魂：怀念唐文标》，《岁月》，第 135、137 页。

② 尉天骢：《遣怀：赠尤弥》，《岁月》，第 174—176 页。

在面临苦难时对于责任的担当，有着刚健质朴的生命力，也是我们中华民族最为宝贵的精神、伦理传统。

尉天骢先生在谈及聂华苓的《三生三世》时说，“就在这样的混杂和惘然（此事可待成追忆，只是当时已惘然）中，即使有时也有一些事让人感到温馨，然而再加回味，仍然会在其中感到难以解说的辛酸”。[①] 这也适用于他自己的《岁月》。

二

尉天骢的“原乡”是要追寻我们民族历史最深层的东西，这包括存在于底层民众和知识分子身上那种美好的闪着人性光芒的“伦常”，也包括几千年来一直存在而总是在易代之际大行其道并产生极大破坏力的流民习气。而这美好的与阴暗的往往共存一处，尤其是在现代中国的大变动中，“小康”的伦常日渐式微，那些流氓的鬼魂则穿上“现代”的外衣，几乎摧毁了一切。

《岁月》的“原乡”一辑中有一篇《巨柱》，写的正是这种“小康”的伦常在民间潜移默化的传承。“我”的老奶奶（即曾祖母）虽然不识字，却做一切事都有“章法”。在家庭生活堕入贫困的时候，有人来商量合作将家中的麦田改种罂粟，收入可增加十多倍，可是老奶奶坚决拒绝，她说：“我家可还有两个孙子，到时候烟土进进出出，谁也保不准他们不会学上吸大烟。等人毁掉了，钱再多又有什么用？”收获时节请人来家中帮忙，老奶奶总是说：“肉多的咸鱼一定要多准备几盘，庄稼人汗水流多了得补充；青辣椒炒鸡蛋一定要有，天热胃口不好，没辣吃不下饭；泡茶的缸子里要多放些红枣，吃起来才有滋味！”老奶奶不识字，自然没有什么书本知识，更不可能有什么“xx 家训”传示子孙，

① 尉天骢：《怆然的回首：聂华苓〈三生三世〉读后的断想》，《岁月》，第 213 页。

可她做人做事的这种“章法”，就这样通过这些具体琐碎的言行、日常的耳濡目染传承到尉天骢的父母、姑母那里，甚至越过打破一切“章法”的“文革”在尉天骢的弟弟那里还有遗存，即是文章开头尉天骢弟弟的那封信中所说的：“这些年来，我干的都是些体力劳动的工作，生活虽然苦，却从没有丧失掉上进的意志，也从来没有动过歪脑筋，想去占别人的便宜。”尉天骢虽未及见老奶奶，但是少年时也学会按照这一套“章法”做人做事，谷子收好了，一定要送几袋给村里日子过不去的邻居，还要客气地说：“这是今年新收成的，请您尝尝新。”[①] 这种农村“老奶奶”式的“章法”，其实正是知识人俞大纲所说的“小康”，说穿了便是对他人感同身受的体贴与关爱。而这种“章法”之所以能够在天崩地裂式的大变动中不绝如缕，一是因为这是人性之常的一面（流氓式的恶与破坏则是人性的另一面），二是因为民间传统的秩序还未彻底解体，余荫犹存。在尉天骢的笔下，除了老奶奶以外，这种“章法”与温情在不少类似的底层小人物身上都有体现。譬如尚大爷，本是尉家的帮工，按照教条式的阶级斗争思维，与主家应该是你死我活式的对立关系。可是却不，他们正是一种温情脉脉的亲人般的关系。尚大爷比尉天骢的父亲大七八岁，所以称其为“二兄弟”。尉天骢应该算是“少爷”了，可与尚大爷却情同父子，常和他同睡牛屋，夜里尿急的时候还由他背着去小便。尚大爷从自己家中回来的时候，总是要给尉天骢带一点零嘴。尉天骢被父亲打的时候，他总是过去护着：“二兄弟，二兄弟，打孩子能这个打法吗？”而尉父对此也总是无可奈何。最令人感动的是，尚大爷的儿子正哥长大后也继续和尉家保持着这种亲人般的关系。1949 以后，尉家成了“黑五类”，两家的社会地位自然完全倒转。大跃进期间，人多饿死，农民只有靠偷田里的粮食求生，尉家成分高，自然不敢参与偷盗“国家财产”，可是正哥却总是以种种方式予以

---

① 尉天骢：《巨柱》，《岁月》，第 5—6 页。

接济，帮助他们渡过难关：

> 大哥说了，那些时，正哥经常会半夜里跑到我们家，站在门口叫我母亲："二婶子，借您的麻袋还给您了！"然后半袋粮食便丢了进来。过些日子，又会叫："二婶子，你的罐子我不用了！"说着，半罐子油就放在门口……据说，尚大爷死的时候什么话也没说，只吩咐正哥继续照应我们家……[①]

此外，像长妈妈一样慈爱的奶妈秧大娘，在尉天骢的母亲被干部赶去太阳下罚跪时，自动跑去陪伴，这种在干部看来是"没有觉悟性"的行为，却恰恰最能见出人性的光辉。巫婆老南瓜奶奶，脚大能吃，会干活，会讲故事，又能迎神驱邪取名治病，甚至还利用医术整治过后村一个著名的流氓牛二。

不过这一切的温情、美好都与黑暗、残忍比邻。中国历史，一直是是"分久必合，合久必分"式的治乱循环。动乱如周期性的瘟疫，人性的丑恶与潜藏在民性之中的流氓气在易代之际总是由隐而显，以极端暴力残忍的方式爆发，破坏一切秩序伦常。这其中的典型，是《邵莲花》。邵莲花本来叫邵长虫（长虫在苏北一带方言中，是蛇的别称，这显然算不得名字，而是带有恐惧和厌恶性质的绰号），他的母亲为父亲抛弃，以乞讨为生。邵莲花在这种生存状态下，学会了吹猪筒和拍花子这类流氓技能。"所谓吹猪筒，实际吹的是一只粗的竹筒，呜呜呜呜，听起来简直是鬼哭狼嚎，让人浑身发毛，像杀猪时一把尖刀插进猪喉咙那样尖叫，所以人们把吹猪筒子和杀戮、凌迟联想在一起"，拍花子是和"吹猪筒子连在一起的表演。过年过节，特别大户人家有婚丧喜庆的时候，一大清早，他就铺张破麻袋，坐在人家门前吹猪筒子，凄凄惨惨，招人霉气，为了息事宁人，这家主人就只好打点打点，花钱消灾。

---

① 尉天骢：《尚大爷》，《岁月》，第12—13页。

如果不能获得满意，他便脱去上衣，用两把破旧的菜刀不停地拍打胸脯，并且连续不断地喊叫，那简直是从阴曹地府传出的声音，比叫人死亡还要难以忍受，等喊叫一阵子以后，就拿着菜刀往脑门一击，立刻血流满面。这是死亡的逼迫，谁家惹上了，总会半年内去不了阴影”。

而邵莲花也具有一切乱世英雄（或者说是流氓）的特性。他豪爽洒脱，长于结交各色人等，赌钱不计较输赢。又胆大心狠，长于险中求生。毫无敬畏之心，便也无所畏惧，敢于破坏一切秩序伦常（如在关老爷的大刀上晾自己的臭袜子）。这是刘邦、朱元璋、宋江这样的乱世“成功人士”共有的品质。所以邵莲花注定要在天崩地裂之际有一番作为，拉起草头队伍，号为督军，割据一方，干起种植、贩卖大烟的勾当。最能体现邵莲花的残忍的，是他以表演当地民众最喜欢的《铡美案》的方式处置自己最恨的犯人：

> 戏唱得很热闹，包公骂陈世美更骂得咬牙切齿，简直把天下负心人都骂遍了，于是那一声“开铡！”也就像天崩地陷那样呐喊出来。陈世美被捆了起来，台前台后被抬着跑了好几次场，锣鼓要把天上的星星都震了下来，天地将进入一场大的毁灭。结果再次跑进、跑出之际，陈世美换成了邵莲花要处决的犯人。一声令下，身首异处，血光四溅，一场戏变成了法场的杀戮。[①]

这是典型的以杀人为戏谑，对生命与人性无丝毫敬畏。邵莲花这种人，以及他的种种行径，显然是游离于秩序、常态以外的。但从另一面看来，他的思想和行为，又都是从一个深远的传统中来，并有着深厚的民众心理基础。《邵莲花》一文一开始，便提到当地的民风：这里的人最喜爱瓦岗寨的故事，他们在心中，和这些故事中的人物已经“成了

① 尉天骢：《邵莲花》，《岁月》，第 274—277 页。

亲戚和朋友”。他们在向往着桃园结义式的“推心置腹、生死不渝”的同时，往往也潜移默化地接受了这些英雄人物的残忍与杀戮。正如鲁迅所说：“中国确也还盛行着《三国志演义》和《水浒传》，但这是为了社会还有三国气和水浒气的缘故。”[①] 瓦岗寨、水浒故事入人之深，这既是乱世草莽英雄发迹作乱的舞台，更是他们生存和成长的土壤。那些阴暗残忍的情感往往就潜伏在那些温情美好的普通民众心中。尉天骢在怀念逯耀东的文字中，分析这位徐州同乡“侠”的气质来源时说，“这也许因为他是道道地地的丰沛子弟；刘邦、项羽、樊哙那类人物，以及瓦岗寨的十八条好汉的行迹，打他一生下来就滋润了他的心灵”。他区分逯耀东知识人式的“侠”的梦想与底层民众的“路见不平，拔刀相助，心腹相推，义结金兰，大块吃肉，大碗喝酒……”式的企求，认为这分别“分割了两个不同的世界”，“两者所形成的矛盾，也交织着发展成为两条不同的道路，那就是：诗人们在都市中任由梦幻塑造的游侠世界，和那种一把火烧过来又一把火烧过去的民间暴力世界”。[②] 尉天骢刻意分别知识人的“侠”与下层民众的“匪”，显然是想将那些残忍、暴力的负面价值从“侠”中剥离出去，寻找我们民族侠义传统中的正面因素，即带有文人理想主义色彩的思索与面对流俗的坚守。

不过“侠”与“匪”本是同源而生，许多时候纠缠在一起，实在难以交割清楚。鲁迅曾考察“侠”的演变，亦即“流氓的变迁”，认为“侠”源出不满于现状的墨家，而到了汉代，“真老实的逐渐死完，止留下取巧的侠”，结交官府，再而后，“侠”一变为“强盗”，再变为官员的保镖，奴气渐深，最终沦为无操守无原则的“流氓”。[③] 鲁迅《铸剑》中塑造的“黑色人”宴之敖，是一个原始墨家精神的坚守者（黑者，墨也），他对已遭污染的“侠”深恶痛绝，所以他对眉间尺说，“唉，孩子，

---

① 鲁迅：《叶紫作〈丰收〉序》，《鲁迅全集》第六卷，人民文学出版社，2005年，第228页。

② 尉天骢：《江湖寥落那汉子：怀念逯耀东》，《岁月》，第201—202页。

③ 鲁迅：《流氓的变迁》，《鲁迅全集》第四卷，第159—160页。

你再不要提这些受了污辱的名称”,“仗义,同情,那些东西,先前曾经干净过,现在却都成了放鬼债的资本。我的心里全没有你所谓的那些。我只不过要给你报仇!”[①] 尉天骢自己也注意到这一点,在同一文章中提及“五四”尤其是30年代以来的“激进主义的遗绪”“浪漫的激情”往往以“不同的所谓‘革命’为落实点”,而这种“梦幻的追求,一旦落实到现实中,便只有两条路可走,要么走向毁灭,要么就落实为一刀一枪的战斗”,“更为可怕的一点是:这些作为一遇到幻灭或野心家的操纵,又极可能使人性中的‘侠’的性格变质为‘痞’。这便形成人格的彻底堕落和毁灭。而这正是中国当代史所呈现的现实”。显然,在尉天骢看来,“侠”与“痞”(“匪”或者“流氓”)之间其实也仍然只是一线之隔。逯耀东也正是看到“侠”的依附性,容易“在近代民族运动思想激励下,误坠入野心家的彀中”,形成“中国纷扰和紊乱的一部分”,从而自抑其“那汉子”的豪情,只留下“我这把剑是绝不卖与帝王家”的现代知识人的坚守。[②] 而这些反思又是与尉天骢自己的人生阅历和感悟交织在一起的,他曾自述自己的《水浒》阅读史:少年时“喜爱它的大碗喝酒、大块吃肉、推心置腹、肝胆相照”,中年时“喜爱它的反叛和狂野”,而到了老年“则是经由个人感官的短暂‘过瘾’而在其中产生了对人性的种种怀疑”。[③] 这样一个转变过程,也是尉天骢对我们民族“侠”传统“损之又损”式的追寻:边寻找边解毒式地剔除那些残忍、暴力的激情,使其只留下理想主义与坚守梦想的特质。在现代的语境中,也是对那些丧失了自我独立性、依附于“革命”从而被卷入“革命”洪流中的知识分子命运的反思。

“革命”往往是与“左翼”联系在一起,1930年代以后的中国,也正是一个“左翼中国”。不过,尉天骢对于自由主义知识分子,也多有

---

① 鲁迅:《铸剑》,《鲁迅全集》第二卷,第440页。

② 尉天骢:《江湖寥落那汉子:怀念逯耀东》,《岁月》,第203、205、210页。

③ 尉天骢:《岁月·后记》,同上书,第317页。

批判性的思考。在台湾，“自由主义者”一直被认为是独立于体制之外的英雄，而在大陆，自从上个世纪90年代以来，“告别革命”情绪普遍泛滥，人们也“扶东倒西”，开始一面倒地赞美“自由主义者”。尉天骢对此是并不认同的。他在《怆然的回首：聂华苓〈三生三世〉读后的断想》一文中，指出近代中国自由主义者“先天后天的不足，在根本上具有严重的软弱性，最大的一点，便是在现实政治中失去人格的尊严”。对被视为中国自由主义旗帜的胡适先生，尉天骢也有所批判：他1946年碍于国民党人情，提案将宪法中“中华民国的官吏不得当选为国民大会代表”条文修改为“中华民国的官吏不得在任官所在地当选为国民大会代表”，使国民大会一变而为“官员代表大会”，来台后对于陈诚执行的白色恐怖政策，毫无批判。尤其是在雷震案中，他明哲自保，毫无作为，更令许多崇仰他的人齿冷心寒。这些既有胡适先生自身爱调和、周旋的性格弱点，有中国知识分子依附性传统的遗存，也与现代知识分子的恶劣处境有关，即是尉文所说的：“由于生活的艰难，加上现实政治斗争的激烈和相互之间迫害之可怕，就愈来愈增加知识分子对权势者的依附性和投机性。”在冷战结束后的今天，“自由主义者”又产生一种新的变种，那就是进入学术体制之中，以“院士、学人、教授、名士”之名，行政治投机之实。[1] 这些人看似独立，实则毫无人格尊严与民族责任感。

尉天骢反思式的原乡，最大的意义我想便在于此。他超越于常见的传统与现代、革命与“自由”式分野，剥离那些冠冕堂皇、似乎不证自明的具有极大魅惑力的激情，直指人心中互相关爱的伦常与知识者乱离之中的文化自信和道德坚守。这些才是我们民族根脉中最值得继承也最有价值的部分。

---

① 尉天骢：《怆然的回首：聂华苓〈三生三世〉读后的断想》，《岁月》，第234—235页。

陈映真对鲁迅的接受与偏离

陈映真是台湾为数不多的与鲁迅有着较深承继关系的作家之一，他甚至被称为“台湾鲁迅”。陈映真本人也认为，“鲁迅对我的影响，是命运性的”。[①]不过鲁迅思想只是陈映真思想资源之一，而且由于他受到强烈的民族主义和左倾社会主义思想的制约，在这方面，陈映真与鲁迅又有着极大的不同。

一 左翼立场与国家认同的形成

陈映真的左翼立场，和他童年的记忆有着很大的关系。少年时期岛内“反共”的“白色、荒茫”的气氛在陈映真的心灵上造就了很深刻的印记。这不仅仅是在初中每天上学的路上可以看见宪兵张贴诸如“……加入朱毛匪帮……验明正身，发交宪兵第四团，明典正法”之类的告示，更包括活生生的身边亲近的人莫名其妙的失踪、被捕杀。其间对陈映真影响最大也为他后来不断提及的当是“温婉从容”的陆家姐姐和那个“从南洋而中国战场复员、因肺结核而老是青苍着脸、在五年级时为了班上一个佃农的儿子摔过他一记耳光的吴老师”。[②]陈映真对陆家姐姐亲人一般的依赖的情感，她那种视死如归的温婉与从容，

---

① 韦名：《陈映真的自白》，《陈映真文集·文论卷》，中国友谊出版公司，1998 年，第 27 页。

② 陈映真：《后街——陈映真的创作历程》，《陈映真自选集》，生活·读书·新知三联书店，2003 年，第 437 页。

以及吴老师在半夜里被军用吉普车带走后“留下做陶瓷工的白发母亲，一个人幽幽地在阴暗的土屋中哭泣”的情景，都对陈映真的内心产生了极大的影响，他后来在国民党高压之下偷读左翼读物，组织阅读小组甚至是左翼政治组织乃至因此入狱，显然都是和对陆家姐姐等人的记忆有关。在陈映真创作于80年代的反思肃反题材的小说《赵南栋》中，面对死亡而依然保持着高贵的平静的宋蓉萱身上就有着很明显的陆家姐姐的影子，而《铃铛花》中的高东茂老师则正是以吴老师为原型的。

陈映真在文化上坚定的“中国”印象与“中国认同”则是从偷读鲁迅作品开始的。在初中的一个假期，一次他到莺镇临站的桃镇生父家做客，“在书房中找到了他的生父不忍为避祸烧毁的、鲁迅的小说集《呐喊》。他不告而取，从此，这本有暗红色封皮的小说集，便伴随着他度过青少年时代的日月”。[①] 陈映真在一次接受访谈时便曾说鲁迅的影响之一“是我对中国的认同”。[②]

鲁迅的作品代表了新文学的最高成就，成为中华文化的一种新传统，某种程度上已成为代表现代中国的一个文化符号，它作为陈映真想象中国的一个文本，增强也感性化了他的民族认同。鲁迅笔下破败的乡村和遭到批判审视的愚昧麻木的国民，对于少年陈映真来说也都充满了兴味，不仅没有使他对中国失望，反而更激发了他的浪漫主义的爱国主义情结，加强了他的民族认同和为中国献身的道义感与责任感：

“随着年岁的增长，这本破旧的小说集，终于成了我最亲

---

① 此说出自陈映真：《后街——陈映真的创作历程》，《陈映真自选集》，第437页。陈映真在作于1976年9月的《鞭子和提灯》（《陈映真代表作》，河南文艺出版社，1997年，第523—529页）一文中的说法是“大约是快升上六年级的那一年罢，记不清从哪里弄了一本小说集”。

② 韦名：《陈映真的自白》，《陈映真文集·文论卷》，第27页。

> 切、最深刻的教师。我于是才知道了中国的贫穷、的愚昧、的落后，而这中国就是我的；我于是也知道：应该全心去爱这样的中国——苦难的母亲，而当每一个中国的儿女都能起而为中国的自由和新生献上自己，中国就充满了无限的希望和光明的前途。”①

苦难的丑陋的东西经过文字的过滤，成为了审美观照的对象，而远离大陆，也使得陈映真并不曾切实地体味这块土地上的病痛。所以陈映真的民族认同带有着强烈的想象性质与浪漫主义气质。这种想象性常常限制了陈映真对祖国的传统与现实进行反思与批判的深入，在这一点上，与他所敬仰的立足本民族现实坚持国民性批判的鲁迅是有所不同的。

陈映真接触到更多的禁书是在 1958 年进了淡江英专以后。他“把省吃俭用的钱拿到台北市牯岭街这条旧书店街，去换取鲁迅、巴金、老舍、茅盾的书，耽读竟日终夜”。在可得的 30 年代文学作品“有时而穷”以后，他又开始把求知的目光移向社会科学。“艾思奇的《大众哲学》在这文学青年的生命深处点燃了激动的火炬”，甚至“《联共党史》《政治经济学教程》、斯诺《中国的红星》（日译本）、英斯科外语出版社《马列选集》第一册（英语）、出版于抗日战争时期、纸质粗粝的毛泽东写的小册子……”②

这些左翼社会科学著作或是宣传小册子，对陈映真思想理念形成的影响程度之深其实并不下于鲁迅的《呐喊》。在意识层面，鲁迅更多的是被陈映真作为一种面目较为模糊的中国新文化的象征或者是左翼文坛的领袖而非是独立的“自啮其身”的“精神界战士”来接受的。——当然，鲁迅孤绝的气质对陈映真影响也很大，无论是主题还

① 陈映真：《鞭子和提灯》，《陈映真代表作》，第 527 页。

② 陈映真：《后街——陈映真的创作历程》，《陈映真自选集》，第 439—440 页。

是文中那种颓败氛围的塑造，都有着很深的鲁迅的印迹。左翼革命的激情和解放社会的理想正契合陈映真当时内心的苦闷，成为他透过白色恐怖的烟雾禁锢看到的一丝光亮。但是这种带有强烈“犯禁”色彩的精神蜕变由于其“罪恶性质”而不可言说，却又转而更增加了这个敏感青年的悒郁与苦闷。

二 早期作品中的鲁迅印记和昙花一现的国民性批判

1968年陈映真入狱以前，鲁迅对他创作的影响主要表现在两个方面：一是在人物形象、情节模式等方面都有着明显的鲁迅的烙印，一是接续了鲁迅用力最深的国民性批判的主题。如前文所述，鲁迅对陈映真的影响，在更深远的意义上的一面是形成其对于中国的国族认同，为其后来坚定的民族主义思想提供了基础。不过尽管国民性批判也是出于“哀其不幸，怒气不争”的关怀，是源于“中国人要从‘世界人’中挤出”的“大恐惧”，[①]但对于民族主义者而言，深刻的国民性批判必然影响民众凝聚力与自信心的形成。国民性批判的内容也只是在陈映真早期作品中昙花一现，是其思想尚未定型的产物。

陈映真的小说《文书》形式上几乎完全照搬《狂人日记》：通篇采用“疯人”独白的形式，前面加有“正常人”的按语，从而形成一种具有审美张力的结构。另一篇小说《乡村的教师》中吴锦翔吃人肉的情节，显然也是受了《狂人日记》的影响，只不过《狂人日记》中的“吃人”侧重象征意义，而《乡村的教师》中则将其落实。

鲁迅的国民性批判的作品中，经常出现的“天才”与“庸众”这两种形象的对立在陈映真早期作品中也多有体现。《乡村的教师》中吴锦翔的身上便有着独异之士的影子：他是读过书的人，是山村中的觉悟

---

① 鲁迅：《随感录·三十六》，《鲁迅全集》第一卷，人民文学出版社，2005年，第323页。

者，曾秘密地参加过抗日的活动，对于劳力者有着深厚的阶级感情，对于战争对人类文明的摧残有着深刻的体察。他还曾到过外面的世界，在战后他仍然抱着希望去试图通过教育改革社会，尤其是他对于自己为了生存吃过人肉有着非常痛苦的忏悔。这一切都明显地与普通民众不同。可是他改革的愿望很快就被现实所淹没：孩童死板局促毫无生气，国人懒惰却又倨傲。当吴锦翔感觉到将再次面临战争对人类文明的破坏，终于愤而说出自己吃过人心的事实时，不仅没有得到任何同情的理解，反而迅速地被村民孤立了。他们通过那并不害怕的恐惧和有意夸张的惊奇，实质上满足着对其悲惨离奇遭遇的鉴赏。吴锦翔割腕自杀后，他的母亲根福嫂的失神和嚎啕对于无关的看客们而言，只是扰人清静："年轻的人有些愠怒于这样一个阴气的死和哭声；而老年人则泰半都沉默着。他们似乎想说些什么，而终于都只是懒懒地嚼嚼嘴巴罢了。"[1]

《故乡》中的"哥哥"曾经几乎是一个完美的形象。他俊美如太阳神，有着海一般宽而深的额。他从日本学医归国，也带回了基督教的信仰和仁爱精神。他放弃了开业医师这高尚而赚钱的职业，到焦炭厂做保健医师。白天像工人一样工作着，晚上洗掉煤烟又在教堂做事。但就是这样有着高贵心灵的"哥哥"却终于在父亲死后家道中落的悲哀与失望中堕落成为放纵邪淫的恶魔。不过，相较于吴锦翔的堕落成为一个平庸的好人式的消极，"哥哥"则走向反面：虽然堕落了，"但是他也由是变成了一个由理性、宗教和社会主义所合成的悲壮地失败了的普罗米修斯神"[2]。他的不同凡俗的堕落，正是以一种黑暗的力量显示着他与现实和庸众的不同、对现存秩序的藐视和挑战。

在陈映真的所有作品中，发表于1961年11月的《苹果树》是讽

---

① 陈映真：《乡村的教师》，《陈映真代表作》，第27—28页。

② 同上。

刺意味和国民性批判色彩最浓的一篇。而且这批判讽刺的锋芒并不仅仅指向作为愚众的长巷居民，也指向长巷中唯一外来的小知识分子林武治。

长巷中的居民处于一种僵化凝滞毫无生气的状态之中，为一种盲目的生存本能驱使，像动物一样生老病死。他们的可悲之处不仅仅在于生活的悲惨无聊，更在于他们对自身生存境地的无力自省。他们对别人生活中可能出现的任何变动都充满了窥探的欲望。这里其实出现了鲁迅作品中常见的“看 / 被看”模式。当林武治的三轮车进到长巷来时，“在屋檐底下曝日的嶙峋的大老头，伸着瘦瘦的颈子望着它；脏兮兮的小子们停下游耍，把冻得红通通的手掩在身后盯着它；让婴儿吮着枯干的奶的病黄黄的小母亲，张着一个幽洞似的虚空的嘴瞧着它；正在修理着一只摊车的黑小伙儿也停下锤钉，用一对隐藏着许多危险的眼睛瞅着他”。他们渴望在别人身上出现任何能够将他们从死寂的生活中暂时拔除出来的刺激——尤其是灾难性的刺激更能激发他们的兴趣。当他们看出林武治的到来不过是“另外一个穷人加进他们的生活里”时，[①] 不免失望了。这个长街的生活，某种程度上也可以看作老大中国的乡土社会的一个缩影。

小说对作为小知识分子的有着乌托邦空想的艺术青年林武治也给予了较深的质疑。他表面上逃离了腐败罪恶的家庭，实际上他的懒散写意的生活很大程度上正是依赖于来自这个罪恶家庭的不义的钱财才得以实现。一旦真正脱离这些，他的生活恐怕也将沦落得和长巷居民类似。而且，他的趣味庸常，有着许多可笑的感伤，他的以苹果树为象征的理想也是非常不切实际的空想。《乡村的教师》中的吴锦翔和《故乡》中的哥哥在自杀或堕落前毕竟都还曾经做过变革的努力，他却只能怀着不切实际的空想在一个疯妇人的怀中喃喃地诉说着他的不幸和

① 陈映真：《苹果树》，《归乡》，昆仑出版社，2001 年，第 59 页。

忧伤。而最具讽刺效果的，则是小说在结尾点明作为他理想的象征的“苹果树”，不过是一株不高的青青的茄冬罢了。[①]

三　跨国公司中的民族、阶级与人的生存

1968 陈映真因组织左派的“民主台湾联盟”活动被捕并判处十年徒刑。[②] 监禁体验对于他的影响主要有两点：一是坐实了他的左派立场，使他从早期的忧悒徘徊走向明晰坚定，直接地将他推向当局的对立面和批判者的位置；二是使他见到真正的“政治犯”，更直观地接触到那个被国民党掩盖抹杀的潜在的历史，[③] 从而接续了那个在台湾一直处于被压抑被遮蔽状态的左翼革命传统。

此时狱外的社会也起了很大的变化。首先是台湾民族主义的重新发生，“钓鱼岛事件”和“退出国联”[④] 激发了台湾民众的民族主义情绪，打击了他们的政治信心。在海外留学生的影响下，“保钓运动”如火如荼地展开，青年学生开始关注社会问题，上山下海，发起社会调查运动。作家与评论家们更注重从本民族传统中吸取养料，以“纵的移植”来取代“横的移植”，反思之前岛内文学的“现代主义”倾向，强调文学的民族归属，出现了一批反映描写台湾现实的乡土作家。[⑤] 这一切，都让身陷囹圄的陈映真感奋不已，他从报纸杂志上“惊讶地闻到一股全新的、前进的气息在围墙外的文学圈中，带着难以自抑的激越，强力地扩散着”，“他像是听到了人们竟然咏唱起他会唱又因某种极大威

---

① 陈映真：《苹果树》，《归乡》，第 69 页。

② 陈映真：《后街——陈映真的创作历程》，《陈映真自选集》，第 443 页。

③ 同上。

④ 指 1971 年中华人民共和国取代中华民国在联合国的席位。

⑤ 陈映真：《文学来自社会反映社会》，《陈映真文集·文论卷》，第 407 页。

胁而不敢唱的歌那样地激动”。[1] 当他 1975 年因蒋介石之死而获特赦提前出狱后，便也迅速投入到这一场洪流中来了。

坚定的民族与阶级认同和明晰的思想框架使得陈映真同时也拥有了解释、改造世界的勇气和信心。这种自信表现在他的文风上，便是逐步摆脱了早期那些“不健康的感伤”和“市镇小知识分子的那种脆弱的、过分夸大的自我之苍白和非现实的性质”，[2] 而开始显得自信、明朗，带有了更多的理智和理念化色彩。强烈的理念化倾向在展示着一部分生活真相的同时，也遮蔽了其他方面丰富的可能性，尤其是以民族和阶级为本位思考，一方面会忽略了对本民族和本阶级弱点的批判，另一面有可能以宏大主题替代了对个人命运和尊严更深入的关怀。

对人的命运的关注是陈映真创作一以贯之的主题，只不过在不同的时期有着不同的表现形式。在上世纪七八十年代的台湾，当跨国公司已经广泛地影响着人们的生活时，陈映真开始思考“企业下人的异化”，考察个人在跨国企业这一体系中的生存和命运，并创作了以跨国企业为考察对象的“华盛顿大楼”系列小说。在这里，民族主义和左倾社会主义思想找到了共同点，那就是站在第三世界的立场反对西方世界尤其是跨国公司所带来的资本主义的经济入侵和消费主义文化的腐蚀。

相较于早期作品中人物理想的失落、改革失败后的堕落与背叛，这一阶段陈映真更多地关注人在商品的“甜美”统治下精神的失落和物质主义所导致的虚无。如果说前者的失败还能使人产生绝望的反抗，而后者则更多的是让人在这种软性的生活中逐渐丧失追求，迷失理想，在虚假的幸福感中失去了对世界最真实的感悟。《上班族的一日》中的黄静雄曾经是一个充满着道德理想的艺术青年，却在物质主义的世界

① 陈映真：《后街——陈映真的创作历程》，《陈映真自选集》，第 444 页。

② 陈映真：《试论陈映真》，《陈映真代表作》，第 515 页。

中堕落为一个精神卑微的跨国公司的上班族，整日生活在贪欲、腐败和阴谋之中。这一主题显然是具有非常深刻的内涵的。但是，我们也不得不看到，跨国资本主义企业与贪欲、腐败和阴谋之间也并没有必然的因果关系。由于文学创作自身的逻辑和陈映真真诚的创作态度及其曾经的跨国公司的工作经历，往往使得作品在表达作者理念的同时，又具有着另外一种不同的声音。这样，对同一文本也就产生了不同的解释向度。对此，陈映真自己很不满意，他声称"华盛顿大楼"系列中有些故事"没有跨国公司的必然性格"[①]，认为是自身才力不足的缘故。在我看来，这其实是作为思想者的陈映真和作为文学家的陈映真之间的冲突在文本中的表现，也是文学叙述在一定程度上游离于作者理念之外的结果。典型的文本是《云》。

《云》显在的主题，也是陈映真意识层面的创作目的，是要揭示跨国资本主义所宣称的"一切人的幸福！一切人的自由，一切人的正义！"[②]的虚假性和欺骗性。这主要通过台湾麦迪逊公司的美方经理艾森斯坦表现出来。艾森斯坦初到台湾，雄心勃勃地要创造充满自由、创意和理想的麦迪逊普适帝国，要建立在世界和人类的自由之上的跨国企业。他鼓动张维杰去组织女工们成立真正的为工人说话的工会，可是在工人与厂方发生冲突时，他却选择了明哲保身，称"企业的安全和利益，重于人权上的考虑"[③]。

而张维杰进跨国公司工作以及和美国老板一起组织工会，则在一定意义上被认为是一种堕落，并与他早年教书的经历形成对比。他在还没有上师大时，曾自愿接下荒陬之中的一个"放牛班"，为那些贫穷的学生们垫钱买珠算练习本子。师大刚毕业，他到一个矿区教国中，

---

① 李瀛：《写作是一个思想批判和自我检讨的过程》，见《陈映真文集·文论卷》，第9页。

② 陈映真：《云》,《陈映真代表作》，第210页。

③ 同上书，第259页。

“在一个学生的作文中，发现这学生有一个善于绘画的哑巴妹妹。第二天，他陪着这学生走了一段长长的山路，去看那年幼的哑女的画。然后他费尽了唇舌，说服那尴尬的父母，由他把女孩子带到台北上聋哑学校”。[①] 在陈映真看来，这样直接地为底层民众服务奉献才是最崇高的，是“为了别人的苦乐、别人的轻重而生活的”，而在麦迪逊公司的工作则是“变成了只顾着自己的，生活的奴隶”的开始。

可是文学的丰富性就在于，它时常有超出于作者意识层面之外的内涵，这就使得小说有可能具有不同于上面所分析的解释。在这一层面上，《云》可以看作《故乡》《乡村的教师》等作品主题的延续：一个具有更先进思想的外来者闯入一个沉闷落后的环境中，试图进行改革，终遭失败。小说中的艾森斯坦和张维杰都可算是这样的改革者——张维杰其实是被艾森斯坦启蒙的。艾森斯坦根据他普适的人类自由的理念以及在韩国、土耳其、菲律宾、泰国等地的经验，决定把他美好的理想也搬到台湾。从这个意义上来说，艾森斯坦对东方的理解便远远不及他的顶头上司麦伯里。麦伯里并不在意能否在东方实现人类自由的理想，而只关心能否从这里得到利润。他无意于改革东方，而只打算利用东方。东方人在他眼中并不具有和他们一样的价值，而只能是永远作为西方的他者存在。在他看来：“东方像是个深情而又保守的寡妇。……只要你懂得讨她的欢心，她会献出她的一切——但即使在最轻狂的时刻，也要顾到她的面子，以及一切东方人的禁忌。”[②]

不过真正阻碍改革的力量并不是麦伯里这样的美国总裁，而是中国人自己，这样小说就具有了一定的国民性批判的内涵。在小说中，陈映真成功地塑造了一个代表本土阻碍力量同时也代表了中国文化某一方面精粹的宋老板的形象：“虽然是地地道道的上海人，却因从中学

① 陈映真：《云》，《陈映真代表作》，第 203 页。

② 同上书，第 231 页。

时代，一直生活在北平，所以说得一口漂亮极了的北平话，沾着一身北平人的味道：待人客气、有礼，笑脸迎人，即使心中怀着深仇大恨，也不轻易形于颜色。”与艾森斯坦和麦伯里这样的外来者相比，显然宋老板们才是这块土地上的真正的主宰。收发的老赵便曾告诫张维杰：“我看过几个洋老板儿来了，去了”,“可不管人家是方的、圆的、刚的、柔的、直的、弯的，一碰到宋老板儿，全像喝了酒似的，耳也不聪，目也不明了”。[①] 艾森斯坦之所以难以扳倒宋老板，宋老板之所以能够在这个环境中如鱼得水，显然绝不仅仅因为他和董事长的私人关系，更因为他代表了东方尤其是中国根深蒂固的行事准则。

普通工人的愚昧与短视，也是改革难以实行的一个重要原因。当老工会的萧振坤等人以小利收买人心时，“李贵、张清海带着大家鼓掌，全场的人也高兴地鼓掌。”[②] 而由于男工在厂里的地位比女工高，当女工在张维杰的领导下要求重建工会保护自身权益时，男工不仅不给予支持和理解，反站在领导层一面，报以嘲笑。所以厂方指使工人中的流氓破坏投票时，他们几乎不做任何争取的努力便向厂方妥协了。

值得注意的是陈映真对工人尤其是男工的处理，当改革失败，女工小文哭着请求他们给予一点支持时，随着阿钦、阿祥脱下自己的帽子，“忽然间，几百只蓝色、白色、黄色，分别标志着不同劳动部门的帽子，纷纷、静静地举起，在厂房、在宿舍二楼、在装配部楼顶，在电脑部的骑楼上纷纷地举起，并且，在不知不觉间，轻轻地摇动着，仿佛一阵急雨之后，在荒芜不遇的沙漠上，突然怒开了起来的瑰丽的花朵，在风中摇曳”。[③] 陈映真就这样用象征性的笔法制造了工人之间虚幻的阶级情谊，以虚假的“花朵”掩盖了他们的自私与怯懦，遮蔽了“阶级”

① 陈映真：《云》,《陈映真代表作》，第231页。

② 同上书，第245页。

③ 同上书，第256页。

内部的裂缝，回避了对于工人身上的劣根性的批判，进而将工会的失败都归咎于美国经理和工厂高层。这样对工人的曲意回护，也正是与陈映真民族主义和左倾社会主义的理念相关的。

鲁迅在其《半夏小集》中曾说过这样的话："用笔和舌，将沦为异族的奴隶之苦告诉大家，自然是不错的，但要十分小心，不可使大家得着这样的结论：'那么，到底还不如我们似的做自己人的奴隶好。'"[①] 陈映真反对一切形式的压迫，但他对西方殖民主义的反对和愤恨，却抑制了他对宋老板这种改革、进步力量的真正阻碍者作进一步的深入批判，尤其是没有更深入地开掘宋老板身上的那种流氓与礼教相结合的气质中所包含的传统文化内涵，以及这种文化在中国能够畅通无阻的土壤——一帮同样认同这种文化的普通工人。民族主义和左倾社会主义理念在这时对陈映真的认识其实已经形成了一种遮蔽。

① 鲁迅：《半夏小集》，《鲁迅全集》第六卷，第617页。

革命命运的思索及理念化写作的突破

——陈映真政治小说分析

上世纪80年代以来，陈映真创作了《铃珰花》《山路》和《赵南栋》这三篇反思50年代台湾历史的政治小说，“对当时人们的梦想、斗争和幻灭，对当时条件下的人所借以生活的信念和在严酷的考验下人的伦理和理念，带着严肃的检讨心，在回顾中加以逼视。”[①]

这三篇小说，关注的都是那个特定年代的台湾左翼革命者的命运，同时也是对社会主义革命命运的思索与忧虑。“革命”的主题在陈映真的小说创作中也是贯穿始终的，只不过早期的“革命者”是广泛意义上的，也多是流于小知识分子的空想，而这三篇政治小说所涉及的则是切实的具有左倾立场的革命者。其中《铃珰花》以陈映真少年时的吴老师为原型，揭示白色恐怖对进步的革命青年的迫害，而《山路》和《赵南栋》则更进一步，不仅写了那个年代对革命血淋淋的压制与迫害，还写了在革命者们奉献牺牲所争取的许多目标都已实现的今天，革命的精神却为“甜美”的资本主义消费文化所消解的现实。这与其“华盛顿大楼”系列小说对人在企业体系下的异化主题有着相同之处。不过在陈映真看来，对革命精神构成消解的显然还不仅仅是资本主的消费文化，而包括一切安逸舒适的生活以及对这种生活的向往。在这一

---

① 陈映真：《凝视白色的五十年代初叶》，《陈映真代表作》，河南文艺出版社，1997年，第551页。

点上，陈映真和一切激进的革命者们一样，都有一种不安定的精神气质：恐惧稳定而平凡的世俗生活，渴望奉献牺牲，渴望被流放。这样一种永远革命的精神固然是为了防止革命精神的堕落，但也成了他们自身的一种精神需求。王安忆曾问过陈映真，现实循着自己的逻辑发展，他何以非要坚执对峙的立场。陈映真回答说：我从来都不喜欢附和大多数人！这被王安忆认为有些负气的话所表露的其实正是陈映真这样真正的信徒内心的渴求，也是陈映真一直处于边缘地位的原因。[①]

陈映真坚定的左翼政治理念，也与其自身的气质有关。他自幼即形成了敏于思考的寂寞的性格，这种性格使得其总希望从事物感性的表象中找出深层的抽象的本质，对于社会学理论有着一种近乎本能的追求，从而才接近了左翼的马克思学说和毛泽东思想。而这种对理论的嗜好与研读反过来又加深了他性格中沉思的倾向。这种倾向反映在陈映真的创作理念中，便是注重通过作品揭示真理，尤其注重作品的社会效果和战斗性、批判性而往往比较忽略作品形式，而且常常“主题先行”，先有了一个想法再去演绎情节。他的主题固然可能不失深刻，但是预先假定的主题也往往成为束缚，限制着思想向更深层面的挖掘。陈映真以笔为武器，写作大量直接干预社会的政论文章，在很长一段时间甚至为参与社会活动而暂时中止小说创作，这些都说明陈映真关心社会现实远甚于文学本身，或者说，文学对于他来说，就是为社会服务。过于明晰的理念，毫无困惑的思想，往往会使作品缺乏包容性，压抑了创作者的艺术感知力：当他开启了社会分析的理性之门时，敏感的艺术感受之门在很大程度上被关闭了。不耐烦去从烦琐的生活中表现含混不定的生命形态，使得陈映真后期的作品多是对自己政治理念的阐释，而少了许多超越性的关怀。同时，急于将作品当作战斗的武

---

① 王安忆：《英特纳雄耐尔》，《联合报》2003年12月22日，转引自当代文化研究网http://www.cul-studies.com/old/bbs/read.asp?boardid=1&bbsid=21835。

器，其战斗又没有能从更广大的人性或文化的层面进行批判，更导致了太多意识形态色彩和政治理念化倾向。

不过我们也必须看到，对革命的信仰与坚持，对于陈映真来说，绝不仅仅是一种政治原则政治理念，而是其生命中最重要的部分，对他自身命运影响深远。这和他少年的记忆及自身的经历有关。对于少年时期对陆家姐姐和吴老师等革命者的记忆，自己因组织左派的“民主台湾联盟”而被捕的经历，在狱中接触到的那些被暴力和谣言所湮没了的历史，这一切都使得陈映真在其“政治小说”中几乎投入了自己整个的生命体验。

《铃珰花》是“政治小说”中最早的一篇，发表于1983年4月。这篇小说的出现和台湾岛内政治环境的松动有关，但由于局势仍然不太明朗，陈映真便在艺术性上多下功夫，以艺术解释上的多义性来避免可能出现的政治迫害。这可能会影响理念表达的明晰程度，但也使得他作品的意蕴更丰润，更具审美性。对此，陈映真后来曾有过这样的回忆：

> 七十年代，第一次冷战缓和……“党外”民主运动勃发，蒋经国布置台湾权力的“台湾化”，政治开始面向松动和再调整。
>
> 选择在这时候，我开始把狱中听来的台湾1946—1952年新民主主义运动的风霜写成小说。这个题材太敏感，而又非写不可。在写作上，我自觉地提高形象——提高“艺术性”。只有艺术性受到肯定，万一被人指控，歧义性广阔，容易得到读者同情，也容易在法庭上争辩。《铃珰花》《山路》都是在这个思路上写的。写《赵南栋》，局势已经变化，“解除戒严”了，能放开写了。在策略上，我自觉地着重意识和历史的表现。但《赵南栋》的评价，作为一个作家，只能让读者和文论家去说。在我，形象和思想不应对立起来看，应该辩证统一

地看。写作是思想的表现。形象、艺术性为思想服务。[①]

在《铃珰花》中，陈映真试图通过以两个儿童的视角和乡土背景来达到这一目的。他将儿童放在带有浓郁乡土气息的乡间田野之中，并从童年的“我”的视角出发叙述左翼教师高东茂的为人与逃亡。本来由于儿童“保有不受任何文化与意识形态熏染的生命原初经验”，“认知的限制”也都有可能使其远离“理性的是非褒贬和价值判断”，从而使文章摆脱政治色彩和说教气息，更具有审美上的包容性。[②]而且童年的“我”和隐含作者的双重视角之间完全可以形成复调，产生出一种审美的张力，而乡村田野风景以及风土人情的描写也完全可能使作品充满地域色彩，增加作品的美学含量和作品的悲剧性内涵。

但是，在这篇小说中，或许陈映真的确是只把儿童视角和乡土背景当作防止政治迫害的护身符，而并没有把高东茂的命运融入进去，儿童视角和乡土气息也不断地被强烈的说教和对社会政治的过多关注所侵入、破坏。写作的过程中作者和叙述者之间距离太近，全知视角频频介入，儿童视角和隐含作者视角之间几乎没有间隔，使作品显得单调乏味。而强烈的政治色彩浸润到作品中，让儿童（曾益顺）说出阶级色彩浓厚的成人话语，如“一直到高东茂老师当级任，我才开始觉得：庄里人，并不就是没路用的人”，“高老师走了。再没人把放牛的当人看哟……”[③]等。不唯如此，作者还不断地将社会政治内容引入小说，尤其是具有强烈意识形态色彩的歌谣的引入，都肢解了由乡间风景、“客人仔番薯”的故事及郑成功驻扎鸢山的传说等构成的充满童趣与乡土风情的世界。在我看来，陈映真对充满童趣和乡土风情的世界的

① 赵遐秋、陈映真等：《步履未倦夸轻翩——与当代著名作家陈映真对话》，赵遐秋主编：《台湾乡土文学八大家》，台海出版社，1999年，第196页。

② 王黎君：《中国现代文学中的儿童视角》，《文学评论》2005年第6期。

③ 陈映真：《铃珰花》，《陈映真自选集》，生活·读书·新知三联书店，2000年，第287、288页。

构筑，一定程度上带有着他对于童年时代和小哥一起玩耍的美好回忆，而这种构筑并没有很好地用来反衬高东茂之死的更大的悲哀性。这样，儿童视角的运用不仅没能弥补陈映真创作理念化的不足，让作品变得意蕴丰富，反而更削弱了其真实性。

在《铃珰花》发表了四个月后，陈映真又发表了《山路》，并于同年10月获《中国时报》推荐奖。少女蔡千惠怀着歉疚与赎罪之心到因其二哥的出卖而遭杀害的革命者李国坤家中冒充他的未婚妻，承担起照顾其父母弱弟的责任。而三十多年后，当其当年同为革命者的未婚夫黄贞柏终于从监狱中被释放出来时，她却忽然发现她们现在的生活，其实早已远远地背叛了当年那些革命者们所追求的并为之失去了青春或生命的真正的生活。于是她在给黄贞柏留下一封用典雅的日文书写的书信之后郁郁死去。

在写作上，出于同样的避免政治迫害的目的，陈映真“自觉地提高形象——提高‘艺术性’”，和“歧义性”[①]。《山路》的内涵非常丰富，几乎囊括了陈映真最关心的一切主题：为广泛勤劳者的幸福献身的革命精神，对于底层民众对穷人的关怀和同情，对于自己和家族原罪的深深忏悔和救赎，对于革命堕落的忧虑……所以对《山路》主题的思考中也投入了陈映真自己整个的生命体验。这种深沉的体验一旦突破了他坚定的左翼政治理念的框架，就勃发出了非常动人的力量。小说并未因主题的丰富而显得杂乱，这一切都通过蔡千惠这一形象得到了统一。蔡千惠本是革命者黄贞柏的未婚妻，可是当她遇见黄贞柏的好朋友、同为革命者的李国坤时，不禁产生了爱慕之心，“感到一种惆怅的幸福的感觉”[②]。后来，由于蔡千惠二哥的出卖，大量革命者被捕，

---

① 赵遐秋、陈映真等：《步履未倦夸轻翩——与当代著名作家陈映真对话》，《台湾乡土文学八大家》，第196页。

② 陈映真：《山路》，《陈映真代表作》，第373页。

李国坤被杀，黄贞柏被判终身监禁。蔡千惠于是决定冒充李国坤的妻子，到他家去，“为了那勇于为勤劳者的幸福打碎自己的人，而打碎她自己”。这个选择，显然是和她对李国坤的爱慕有关的，不过远不止于此。首先，包含了她强烈的负罪感和赎罪的意识。她在给黄贞柏的信中说，“为了使那么多像您、像国坤大哥那样勇敢、无私而正直、磊落的青年，遭到那么黑暗的命运，我为二兄汉廷感到无从排解的、近于绝望的苦痛、羞耻和悲伤”，“我必须赎回我们家族的罪愆”。所以，她“狠狠地劳动，像苛毒地虐待着别人似地，役使着自己的肉体和精神”。在这个时候，越艰苦的环境，越大强度的劳动，便越能减轻她内心的内疚和痛苦。其次，是她的高贵的牺牲与奉献精神。蔡千惠虽然没有参加革命，可是却受其影响很深。革命者们勇于为勤劳者的幸福打碎自己，蔡千惠则勇于“为了那勇于为勤劳者的幸福打碎自己的人，而打碎我自己”[1]。第三，是对李国坤贫穷家境的同情。相比于她的未婚夫黄贞柏有薄有资产的家族和三位兄长，李国坤则有一位一向羸弱的母亲，一个幼小的弟弟，和一个在煤矿场当工人的老父。这决定了蔡千惠去李国坤家而不是她的未婚夫黄贞柏家。这些因素齐集在蔡千惠身上，使得她的形象丰满而动人。蔡千惠的形象感人的另一个原因是，在中外文学史上一向就不乏这种拥有博大的爱、伟大的牺牲精神和强大的生命力的母亲一样的形象。

为了避祸，蔡千惠虽然努力争取让李国木得到受教育的机会，却也教育他“避开政治”“力求出世”，后来李国木终于获得了会计师的资格，独自经营殷实的会计事务所，并搬住到台北高档住宅区的公寓。而她在这种舒适的物质生活中，竟有七八年间，完全遗忘了黄贞柏和李国坤。从报上看到的黄贞柏等政治犯被释放的消息，再度引发了她对那个充满崇高与激情的年代的回忆，也使她对自己所处的“家畜化”

---

① 陈映真：《山路》，《陈映真代表作》，第 375 页。

的世界有了警觉，并为自己的堕落感到羞耻，从而失去了生存的勇气，“油尽灯枯”而死。革命或保持革命的精神，已经成为他们生命中最重要的意义。正如蔡千惠在给黄贞柏的信中所说的：“如果大陆的革命堕落了，国坤大哥的赴死，和您的长久的囚锢，会不会终于成为比死、比半生囚禁更为残酷的徒然……”[①]

对于革命命运的思考，是贯穿陈映真的创作生涯的。而对于革命精神可能在安逸的世俗生活中被消解的主题，则在其发表于 1973 年 8 月的小说《某一个日午》中就有过表现。这篇小说通篇充满着压抑与悒郁笔调，其中的房处长曾经有过真诚的革命理想，可现在已成为中层官僚，迷失在优裕的生活里。他的儿子恭行因读到父亲多年前阅读过的书籍及笔记而悟到：“我的生活和我二十几年的生涯，都不过是那种你们那时代所恶骂的腐臭的虫豸”，而且“正是您这一时曾极言着人的最高底进化的，却铸造了我这种使我和我这一代人的萎缩成为一具腐尸的境遇和生活；并且在日复一日的摧残中，使我们被阉割成为无能的宦官。您使我开眼，但也使我明白我们一切所恃以生活的，莫非巨大的组织性的欺罔。更其不幸的是：您使我明白了，我自己便是那欺罔的本身。欺罔者受到欺罔。开眼之后所见的极处，无处不是腐臭和破败”。[②] 革命的理想在世俗生活中蜕变、堕落，追求物质利益和优裕的生活取代了对理想的执著。房处长也只有在他儿子恭行的自杀后留下的遗书的刺激下才找回一点多年前的记忆。在这里，陈映真深刻地揭示了革命者常见的命运：腐蚀，妥协，退化，堕落。

《山路》的艺术性还表现在意识流手法很好的运用。意识流是陈映真后期最常用的叙事手法之一，不过并不是每一篇都很成功。譬如《赵南栋》中时空的频频转换，人物视角的不断跳动，将故事拆得非常零

---

① 陈映真：《山路》，《陈映真代表作》，第 376 页。

② 陈映真：《某一个日午》，同上书，第 104 页。

碎，往往只是加大了阅读的难度。而《山路》则常常是通过李国木的视角回到过去，“以今视昔”，使用散文式的笔法，在怀旧的眼光的过滤中，营造一种缓慢的优美、悒郁、哀愁的情绪。作品中还有大量景物的描写，也都有力地烘托了这种氛围，如蔡千惠刚去李家的情景：

> 就是在那些荒芜的日子里，坐在门槛上的少年的李国木，看见伊远远地踩着台车道的枕木，走了过来。台车道的两旁，尽是苍郁的相思树林。一种黑色的、在两片尾翅上印着两个鲜蓝色图印的蝴蝶，在林间穿梭般地飞舞着。他犹还记得，少女蔡千惠伊踩着台车轨道上的枕木，一边又不时抬起头来，望着他家这一幢孤单的土角厝，望着一样孤单地坐在冰凉的木槛上的、少年的他的样子。他们就这样沉默地，毫不忌避地相互凝望着。一大群白头翁在相思树林的这里和那里聒噪着，间或有下坡的台车，拖着“嗡嗡——格登、格登！嗡嗡——格登、格登！”的车声，由远而渐近，又由近而渐远了。他，少年的，病弱的李国木，就是那样目不转睛地看着伊跳开台车道，捡着一条长满了野芦苇和牛遁草的小道，向他走来。①

除此以外，作品中不断闪现的具有丰富的象征意义的“山路”和“台车道”等意象，也使得作品具有更丰厚的内涵。如“山路”，就有多重含义：首先它是蔡千惠的爱情之路，正是在那条山路上，少女蔡千惠的心中开始装满李国坤的影子。其次，它可说是人生之路，象征了蔡千惠几十年命运的“曲曲弯弯”。再次，其实还象征了革命之路。革命的历程屡屡受挫，革命者被捕杀监禁，革命精神被资本主义文化腐蚀，大陆的革命也有堕落的危险，这革命的命运也恰如山路。

---

① 陈映真：《山路》，《陈映真代表作》，第358页。

不过引起我注意的是，《山路》这篇作品之所以能够成为杰作，除了这个主题包含了陈映真深刻的生命体验以外，另一个很重要的原因竟然是当时台湾的政治环境还不够开放，所以他才要提高艺术性，以艺术上的多义性和含糊性来掩盖其可能不见容于当时的政治表述。这至少说明了两点：

第一，陈映真的一些作品理念化、概念化，艺术性不够，并不是像陈映真自己说的那样，“才力不足”，不是不能为之，而往往是不愿为之。他有太多的话要说，有太多严肃的理念要宣传，所以往往不愿意在形象化上面花太多工夫。这方面的典型是“华盛顿大楼”系列中的《万商帝君》。在这部小说中，陈映真想表达的东西太多，而且都是政治性很强的宏大问题，有民族主义，有统独之争，跨国资本主义商品经济行销观念对台湾社会的渗透等等。这部小说或许展示了陈映真雄厚的经济学、政治学理论功底和为了创作所做的大量阅读和调查，但小说毕竟不是社会学论文，大段大段关于行销理念和政治观点的讲话讨论使得作品难以卒读，人物形象也几乎都被淹没在理论的海洋里。譬如布契曼先生阐释跨国公司背后的政治理念的讲话，刘福金的台独言论以及刘福金和陈家齐两人分别做的关于台湾市场的分析等等，[①] 每一次讲话都是长篇大论，也都导致了一次作品阅读的中断。《万商帝君》中理念化导致的另一个后果就是全知视角的叙述者直接跳出来对人物进行大量的心理剖析。譬如陈家齐在刘福金被称为“管理教授”后的心理，小说就花了大量的篇幅从陈家齐的出身、家教、教育和工作经历等方面来分析探究其心理及成因。[②] 如同一篇探索文学形象性格成因的学术论文，直露无味，没有给读者留下任何想象的空间。在《万商帝君》这篇作品中，陈映真理念化的倾向走向了极致，也几乎放弃了形象

---

① 分别参见刘福友编：《陈映真代表作》，第 269、278、283—284、290—292 页。

② 陈映真：《万商帝君》，同上书，第 279—281 页。

塑造的努力。

第二，政治环境的不够宽松，对于作家的艺术创作所起到的效果并不总是负面的。至少对于陈映真这样既有艺术才能，却又有着强烈的社会责任感和道德激情、视思想理念胜过艺术本身的作家来说，适当的不自由虽然影响他理念的表达，却反而有可能“逼”出他的艺术功力。譬如他在作于《山路》四年以后的《赵南栋》，由于已经解严，所以能够放开来写，而艺术性却远不如前者。这其实是一个有点让人沮丧的结论。

民族、阶级与男性视角下的女性身体

——陈映真小说《夜行货车》和《六月里的玫瑰花》分析

在西方殖民者的眼中，东方殖民地常常被想象成为一个充满欲望与诱惑（财富与美女）的乌托邦，而在男性主导的社会里，这种西方与东方的征服 / 被征服关系很自然地也就常常会被隐喻为强壮的西方男性与温顺的东方女性的关系。台湾作家施叔青在其《她名叫蝴蝶》中描写了一个充满了隐喻的场面:（史密斯让黄得云）“这具柔若无骨的女体，像马戏团的特技表演，把身体弯曲成一粒肉球，反腰把脸贴在床上，供他推磨，玩具一样。”[1] 在这里，性爱本身生理上的意义已显得无足轻重，重要的是在此过程中所体现出来的权力关系。

倘若说这样的场面在女作家施叔青的笔下还仅仅是对香港历史的一个隐喻，而在许多男性作家那里，对“弱国女性受辱”题材的描写则更多地充满了悲情。这种体验在具有多年被殖民（包括政治的、经济的和文化上的）经历的台湾人来说，则更是从不缺乏。台湾人具有被日本统治五十年的惨痛经历，在经济文化上对美、日也都相当依赖，这足以造就台湾人敏感的心理。不唯如此，越战期间台湾还曾经作为美国士兵的度假基地。美国士兵的到来，极大地刺激了岛内色情业的发展，许多专门以美国士兵为对象的酒吧应运而生。这也极大地刺激了有自尊心的台湾男性。这一事件在重要的乡土小说作家黄春明、王祯

---

① 施叔青:《她名叫蝴蝶》，花城出版社，1999 年，第 77 页。

和等作家的作品中都得到反映。

在上个世纪20年代台湾现代小说创作刚刚起步时，施文杞在《台娘悲史》中就将台湾誉为女子“台娘”，日本则被喻为暴徒“日猛”。为霸占“台娘”为妾，“日猛”使尽阴毒的手段，终于逼迫“台娘”的父亲“大华”就范。于是台娘“不幸堕入了暗无天日的人间地狱里，受万般苦楚，整日痛伤心，都是无可告人”。所谓“台娘之不幸，作者的泪痕”。[1]

在权力关系中，不仅被支配的一方常常被比拟为女性。而且在传统男权心理的作用下，在殖民与被殖民的关系中，被殖民一方女性的身体则更是常常被作为国族的隐喻和国土的延伸，成为支配一方男性攻占和本国男性捍卫的目标。

作为宗主国男子的心理，正如同陈映真在《七十年代黄春明小说中的新殖民主义批判意识——以〈莎哟娜啦·再见〉、〈小寡妇〉和〈我爱玛莉〉为中心》一文中从“东方主义”角度所揭露的，日本人和美国人“在贪欲地狎淫前占领地的女体中，宣泄新殖民主义的种族优越和君临支配的意识”。[2]

而同样的在宗主国男性那里体现了“种族优越和君临支配的意识”的想象，对于被殖民地男性而言，则充满了心灵上的创伤。殖民地国家男性知识分子对于“弱国女性受辱”题材乐此不疲这一现象，固然体现了作为弱者的反抗以及作为知识分子对于底层女性命运的关注，也反映了宗主国对于殖民地的欺压与蹂躏。但是我们也不得不看到，这种模式也常常会演变为第三世界国家男性作家受虐般的狂想，在这狂想背后隐藏着的，则是不发达国家男性知识分子由于强烈的自卑所导致的高亢的民族主义情绪与传统男权主义心理的混合。在这一层面

---

① 古继堂：《台湾小说发展史》，春风文艺出版社，辽宁教育出版社，1989年，第30页。

② 陈映真：《七十年代黄春明小说中的新殖民主义批判意识——以〈莎哟娜啦·再见〉、〈小寡妇〉和〈我爱玛莉〉为中心》，《文艺理论与批评》1999年第2期。

上，第三世界国家知识分子与宗主国殖民者具有相似的思维：他们都把东西方当作二元对立的两极，都在个人身上附着了太多的民族国家的内涵，也都把女性的身体当成了国家领土的延伸。于是女性不再属于她们自己，而是成为一个集体名词“我们”的女人。抽象的“国族”的意识形态取代了对具体的女性命运的关怀。女性的贞节更是成为关乎国体的圣物，女性自身是没有资格且被认为是没有能力自主处理的，它时刻需要受到本国男性的保护以免遭到异国男性的亵渎。

在“华盛顿大楼”系列小说中的《夜行货车》中，陈映真塑造了两个几乎完全对立的中国男性形象：林荣平和詹奕宏。前者萎缩怯懦，举止有度，对美国上司摩根索虽然愤恨却为了地位不敢反抗，为了献媚甚至泄露情人刘小玲私下评论上司的话，而在得知刘小玲因此遭受调戏之后也只是假作不知，因而被刘小玲称为“奴才坯子”；詹奕宏则粗鲁傲慢，愤世嫉俗，当他觉得外国老板摩根索语言中存在对中国人的侮辱时，不惜以辞职表示抗议。很显然，詹奕宏更接近于陈映真心目中的理想人物。

但正如同几乎所有的国族叙事都常常是一种宏大的男权叙事一样，《夜行货车》中更多关注的也正是民族尊严而较少从更深入的角度关怀更具体的个人的命运。作品中唯一的女性刘小玲几乎没有自己的声音，而是几近本能地遵从男权社会所给予女性的规范。从很小的时候起，她就自觉地反抗她母亲在家中的强势地位，却不是为了自己的权利，而是觉得母亲的作为不符合贤妻的规范。在被男性忽略、辱骂甚至殴打时，她哀而不怨，从不反抗。鲁迅曾说：“女人的天性中有母性，有女儿性；无妻性。妻性是逼成的，只是母性和女儿性的混合。”[①] 事实上，在男性主导的社会里，天生的母性也被纳入男性的规范，“贤妻良母”成为对女性的最高评价，也成为使女性忘却自己忽略自我的最佳法宝。

---

① 鲁迅：《小杂感》，《鲁迅全集》第三卷，人民文学出版社，2005年，第555页。

刘小玲只有在怀了詹奕宏的孩子时才会做一点点微弱的反抗，不许他踢打自己的肚子，目的也只是为了保护孩子。而詹的粗暴无礼在她看来都是合法的可以忍受的，甚至会因此而感到甜蜜，而且似乎只有这样才"像个男人"。詹奕宏的男性中心主义是非常明显的：和刘小玲的约会他总是漫不经心，对刘小玲粗鲁傲慢，任意辱骂甚至殴打。他将刘小玲当成自己的附属品，当得知刘小玲和别的男人的关系时，将其称为"垃圾"。而詹奕宏对待女性的粗暴和他的民族情感却正是联系在一起的，这也正因为这两件事都具有"像男人"的共同点。詹奕宏的"满肚子并不为什么地愤世嫉俗"分明是一种因不愉快的成长经历而形成的心灵上的创伤，是一种不健康的表现，却也变成了"难以言传的男子汉的魅力"。他对摩根索的抗议，一面是因为他在"Chinese"前面加上了"fucking"这样肮脏的带有侮辱色彩的词汇，另一方面也是因为他在刘小玲面前说话的轻薄。不过詹奕宏对摩根索的反击，更多的是为了维护作为一个中国人和作为一个男性的尊严，而非对于刘小玲作为一个女性的命运的关注——因为他自己就曾毫不留情地践踏过刘小玲作为女性的自尊。而刘小玲在被詹奕宏屡屡伤害以后，仅仅因为他对外国上司的抗议便抛弃一切追随他回乡下老家，这种在民族情感下达成的和解显然简化了生活的复杂性，也以民族主义和男性视角完全覆盖了刘小玲作为女性个体的感受。

这种通过跨国公司外国老总对中国女秘书的无聊调戏和性骚扰来表现他们的轻浮粗鄙的情节在"华盛顿大楼"系列小说中经常出现。除了上述《夜行货车》中摩根索的粗鄙外，还有如《万商帝君》中布契曼的粗俗言论。在刘福金要放公司广告的预告片而女秘书 Lolitta 也在场时，布契曼卖弄他的幽默对陈家齐说，"Anyway，你确定他要放的不是小电影吗？我们有个女士在座嘞"，"She's a liberated woman"。并接着华蒙广告老板敬烟时说的"I like the King-size KENT"，说出更为露骨也更为下流的话："ALL I know is that Lolitta cares for the King-

Size most”。[1] 而在《云》中，陈映真则在艾森斯坦和张维杰谈话的间隙很突兀地加入他骚扰女秘书周小姐的情节：“周小姐用日本漆盘端进两杯咖啡。从她把杯子端到艾森斯坦先生的桌子上，一直到她佻佻达达地走出办公室，艾森斯坦先生毫不掩饰地、安静地注视着她轻微地随着步伐跳动着的、她的浑圆的乳房。然后他无言的、恶戏地向张维杰眨眨眼。”[2] 这其实和《子夜》中加入吴荪甫强暴王妈的情节一样，都是从其阶级属性（在陈映真这里还包括民族属性）出发的理念化的创造，并不具备细节上的必然性和真实性。

在陈映真的作品中，女性形象粗略的分来大致有三类：第一类是像宋蓉萱（《赵南栋》）、蔡千惠（《山路》）这样具有强烈的奉献精神、为了一个崇高的目标可以牺牲自我的母亲形象；一类是像小瘦丫头（《将军族》）、刘小玲这样被侮辱与被损害却隐忍不发的不幸的女性；第三类则是像刘小玲的母亲和唐倩（《唐倩的喜剧》）这样的违反男性主导社会的规则，为自己的前途或快乐谋划的女性。在陈映真的叙述中，给予第一类女性的是赞颂，给予第二类女性的是同情，而第三类女性得到的则常常只是嘲讽——这是与她们的行为不安分与自主性有关的。而在陈映真年轻时所作的充满浪漫色彩的《将军族》中，小瘦丫头和三角脸的死固然是因为“此生此世，仿佛有一股力量把我们推向悲惨、羞耻和破败”，但是小瘦丫头最重要的恐怕还是“身子已经不干净了”。[3] 陈映真是一个有着强烈的道德激情的作家，对于底层人们充满了人道主义的同情，对于人的尊严的关注也是其作品一以贯之的主题。不过，越到后来，随着陈映真思想的明晰，对具体个人命运与尊严的关注，逐渐被宏大的同时也是抽象的民族尊严所取代。而那种强烈的民族主义和隐藏在背后的男性中心意识也就在更深的程度上限制着

---

① 参见陈映真：《万商帝君》，《陈映真代表作》，第285、288页。

② 陈映真：《云》，同上书，第233页。

③ 陈映真：《将军族》，同上书，第49页。

他思考的力度与关怀的深广。

但是陈映真关注世界除了人道主义和民族主义以外，还有左翼（阶级）的视野。这可以从陈映真的《六月里的玫瑰花》中看得出来。前文说过，越战时期台湾曾作为美军的度假基地，针对美军的色情业的发展对台湾知识分子刺激很大，而《六月里的玫瑰花》即是以此为题材的。但吊诡的是，这篇作品中并没有表现那种作为第三世界知识分子所感受到的民族尊严被践踏的痛苦，相反对美国军曹巴尔奈充满同情。这主要是由于阶级意识冲淡了国族想象，阶级身份模糊了国族身份。黑人军曹巴尔奈由于在社会等级中处于被压迫的阶层以及因此所遭受的苦难而获得了陈映真的同情。这也是许多左翼叙述的一个共同特征：主人公因其命运的悲惨和阶级地位的地下而获得了道德上的合法性。这也使得陈映真慷慨地将笔触深入到巴尔奈的内心，而对于东部的白人军官史坦伯则给予简单的类型化的讽刺，这是民族主义和左翼的阶级分析两只眼睛在共同起着作用。黑人军曹巴尔奈和台湾吧女艾密丽也因为在各自国家中被侮辱与被损害的命运而被联系到了一起：他们都祖辈被贩卖，正如巴尔奈所说的，“全世界的乡下都一个模样”。[①]而美国军官在台湾“买春”这一本来具有民族悲情色彩的题材也就被处理成为美国的底层民众为美国的侵略扩张充当炮灰的具有强烈阶级意识的作品。左翼的关怀使得陈映真可以不局限于民族主义的视角，但是阶级视角的机械使用，却也导致陈映真的人道主义实际上是以阶级为单位而不能进入到深层的具体的人物命运。使得陈映真只将它的人道主义慷慨地赠与那些下层民众、被欺侮的无产阶级，而对于那些在此阶级以外的人内心的痛苦，则往往无暇顾及。陈映真的“人道主义”是穷人的人道主义，是有条件的人道主义，而非普适的人道主义。

---

① 陈映真：《六月里的玫瑰花》，《陈映真作品集》第三卷，人间出版社（台湾），1988年，第7页。

通讯员制度与工农兵作家的培养

——以孙犁的文学组织活动为中心

自从1920年代末，从“文学革命”转向“革命文学”开始，文艺大众化便成为左翼文学界的重要任务。[①] 据学者研究，“左联”初创时，下设四个研究会，文艺大众化研究会便是其中之一。1932年，“左联”改组，秘书处下设若干委员会，也包含了大众文艺委员会（简称“众委”）、工农兵委员会、工农兵通讯委员会及工农教育委员会等。其中最重要的是“众委”，其任务有四：（1）研究大众文艺的一切实际问题；（2）创作大众文艺；（3）批评反动的大众文艺；（4）进行工农兵通信员运动及读书班说书会等实际工作。具体工作有五项：

> （1）创作革命的大众文艺（墙报文学、报告文学、演义及小调唱本等）。
>
> （2）研究通信员运动等的组织及方法问题。
>
> （3）研究及批判现在最流行的一切反动大众文艺及一切说书文明戏等等。
>
> （4）组织工农兵读书班、说报团，以及训练工农通信员。

---

① 值得指出的是，这里的“大众”已经不是字面意义上的“多数人”的意思，而带有特定的阶级意识和意识形态色彩。

（5）组织说书队、写信队等。[①]

从以上计划可以看出，“左联”对于大众文艺运动的构想包括以下几个方面：1. 教育工农兵大众，提高其文化素养——这是工农兵接受和创作大众文艺的前提；2. 左翼知识分子自身积极创作大众文艺；3. 通过通信员制度在工农兵中培养有能力创作的作家。

当然，已有研究者注意到，左翼作家在关于无产阶级文学的想象方面，有着两种不同的意见：一是对工农民兵出身的作家的着意培养，认为只有工农兵才能创作出真正的大众文艺；另一种则认为要用无产阶级意识的自觉形态，即党的意识与意志来改造知识分子，创作出为工农兵服务的文学。前者以鲁迅等人为代表，后者以创造社李初梨等人以为代表。[②] 这两种“想象”在后来的解放区及 1949 年以后中国大陆的文学“实践”中均有体现。由于“左联”自身的生存状态，这些计划显然无法落实，发展工农兵通讯员并从中培养作家和发动群众性的大众文艺只有在取得政权的前提下才可能实现。

一　晋察冀边区群众文艺运动中的通讯员制度

孙犁的文学组织活动，最早是在晋察冀边区。1937 年 11 月，太原为日军攻陷，同月中共中央决定成立晋察冀军区，任命聂荣臻为军区司令员兼政治委员，建立敌后抗战根据地活动。随之成立中共晋察冀省委，黄敬担任省委书记。[③] 晋察冀边区的主要任务是“抗战建国”，

---

① 转引自王宏志：《“左联”的组织与结构》，《鲁迅与“左联”》，新星出版社，2006 年，第 97—102 页。

② 参见钱理群：《构建无产阶级文学的两种想象与实践》，《兰州大学学报（哲学社科版）》2005 年第 11 期。

③ 聂荣臻：《聂荣臻回忆录》，解放军出版社，1986 年，第 372、380 页。晋察冀省委后改为中共晋察冀分局，为行文方便，本文统称为晋察冀边区。

工作的主要方式是发动群众。这也决定了晋察冀边区乃至整个解放区的文化运动，都带有强烈的战时特征和功利色彩，要直接为“抗战建国”这一政治目标服务。要发动、教育、组织群众，就需要群众有一定的文化程度，文化教育的目的首先是使群众能够接受政党的政治、文化宣传，从而有可能将政党的意识形态渗透到群众中去，即提高群众的“政治觉悟”，增强政党的动员能力。然后再进一步使群众自发创作出符合政党意志的文学，自己加入到接受、宣传、阐释政党意识的运动中来。通讯员制度即是这一群众文化运动的重要组成部分。

晋察冀边区成立之始，即注重新闻和宣传工作，先后创办报纸杂志多种，据聂荣臻回忆，新闻出版机构有《抗敌报》（后改名《晋察冀日报》）和《救国报》（后改名《子弟报》），理论刊物有《新长城》，群众团体的机关刊物有《群众》，综合性文化杂志有《学习半月刊》，文学方面则有《诗建设》《山》《鼓》《文艺通讯》。其中《晋察冀日报》和《子弟报》后来都发行到几万份，传播范围相当广泛。[①] 此外，许多报纸都有附刊，如《子弟报》附刊《战地文艺》，致力于推进连队文艺运动。“文艺通讯”类刊物颇多，《文艺通讯》为晋察冀通讯社所编，各剧团也都有《工作通讯》之类的刊物，同类刊物在边区著名的有十种以上。[②]

1938 年冬，晋察冀通讯社成立，各分区成立分社，各县、区宣传部门，则设有通讯干事。对于晋察冀边区文化、宣传具有重要影响力的邓拓多次强调开展群众文艺运动和通讯工作的重要性。[③] 他在 1939 年发表的《广泛开展边区通讯写作运动》一文即指出，为完成当前的

---

① 聂荣臻：《聂荣臻回忆录》，第 481—482 页。

② 孙犁：《一九四零年边区文艺活动琐记》，《孙犁全集》第二卷，人民文学出版社，2004 年，第 440 页。

③ 邓拓先后担任《晋察冀日报》编辑部主任、社长、新华社晋察冀总分社社长、中共晋察冀分局党报委员会书记、晋察冀中央局宣传部副部长、晋察冀日报社社长、总编辑。

政治任务，“必须加强边区的文化工作，其中尤其是通讯工作”，“应该而且必须在边区广泛发展工、农、士兵通讯员和培养大批工、农、士兵作家”。[①] 在1944年的《论通讯工作》一文中，则再次强调报刊建立通讯网的重要性，认为“更广泛的建立通讯组织，吸收每一个爱护革命工作爱护报纸的人为通讯员，鼓励他们把所知道的一点一滴写出来，他们倘使不会写，那采用通讯小组集体口述，推人执笔记录都可以。这样汇集丰富的材料即可产生出色的集体通讯”。并批评了两种错误的观点与倾向，一是认为文化程度高的人才能当通讯员，二是一些通讯员因为投稿未被采纳，便降低写作热情。在组织通讯网的负责人员的任命上，邓拓认为要选拔写作能力强而对通讯工作有热忱和组织能力的人，批评那些缺乏耐性、看不起文字不通的稿件的文艺工作者。[②]

当时的报纸刊物，多尽量通俗化，面向农民士兵，具有教育和组织的功能。孙犁于1939—1946年间在边区编过不少刊物，先后有《文艺通讯》《山》《晋察冀日报》副刊、《鼓》和冀中区的《平原杂志》等。[③] 这里可以《平原杂志》为例。它的定位是通俗的综合性的文化杂志，“系统地介绍各种文化知识，丰富农村的文化生活”，其面向的主要对象为“小学教师、中学高小学生、村剧团、工农干部”，文字上要求通俗，文盲能懂，样式活泼；其栏目主要有平原论坛、问题研究、农村通讯、科学历史故事、乡村文艺、青年儿童读物、家庭座谈会、百科小辞典等，此外还设置了《读者园地》《问题解答》《服务》等与读者互动的栏目。值得注意的是，这份杂志还组织了读者小组，与编辑保持通讯联系，定期组织小组活动，组织附近群众讨论，广泛传播杂

① 邓拓：《广泛开展边区通讯写作运动》，《邓拓全集》第五卷，花城出版社，2002年，第270、271页。

② 邓拓：《论通讯工作》，同上书，第282—283页。

③ 孙犁：《关于编辑工作的通信》，《孙犁全集》第七卷，第60页。

志内容。[1]

在具体的通讯员培养方面，孙犁的文学组织活动具有典型性。孙犁1939年到晋察冀通讯社工作，被分配在通讯指导科。他在后来的一篇关于编辑工作的文章中说，"在过去很长的岁月里，我把编辑这一工作，视作神圣的职责，全力以赴"，每天给各地通讯员发信十数封，有信必复，而且都写得很有感情，很长。[2]

孙犁当时晋察冀边区文学组织活动的另一项重要工作是编制了两本面向工农兵通讯员的写作教材。

第一本《论通讯员及通讯写作诸问题》，是孙犁在晋察冀通讯社通讯指导科时独立撰写，但署名写的是"晋察冀社集体讨论　孙犁执笔"。据通讯社主任刘平所写的《前记》，这本小册子是应青年通讯员的来信要求所撰，指导他们笔杆上的"射击"技巧。孙犁在书中也强调，要坚持培植大批工农兵通讯员，要把这个工作造成一个普遍运动，在抗战的各条战线中，多写通讯，报告工作。[3]

全书分四部分：什么叫通讯；一个优秀通讯员是怎样修养的；怎样写通讯；怎样采访。第一章介绍通讯活跃的原因，并阐述文艺通讯的特征及其与其他类似文体的区别。第二章介绍优秀通讯员在政治、行动和文艺三方面的修养，前两个方面基本属于政治意识和个人品性（世界观、人生观、对人民事业的忠诚等）层面，第三个方面属于文艺技术层面。第三章介绍具体的通讯写作方法，第四章介绍采访的技巧和注

---

① 参见《〈平原杂志〉征稿简约》,《〈平原杂志〉征稿启事》,《〈平原杂志〉为组织读者小组启事》，见《孙犁全集》第十卷，第415—417页。

② 参见孙犁：《二月通信·后记》,《孙犁全集》第二卷，第461页；《关于编辑工作的通信》,《孙犁全集》第七卷，第63、67页；《第一次当记者》,《孙犁全集》第六卷，第229页。

③ 孙犁：《第一次当记者》,《孙犁全集》第六卷，第229页；《论通讯员及通讯写作诸问题》,《孙犁全集》第三卷，第19—22、51—52页。

意事项。[1]

孙犁的这本小册子，具有以下特点：

一是一再强调通讯员的思想意识、政治修养的重要性，发动通讯组织运动的重点对象在于工农兵通讯员，高度的文艺修养并不是第一位的。这带有强烈的政党意识形态色彩和战时特征。

二是语言流畅，浅显准确。这固然是孙犁文字的本来面目，但显然也考虑到阅读对象的接受能力。尤其是大量引用中外优秀通讯的例证，一来便于读者理解，二来可以直接作为他们写作通讯的范文。

孙犁所写的第二本小册子是《文艺学习——给〈冀中一日〉的作者们》。这本书可谓是"冀中一日"运动的副产品。"冀中一日"运动是 1941 年冀中区一次重要的群众文化写作运动，仿照高尔基主编的《世界一日》和茅盾主编的《中国的一日》模式，发动冀中群众写作自己一天（这一天定为 5 月 27 日）的生活、学习和工作状况。根据吕正操回忆和其他相关记录，领导上对这场运动高度重视，将其当作重要政治任务，经部队、政权、团体的组织系统将任务布置到村庄和连队一级，做了大量的宣传动员、组织和示范的工作。各村的"街头识字牌"，都写着"冀中一日"四个字，放哨的妇女儿童要求过往行人念一遍，然后询问"冀中一日"指的是哪一天，提醒撰写征文。有的连队，为了获得有意义的题材，选在这一天攻打敌人据点。据孙犁的回忆，他的母亲当时曾参加一个群众大会，区干部在会上动员人们写稿，并举出孙犁的一篇文章，当场朗读。在这场运动中，亲自动笔写稿的有十万人，包括老干部、士兵和农民，从上夜校识字班的妇女到用四六句文言的老秀才、老士绅，许多不识字的老大爷老大娘也都积极参与，自己口述，请别人代笔。"冀中一日"编辑部收到的稿件是名副其实的车载斗量——用麻袋装，牛车拉。

---

① 孙犁：《论通讯员及通讯写作诸问题》，《孙犁全集》第三卷，第 19—89 页。

《冀中一日》的编选工作，也很受重视，冀中区组织了《冀中一日》编纂委员会，王林任主任，单冀中一级就动用了四十多名宣传、文教干部参加，耗时八九个月方选定初稿，共二百多篇，分为四编：鬼蜮魍魉，铁的子弟兵，独立自由幸福，斗争中的人民。总计约三十余万言，于1941年秋季油印出版。前三编由王林、孙犁、陈乔编辑审定，第四编由李英儒负责。编辑工作基本完成后，王林又让孙犁根据看稿心得，写一本文学入门书籍，供投稿者学习，就是这本《区村连队文学写作课本》，于次年油印出版，也曾在三纵队的《连队文艺》和晋察冀的《边区文化》上连载，后并由吕正操带到山区铅印出版，书名改为《怎样写作》，1950年再次出版，改名为《文艺学习》。[1]

本书共七个部分，附录和六章正文：绪言，描写，语言，概括和组织，主题和题材，进修，怎样体验生活。第一章讲述文学的起源，人生观的确立，文学的阶级性、民族性、群众性，文学事业要在政治领导下有组织的完成，批评了那种试图使文学脱离社会政策独立起来的想法。也提出作家要有丰富的学识和文学修养，指出好作品的几种要素。第二章讲解描写的技巧，分别从形象、人物、心理、自然等方面入手，强调描写要准确精当，要写出描写对象的特征，描写要注意内在，要与时代、背景相结合，反对庸俗化的陈腔滥调的模仿。第三章关于语言，讲解了文学的语言的产生，什么是好的语言和坏的语言，文学语言和口语的关系，如何从口语、成语中学习语言，语言和思想的同一性。第四章是讲解如何从生活中提炼出“典型”，如何组织文章结构。第五章指出题材的阶级性，我们时代的主题是什么，应关注什么样的题材，应该将人生观与现实生活相结合。第六章讲解如何从生活观察和优秀书

---

① 本节参见吕正操：《吕正操回忆录》，解放军出版社，1987年，第263—265页；胡苏：《河北人民的新文艺》，孙犁：《文艺学习——给〈冀中一日〉的作者们》，均见《孙犁全集》第三卷，第96—98页。

籍中进行学习，提高自身修养和写作能力。最后附录部分，解答当时边区业余和专业文艺工作者的困惑。他认为所谓体验生活，就是以高度的热情和责任感认真地投入到生活和工作中，把握住时代的总精神，生活的总动向，从平凡琐碎的生活中，看出诗意和文学。反对将体验生活和写作隔离。另一面，经常写作又可以反过来使得作者对生活的体验更加深刻，更有组织性。[①]

这本小册子值得注意的有以下两点：

1. 注重可读性和模仿性。由于潜在读者是文化程度不高的工农兵文学爱好者，本书语言风格也和上一本一样明快晓畅，尤其是大量使用民间口语和大众熟悉的比喻。他这本书本身，就可以作为读者学习写作的范文。书中举了大量例证，多是从“冀中一日”投稿中选取，逐一分析什么是好的，什么是坏的，贴合读者的审美能力和文学修养，非常亲切。

2. 这本小册子虽是配合当时政治任务的应景之作，书中也强调人生观和政治政策的指导作用，但由于孙犁自身有着很高的文学素养，他在讨论文学趣味和具体文学写作技巧时有许多非常好的看法。如“描写”一章的“基本练习”部分，强调作者要根据自己的现实感受，积极创造，摆脱庸俗模式化的模范文选的影响，避免陈词滥调，文字表述上要力求准确精当。再如单辟一章，专门谈语言，声称“从事写作的人，应当像追求真理一样追求语言”，认为语言的浪费堆砌，其实是语言贫乏的另一面，认为“语言的锻炼就是思想的锻炼”，认识到语言和思想的同一性，这些都是永不过时的真知灼见。

在这两本小册子之外，孙犁还发表了《连队通讯写作读本》《新人物·感情·气氛》《谈谈写作问题》（在冀中通讯会议上发表讲话

① 参见孙犁：《文艺学习——给〈冀中一日〉的作者们》，《孙犁全集》第三卷，第93—266页。

摘抄）、《写作指南》等文章，指导边区通讯员及其他文艺青年的文学创作。

二 《文艺周刊》与建国后工农兵作家的培养

据安徽文艺界的苏中先生回忆，1950 年他被调到《长江文艺》杂志担任编辑部通联组组长，主编李季有如下三点要求："一是坚定编辑事业信念，把任劳任怨当好编辑作为终生事业来追求；二是要做好通讯员的服务员、辅导员、理发员（指帮助作者整理稿件）；三是要提高文学素养，以提高工作质量和刊物质量。"编辑部还开展"《长江文艺》通讯员"运动，"当时（引注：指 1950 年）已在中南地区的六省一市和部队系统中先后发展近千名业余作者为通讯员，并有计划、有步骤、有针对性地对他们进行辅导"，编辑部承担了一所函授学校的功能，为培养工农兵通讯员，还办了一份内刊，《长江文艺通讯员》，"专门发表中外知名作家的创作经验和感悟性的文稿，以及指导创作的理论文章，也经常刊登编辑写的对通讯员代表性稿件的具体分析，也登载通讯员在创作中亲自体验到的得失和甘苦，以及编者与通讯员相互沟通的来往书简等等"。经过这样的努力，这一年《长江文艺》发表的一百三十多篇作品中，有九十多篇来自通讯员。[①]

对于工农兵文艺的重视，尤其是注重工农兵出身的作家的培养，在当时是有着普遍性和明确的政策指导的。1949 年以后，中国大陆的文学组织工作是解放区群众文艺工作的延续。出于对资产阶级出身的

① 苏中：《从〈长江文艺〉到〈安徽文学〉——我的编辑生涯》，《安徽文学》2011 年第 2 期，第 77—78 页。另，据苏中先生说，他们当时的编辑认为最大的光荣就是将工农兵通讯员培养出来，领导规定，至少是通讯员来稿，每稿必复，都得具体回信，说清楚稿子为什么不能用，如果能用的话要做哪些修改，为什么如此修改，定期（看了同一个通讯员五六篇到七八篇稿子以后）要给他写一个小结，分析他这一段时间有哪些进步，还要做哪方面的努力。（笔者 2011 年 12 月 23 日对苏老的访谈，未刊稿。）

知识分子作家的不信任和对毛泽东"讲话"精神的贯彻，对工农兵作家的培养不仅是一个文学任务，更是重要的政治任务。周扬在第一届文代会上的讲话对于建国后的文艺工作具有指导意义，在讲话中他着重介绍解放区文艺的经验和成就，特别强调了文艺与工农兵群众的结合和工农兵作家的培养："一切文艺工作者，包括专家在内，必须时时将眼光放在工农兵群众的文艺活动上，注意研究群众文艺活动的情况与问题，把指导普及作为一切文艺工作者无可推脱的共同的责任。这个指导工作不能是零零星星的、附带的、可有可无的，而必须是有计划的、有系统的、用全力去做的。"①

周扬的讲话中还特别提到天津的群众文艺运动情况：解放不过半年，已有了四十个左右工厂文娱组织，不少工厂有壁报，有不少职工通讯员、职工画家，直接参加文艺活动的约有五千人。② 实际上天津刚"解放"时，军管会文艺处处长陈荒煤就明确提出：一切文艺工作者应注意扶植工农兵劳动人民自己的作家。新成立的中国作协天津分会和《文艺周刊》均以培养扶植工农兵作家为主要任务。③1956年还成立了"天津市工人业余文学创作社"（初名"天津第一工人文化宫工人业余文学创作组"），组织、培养工人的文学创作。④

作为解放区来的资深群众文艺工作组织者，孙犁1949年刚刚进入天津参与筹备《天津日报》时，已经开始考虑城市中的文艺大众化问题。此前的解放区，虽然也一直提倡工农兵文艺，但由于中共政权占领的一直是广大农村地区，文艺工作的主要对象是农民和士兵。现在

---

① 周扬：《新的人民文艺》，《周扬文集》第一卷，人民文学出版社，1984年，第533—534页。

② 同上书，第525页。

③ 孙玉蓉：《浅谈建国以来天津中坚作家队伍的构建》，《理论与现代化》2009年第3期。

④ 扈其震：《我所了解的天津工人文学社》，参见扈其震博客：http://blog.sina.com.cn/s/blog_6084b7f10100tlj7.html。

进入城市，孙犁认为，首要的任务是提倡工人文艺、工厂文艺，将“工农兵文艺”中的“工”落到实处。他主张借鉴十年来在农村和部队的文艺工作经验，“有计划地组织文艺工作者进入工厂和作坊，也要初步建立工人自己的队伍”[①]。

《天津日报》出刊后，孙犁担任编委，同时兼任副刊科副科长（科长是方纪，副刊即《文艺周刊》），方纪离开后，孙犁不再担任副刊科的行政职务，但一直看副刊的稿子，参与编辑工作，并努力将其办成培养年轻工人作家的摇篮。[②] 虽然孙犁一直不肯以“培养青年作家”自居，认为“《文艺周刊》一开始，就办得生气勃勃，作者人才济济，并不是哪一个人有多大本事，而是因为赶上了解放初期那段好时候”[③]，但是他的编辑理念和着意营造的刊物风格对于年轻工人作家的影响和培养作用，其实是很大的。

关于编辑、刊物和作者的关系，孙犁认为应该是“一种亲密的家庭的关系，编辑对待作者的投稿，应该像对待远方兄弟的来信一样”。编辑不能仅仅看作者的稿件，更要进一步了解其同一时期生活和工作上的全部情况，这样从整体上把握其作品，有针对性地给予帮助。对待作者，要有耐心，根据创作规律，给予鼓励，不要一看到一篇作品水平下降就失望。

孙犁对于刊物的自我定位是培养新作者的舞台，是一处苗圃，应该着重发表新作者的作品，培养新的队伍。培养出了优秀的作家，编辑不应居功，而是要鼓励他们走向更广阔的地方，追求更高的成就，再转身继续培养新的作家。

编辑还要充当作者与读者之间的桥梁，整理、组织读者的意见，转

---

① 孙犁：《谈工厂文艺》，《孙犁全集》第三卷，第297—300页。

② 孙犁：《关于编辑工作的通信》，《孙犁全集》第七卷，第62页；《我和文艺周刊》，《孙犁全集》第七卷，第95页。

③ 孙犁：《我和文艺周刊》，同上书，第96页。

达给作者，帮助其进步。在转达的过程中，又要注意保护作者，过滤掉那些过于刺激的或吹毛求疵的评论。[①]

在具体的技术层面，孙犁强调的是认真负责。这首先指的是对稿件不存轻视之心，尤其是工农兵作者的来稿；对于稿件要认真保存；对于来稿及时处理，积压在手中“就像心里压着什么东西”；看稿子只看质量，“不分远近亲疏，年老年幼，有名无名，或男或女”；对于来稿，他尽量少删改，只删改一些明显的错字和极不妥当的句子，不大给作者出主意改稿件，不替作者大段做文章。[②]

1978年孙犁还写过一篇文章，《编辑与投稿》，其后半部分完全是向初学写作的文学青年传授写作、投稿经验。譬如，先向地方性的小刊物投稿，这样命中几率比较高，容易得到鼓励；投稿前，要先研究报刊水平和风格，有的放矢；甚至细节到姓名住址要写清楚（免得编辑认不出来）之类都不厌其烦地加以提醒。这是正面的指导，还有负面的劝诫，孙犁告诫年轻人不要轻易到编辑部找编辑当面指导，更不要靠拉关系送礼来发稿，不要过分关注文坛八卦小道消息。在具体写作层面，可从小文章做起，从熟悉的生活写起，稿件被退，不要泄气，不要抄袭等等。[③]

1949年孙犁代表《文艺周刊》编辑部给一位作者萧振国的回信，可见当时编辑工作之一斑。在这封信中，孙犁回答了他的一些具体问题，譬如关于素养，这包括书本知识，但更重要的是丰富的生活经验。关于格式，孙犁认为没有固定的格式，不应该把诗人看作语言的魔术师，写诗不是卖弄语言才能的工作。但是也要注意诗歌在思想表达方面比其他文学样式更集中。最后还向他推荐了高尔基的《给初学写作

---

① 以上三节，根据孙犁：《我和文艺周刊》，《孙犁全集》第七卷，第96、97页；《论培养》，《孙犁全集》第三卷，第454—457页。

② 孙犁：《关于编辑工作的通信》，《孙犁全集》第七卷，第60—63页。

③ 孙犁：《编辑与投稿》，《孙犁全集》第五卷，第270—273页。

者的一封信》一书。[①]《文艺周刊》也定期对刊物上的文章进行评论、总结。1952 年孙犁对《文艺周刊》上的一些"三反""五反"以来的一些相关题材小说进行总结、点评，题为"论切实"。点评的第一位作者是一家纸厂工人学校的业余教师。她的第一篇小说是《捉老虎》，孙犁认为写得很切实，但由于她对生产第一线不太熟悉，写起来还有些隔膜，其第二篇小说《家属工作组》写的是作者生活中熟悉的家属，就生动得多。缺点则在于有时描写为突出人物个性渲染气氛，过分夸张，反而不够切实，不自然。在材料取舍、文章结构、语言及描写等方面，还有进步的空间。古冶车辆段工人郑固藩的小说《围剿》，孙犁认为作者创作时过于着急，想得不够周全、切实，体验生活不够，具体谈到"三反"小组长林天佑寻找贪污线索太过轻巧、无新意。一开始作者写的是林天佑的老婆叫他到二姐家去找线索，结果便从二姐口中得到了线索，编辑去信告知这一情节和另一篇已发表的小说雷同，作者便改为林天佑的老婆去买油，正听到贪污分子和油店掌柜订立攻守同盟，孙犁认为这不符合生活逻辑。刘西午的《破布》，长处在于对纸厂的生产知识非常熟悉，描写细致从容，缺点在于行文线索隐晦，时断时续，非法资本家的形象塑造得也不成功。另一位产业工人昕如的《汗，不能白流！》是孙犁一再称许的，这小说只是一篇速写，而且结尾也没有交代斗争的收获。但是孙犁认为这小说的整个事件、故事本身，一切的语言动作、一切的气氛感觉，都在在表现出"三反"斗争下的"典型环境中的典型性格"。私营仁立毛呢厂的职工陈慧瑜第一次寄来的小说比较失败，不够切实，作品中对话多于描写，且都是口号式的，缺少联系，小组会多于生产场景，且无内容，只有积极分子的活动，而缺少工人的反应。经过两次修改，最终没有能发表。编辑部对其进行帮助，和他谈了"切实"问题，陈慧瑜又写了两个小说《觉悟》《生产委员》，

---

① 孙犁：《致萧振国》，《孙犁全集》第十一卷，第 55 页。

有了进步，写出了实际材料，也有了人物刻画，并将“三反”“五反”斗争和生产实际相结合。王淼石的《勇敢的孩子》是唯一一篇表现“三反”“五反”斗争中儿童的作品，但是作品中许多描写不符合儿童的身份和心理，结尾写小朋友到检查委员会报告受到老干部接待的场景，由于不像童话，被编辑删除。孙犁并指出了工人学习写作中的一种倾向，那就是不去认真体味生活，按照生活规律和生活逻辑创作，而是从对一些“名家”的模仿开始，结果只见气氛，不见实质，落入俗套，过分夸张，都脱离了入情入理的生活。[①] 这和他 1941 年撰写的《区村连队文学写作课本》中的看法是一致的，反映了孙犁一以贯之的文学观点和审美追求。

这样一种糅合了革命需要和个人使命感的编辑理念、培养观念，是贯穿许多编辑一生的。前文提及的苏中就说过，编辑《长江文艺》的经历使得他终身保留关注年轻作家的习惯，后来做评论工作，也始终关注年轻人的创作。[②] 在《文艺周刊》及整个社会的帮助、扶植下，天津文坛迅速出现一大批年轻作家，工人出身的如阿凤、大吕、万国儒、张知行、董乃相、滕鸿涛等，学生出身的有刘绍棠、从维熙等，其中不少产生了全国影响。1950 年《天津日报》发表的稿件中，内容上百分之七十反映的是工人阶级，作者中则百分之八十是工厂工人和各个工作岗位上的人员，新人很多。[③] 这是非常惊人的。“文革”结束以后，孙犁继续保持着对年轻人的关注和爱护，如刘绍棠、从维熙、万国儒以及更年轻的贾平凹、铁凝，都得到他的评论、指点。

---

① 孙犁：《论切实——“三反”“五反”运动以来〈天津日报〉文艺周刊发表的几篇小说读后》，《孙犁全集》第三卷，第 399—409 页。

② 笔者 2011 年 12 月 23 日对苏老的访谈，未刊稿。

③ 孙犁：《祝一九五一年的创作》，《孙犁全集》第十卷，第 440 页。

三　通讯员制度与工农兵作家培养的经验与教训

建国后的一二十年内，工农兵作家一度是社会上的明星，甚至成为许多年轻人崇拜的对象。但值得注意的是，这些作家多数在创作上缺乏可持续性，如昙花一现，将自己过去的生活经历写完便再也创造不出新的作品。如曾经红极一时的高玉宝，一生唯一产生影响的作品就是自传性的同名小说《高玉宝》。“文革”结束后，文学逐渐回归本体，他们也往往难以适应新的文学创作环境，处于边缘化的地位，感到失落。如万国儒，在“文革”后，写的作品仍然围绕着阶级斗争，突出“高大全”的工人形象。[①] 孙犁也曾在悼文中说：“对他的作品，五十年代的热闹劲头，突然冷落下来。国儒想不通，生活得很落寞。”[②]

这些作家虽然出身工农，是建国后执政党自己培养的，但相当一部分在学习了一定文化知识后，具备了一定的文学修养和思考能力，在越来越激进的文化政策中，也往往难以适应，甚至被指为背叛了阶级出身，被打为右派或受到冲击。典型的如刘绍棠，被定为反党分子，《文艺报》《中国青年报》均以社论的形式进行批判，这些组织起来的文字汇集成书，即1957年东海文艺出版社的《青年作者的鉴戒——刘绍棠批判集》。倘若说，刘绍棠还可认为是小知识分子（刘绍棠农民出身，但读过大学），另一个当年红极一时的安徽作家陈登科，则是根正苗红的农兵出身，却也因创作《风雷》遭到批判，后因其工农兵作家典型的身份得到周扬的保护，才勉强没有被划为右派。天津的阿凤等工人作家1957年均遭冲击，万国儒成名较晚，在“文革”期间也遭批判。

在时过境迁数十年后的今天，我们回过头来重新审视那些在特殊

---

① 刘乐群：《忆万国儒和张知行》，《中老年时报》2011年11月2日。

② 孙犁：《悼万国儒》，《孙犁全集》第九卷，第48页。

年代被拔苗助长式地培养出来的工农兵作家，发现他们的作品大多带有时代的烙印，能够保留下来成为民族文化经典的微乎其微，除了作为历史研究的资料价值以外，往往没有继续阅读的必要。因此，我们有必要对于这种曾经处于支配地位的作家培养模式和文学运动方式做出反思。

其一，作家是不是可以培养，尤其是通过行政手段和群众运动的方式进行培养。这一问题，牵涉甚广，因为20世纪中国同样发生过多次关于大学中文系是否可以培养作家的争论。本文限于篇幅和所考察的问题，只讨论工农兵作家的培养问题。

文学艺术应该为全社会共同分享，并具有沟通人类情感的作用。而在传统社会中却被少数人垄断，成为特权阶级的标志，反而强化了现有社会的权力关系，这当然是需要做出反思、批判的。鲁迅生前多次批评中国文字学习之难，很重要的原因，便是底层工农大众被排斥于文学殿堂之外，既无能力阅读，也无能力创作，成为社会上沉默的一群，所谓"无声的中国"。不过鲁迅虽然认可甚至提倡无产阶级文学这一概念，其立意却在于使工农兵开口，防止知识分子僭越式地代言。在他看来，创造社式的声称接受了无产阶级意识的革命作家，与士绅阶级、资产阶级文人一样，都无法替代无产阶级自身的声音。从这个角度来讲，提倡无产阶级文艺，是有着充分的合理性与必要性的。但是这种状况的改变，显然应该着眼于文字的简化、教育的普及和工农物质生活的提高——这样才不至于终日为基本的物质生活需要所累，从而有余暇、有能力参与文学。但同时文学创作又是一项复杂、精密的精神活动，需要丰厚的文化素养和生活阅历，通过行政手段将许多文字表达都有困难的工农兵以政治任务的形式一夜之间突击成为作家，是很难行得通的。当年红极一时的作家高玉宝、陈登科、崔八娃等人多是文盲、半文盲，他们连基本的文字表达能力都不具备，他们的写作往往要配备专业作家进行修改，甚至是代笔，这样打造出来的文学明星，是没有意义的。这样制造出来的工农兵文学，也从根本上背离了鲁迅等人提倡无产阶级文学的初衷。当代中国的工农兵文学，反映的并不是工农兵的生活，发出的也不是真的底层民众的声音，而只是党的政策、党的意识的传声筒。工农兵的身份，许多时候对于作家的创作甚至成为一种障碍，孙犁就曾经指出，过去有一些“似是而非的理论，好像工人作家就应该只写工人”，尤其是对工人作家更有种种“清规戒律”，“比如说：工人作家，属于工人阶级，工人阶级，是我们国家的领导阶级，他的一言一行，影响至巨。工人作家头脑中一旦有了这些概念，他既要选择正面，又要选择先进，在对这些高大者进行艺术处理时，又必定要叫他们‘非礼勿言，非礼勿视’。人物一举手一投足都要照顾影响，其作品之风干燥无味，就定而不可移了”。[①] 孙犁的观察，可谓深刻，但还过于温和，因为这些“清规戒律”发展到后来成为所谓的“三突出”“高大全”，在这种理论指导下的作品，根本就是赤裸裸的瞒和骗的文学。关于作家的培养，我想还是著名语言学家王力先生的观点比较切当，即作家不是通过外力干预培养出来，而应是在一个良好的文化氛围中，“悠之游之，使自得之”。[②]

其二，文学的断裂与传承。中国现代文学从产生之日起，便处在不断的断裂之中。不过值得注意的是，“五四”一代作家，虽然力主断裂，本身却多有良好的传统文化修养，而且积极学习、吸收西方文化，多有直接阅读外文的能力。1949 年以后成长起来的工农兵作家，多半没有吸收古今中外文化遗产的能力，其文学积累往往只是一些民间故事——这种文化积累上的“纯洁性”也正是他们得到信任和追捧的原因。建国后，文艺政策日益激进，从“大写十三年”到“文艺黑线专政

① 孙犁：《万国儒〈欢乐的离别〉小引》，《孙犁全集》第五卷，第 350 页。

② 王力：《大学中文系和新文艺的创造》，《王力文集》第二十卷，山东教育出版社，1991 年，第 450 页。

论”，几乎否定了古今中外一切的文化遗产，文学沦为闭门造车式的杜撰。在作家的养成方面，则陷入“培养——打倒”的死循环。大量执政党自己培养出来的工农兵作家不断远离党的文化政策（这在当时往往是潜意识的）然后被打倒，充分证明这种排斥一切人类文明的文艺政策的破产，也从反面证明了文化、文学本身的丰富性和相对于政治（至少是一时一地的政策）的超越性和批判性。即便是“工农兵文学”，也必须是在借鉴已有人类文化遗产的基础上产生——根本不存在一个“纯而又纯”的无产阶级文学。孙犁在1979年给万国儒的《欢乐的离别》所做的序中即提到，老一辈革命作家（引注：指的是鲁迅、郁达夫等“五四”作家）都是学贯中西的饱学之士，认为当代作家创作停滞不前，是“‘四人帮’的禁锢一切”之故。[①]

① 孙犁：《万国儒〈欢乐的离别〉小引》，《孙犁全集》第五卷，第351页。

《朱雀》:“他们”的城池

朱雀在中国传统中是所谓四灵之一，在同名小说中，既是贯穿情节的信物，也是南京的象征。不过这于日常生活中的南京城，似乎并无太大关系。眼下的南京，或者说很大程度上的中国，都处在一个半现代化的进程中，处处流露出与世界接轨的急迫与努力。《朱雀》有着为南京这座城池作史的宏大野心，为凸显南京（或者说中国）的特性，自无从向寻常百姓家寻觅，所以或求助于刻板单调的纸面历史，或借用西方人的罗曼蒂克想象——而这二者间也往往有着高度的重合。所以葛亮虽生长于南京，其小说却多迎合西人目光之处，有东方主义色彩。其笔下的城市，读来也并非我们日日生活其中的南京，倒像是为外来者们特别建造的、创造的一座“他们”的城池。《朱雀》写的是南京，“走红”却在海外，值得玩味。

萨义德在其《东方学》一书中，曾提及东方学传统中有一大串“东方”观念的复杂组合，其中包括东方专制政体、东方之壮丽和残酷与纵欲。东方在欧洲人看来，“自古以来就代表着罗曼司、异国情调、美丽的风景、难忘的回忆、非凡的经历”。这些在《朱雀》中都有体现。

小说中的南京，是以大量的历史风物和文人化的刻板想象堆砌起来的，带有强烈的“东方”特征，如夫子庙、秦淮河，朱自清、俞平伯的游记文字，程囡对许廷迈背诵的“魁光阁”的沿革史以及许廷迈臆想中的“六朝名士气”等等。当然，这些不过是背景，小说着力体现的，乃是在这古典背景下的颓废与纵欲。

在一个被塑造为深通中国古典文化的间谍人员泰勒眼中,“这城市是叫人亡国的。亡的是男人的国,却成就了许多女人的声名”。苏格兰籍的许廷迈来南京不久,竟也悟到:“在这城市的盛大气象里,存有一种没落而绵延的东西。这东西的灰黯与悠长渐渐伸出了触角,沿着城池的最边缘的角落,静静地生长,繁衍。”

女主角程囡温婉美丽,是所谓的南京代言,被认为最有“南京的味道”,算是“典型性”南京女子。然而这只是她符合外人想象中古典的一面,她身上又具有着强烈的冒险气质,是欲望与想象的化身。她经营着一家被称为“南京的拉斯维加”的赌场,其位置也颇有意味,就在被称为“天下文枢”的夫子庙旁边。她还和经营色情业的“落日东升”酒吧有千丝万缕的联系。该酒吧的两大特色,即是所谓的“鸡头”和“鸭头”。“鸡头”指的是手下有一大批“高档次”小姐的叶娜,“鸭头”味道鲜美,却是用罂粟壳炼制而成。这二者分别对应了外来者对于“古都”性和毒品诱惑的想象。现在外来者眼中的中国,恐怕很难再用鸦片、辫子、小脚这些刻板印象来概括了。但是,鸦片可以退化为罂粟壳,或进化为白粉(小说中南京男子的一个代表性人物雅克即吸食白粉),辫子、小脚也不妨修正为云锦、旗袍,而外来者那种猎奇的眼光,将古典与纵欲、罪恶相混杂的想象则是一以贯之的。

这种眼光在小说中最突出的体现当属数次充满仪式感的性爱场面的描写。在这些性爱关系中,男性几乎都是外来者,女性则是中国人(南京人),这本身就带有强烈的标签化色彩,喻示着不对等的权力关系。虽然作者一再想强调南京人宽厚外表下的倔强,但是这种关系的设置,在象征层面,恰恰强调了本土在面对外来者时的被动性——或许这也就是他称之为“宿命”的东西。程囡的第一个男友美国人泰勒认为,“中国的字都是谜,而谜里都是性。他感兴趣的,则是这谜一样的国度中的文学与性”。在两人的性爱中,泰勒有很多“形式化”的设计,譬如焚梵香,听“梁祝”,以铜爵而非高脚杯饮伏特加等等,最富隐喻意义的是下面这一场景：

> 有一回，他从墙上取下云锦挂毯，让她躺在上面。她裸了身体，只着一件旗袍。任他解开盘扣，解开一个，他的欲望就膨胀一点，像在剥除一只茧。他听得见她的肉体，在绸缎中轻轻滑动。泰勒说，这云锦，号称寸锦寸金，你的身体也是。区区一个她，装下了这男人偌大的欲望。

这段描写，实在让我忍不住想起施叔青《她名叫蝴蝶》中类似的一个充满了隐喻的场面：（史密斯让黄得云）“这具柔若无骨的女体，像马戏团的特技表演，把身体弯曲成一粒肉球，反腰把脸贴在床上，供他推磨，玩具一样。”在这里，性爱本身生理上的意义早已显得无足轻重，重要的是在此过程中所体现出来的权力关系。云锦、旗袍、绸缎，这些带有强烈中国色彩的意象加在程囡这个“典型性南京女子”身上，在性爱中逆来顺受，自然会使作为美国人的泰勒欲望膨胀而充满征服感。

而在程囡看来，“这个叫泰勒的男人，给了她许多始料未及”，她对如此充满仪式化的性爱甘之如饴，唯一感到“淡淡的罪恶”的不是国籍和年龄，而是她对泰勒产生了父亲的感觉。泰勒在举手投足间，对她竟然都是“言传身教”，令她“欣喜和感恩”。无独有偶，小说中的南京男孩雅克吸毒颓废，玩世不恭，却也有一位敬如父亲的日本导师芥川龙一郎，雅克的大部分教育源于他。芥川来华，虽是为满足其父（也是程囡的祖父）向中国人忏悔的遗愿，却傲慢淫猥，在对其实是他侄女的程囡进行性侵犯时也充满了不容置疑的强权。他为程囡作的钢笔画像，夸张色情，带有强烈的赏玩色彩：“耻处却开出巨大莲花，饱满茂盛，在黑白中仍见艳色，接天入云”。中国的女体成为一种景观。而这幅画则在经修饰装裱后，被程囡放在自己的画廊中。

《朱雀》的性爱描写，大半如此。程囡和许廷迈的第一次，是在充满神秘历史感的明朝皇帝的碑上进行；程囡的外祖母与日本人芥川偷情，旁边却有着作为南京象征的神兽"辟邪"目光的注视，使得这场性爱充满罪恶的耻感。这些仪式化的性爱场面，作为东方神秘历史与外来者想象中的情欲的唯一交合点，在对历史缅怀式的亵渎中获得快感。

小说中曾说到"这城市女人骨子里的烈"，"不见得个个都卯足了劲，要血溅桃花扇。只是平日里宠辱不惊的风流态度，就是极危险的汹涌暗潮"。但是这种"烈"，在遇见西方（包括日本）男性时，却无一例外都变成了"媚"：逆来顺受，任其把玩，还心怀感恩。

这座城市的男子，则更是颓废与纵欲的化身，其代表是雅克。雅克的身份，首先便很暧昧：他是一个遗腹子，母亲是文艺青年，崇拜马雅可夫斯基，所以雅克自称是"单相思加意淫的产物"。其人生、艺术和情感教育主要源自日本导师芥川龙一郎教授。雅克记忆力超人，熟悉的却是罗曼·罗兰、福柯等人的西方理论，能大段背诵《规训与惩罚》和《洛尔加诗抄》。作为一个颓废、前卫的艺术家，雅克吸毒、纵欲，染上艾滋病，在吸毒后极其残忍地杀死了自己的宠物猫，最终在毒品和性的双重刺激下，在与程囡做爱后悄然死去。这些，与来自苏格兰的许廷迈的健康纯洁恰形成鲜明对比。小说的结尾处，也正是外来者许廷迈的归来，落足在夫子庙的钟楼旁，带有强烈的拯救意味。

《朱雀》在写一个家族三代女人的情欲以外，也花费了大量的笔墨来书写近百年来南京的宏大历史。然而给人的感觉，作者最想叙述也更为擅长的显然还是跨国性爱故事，国与城的历史只不过是生硬楔入，重心是三代女人在这个虚幻的背景下所做的僵硬表演。而作者对于那些与情节其实无太大关系的历史如反右、"文革"的大量书写，尤其对于"八九"的不断提及，某种程度上来说，其实也是对于社会主义制度下"东方专制"这一程式化套路的重复。

小说在写到李博士与黑人学生的性爱纠葛时，有这样一句话："性，跨国情，婚外恋，外加暴力。一部成功三流小说的所有元素，在一个月里，集中在高尚美貌的女博士身上。”我不敢将《朱雀》这部号称历时五年精心撰写的皇皇巨著判为三流小说，但我敢说的是：第一，这些元素在《朱雀》中都能找到，而且给的更多，如乱伦（程囡与芥川龙一郎的性接触），同性恋（革命者赵海纳与程囡的外祖母叶毓芝）等；第二，对于一个一直生长在中国，长期混迹于南京的普通读者来说，除去小说中不断提及的地名和纸面掌故与南京重合外，“朱雀”或许属于葛亮，但绝非“我们的城池”。

怪力乱神的奴性哲学

——贾平凹《古炉》片论

《古炉》是一部以“文革”为题材的小说，作者贾平凹自称对此是有着“使命”和“宿命”的，在他看来，此前关于“文革”的作品，“都写得过于表象，又多形成了程式”，经历过“文革”的人中，“活着的人要么不写作，要么能写的又多怨愤”。[1] 由此看来，贾平凹对于这段历史的认识大约是“哀而不伤”的了，可是细读下来，却又并非如此，其历史观和人生观充满着怪力乱神的因果论和奴性思想，审美观上则是一如既往地继承了此前小说中粗鄙的病态特征，叙事上鸡零狗碎，杂乱无章，令人难以卒读。本文限于篇幅，只从善人和狗尿苔两个人物形象入手分析其思想内涵。

贾平凹经常喜欢在小说中塑造一个思考者的形象，或人或物，充当着作者代言人的角色。《废都》中那头曾被大作家庄之蝶近距离饮奶的“哲学牛”，便有过不少关于文明、乡土以及人种等问题的思考，如认为文明将使人类走向毁灭，如它恨不得在某一个夜里强奸所有的城市妇女来改良人种。姑且不论在应当以形象感染人的小说文体中，这些大段大段的议论，会破坏作品的整体性和审美效果，单是这些议论本身，已足以让人见出思考者思想的自相矛盾和昏聩无聊。

---

① 贾平凹：《古炉》，人民文学出版社，2011年，第603页。

《古炉》中的思考者是“善人”。善人以替人说病为业，其原型据说是贾平凹村中的一位老者和清代“善人”王凤仪。贾平凹明知善人的话“不像个乡下人说的”，却“还是让他说”，他对于《王凤仪言行录》也觉得“非常好”，可见，在善人身上，是体现了贾平凹自身的理想的。[①]

所谓“说病”，以语言为疗具，如果是在隐喻层面或是充当着类似今天心理医生的功能的话，都无可厚非。可是作品中对说病的描写并非如此，善人的“说病”首先是写实的。

如跟后无子（只生女儿不生儿子被看作一种“病”，这本身就是男权思想的体现），善人便给他讲三纲五常式的人伦，即所谓“君君臣臣父父子子夫夫妻妻兄兄弟弟亲亲友友”，具体的做法是向家人认错，磕头赔罪，又天天到河边给狗洗毛，四处寻村人问候，大献殷勤，如此三月，他的媳妇便怀上了儿子。[②]善人说病的流程基本如此，不用针刀药石，专事传道，从病人的思想入手，引导其灵魂深处爆发“革命”。

善人的“道”也毫无新奇之处，正是中国传统专制社会中思想糟粕的大杂烩，似儒似释似道，又非儒非释非道。秃子金在骂善人是“顽固不化的孔老二的孝子贤孙”时，善人说，“我不是孔孟，也不是佛老耶回，我行的是人道，得的是天道”。所谓“人道”“天道”云云，在善人的说法传道中屡屡出现，忽而指此，忽而指彼，混乱无依，但其不是孔孟与佛老耶回，却属实情，因为他在儒家中取的是三纲五常式的绝对服从，于佛家所取的是教人逆来顺受的果报思想，于道家中取的则是以低为高以辱为荣的侏儒思想和保命哲学。如小说中护院媳妇生病，善人认为这是不满意婆婆和丈夫所致，教育她“婆婆和丈夫是你的天，你不满意他们，就是伤了天”。护院媳妇稍有辩解，要诉说一点自

---

① 贾平凹：《古炉》，第605页。

② 同上书，第203—204页。

身的委屈，善人便祭出他的法宝，“你想病好就听我说”，使其安于受审判的境地。[1] 这其实是典型的借用自己掌握的知识（尽管都是些混乱的糟粕）权力对无知妇女发自天性的反抗的压抑。善人为来回说病，来回句句争理，善人深为不满，仍以病为要挟，称“若想病好，非认不是才行，要能把争理的心，改为争不是”，而所谓的“争不是”则是对于弱势者提出赤裸裸的奴才式的绝对服从，是在善人讲善书时跪在门口，向所有人磕头，向丈夫、丈夫的哥哥以及队长等人认错赔罪。来回不能忍受，善人便诅咒她“盲人骑马，夜半临深渊”，“危险着哩”。[2] 佛家的因果业报思想，也是善人常用的工具。他说自己被人冤枉为贼而遭毒打，病好后醒悟到是自己赶车时曾经鞭打牲口的缘故。狗尿苔遭人欺负，善人却说：“别人欺负你是替你消业障的，那是好事么。”因果论还取消了弱者遭受屈辱后的最后一项权利，即抱怨，因为在善人看来，“凡是遇事抱屈的，是不明白因果”，“逆事来若能乐哈哈地受过去，认为是应该的，自然就了啦，若是受不了，心里有怨气，这件事虽然过去，将来必有逆事重来”。[3] 在这种思想指导之下，善人（一定程度上也是作者贾平凹自己）对于发动“文革”的黄生生这样的恶魔式人物，也有了别出心裁的解读，他认为正是“因为咱这一方的人，男不忠者，女不贤者，老天爷才叫他来搅闹”[4]。混世魔王竟成了替天行“道”。这种将现实中的一切不正义、不平等都归结为前世业报的思想，正是要使弱者安于被侮辱、被损害地位而不自觉，习以为常，甘之如饴。善人还为失了势的支书说过一次法，说“道是平的，而高人得学低”，“谁能矮到底，谁能成道，学道就是学低”。[5] 这即是以卑微的姿态求生存，

---

① 贾平凹：《古炉》，第 50—51 页。

② 同上书，第 81 页。

③ 同上书，第 114、115、116 页。

④ 同上书，第 548 页。

⑤ 同上书，第 319—320 页。

善人的“道”，也就是老子“装孙子”式的保命哲学、侏儒哲学，当然也是权谋哲学。

中国传统思想中，当然不仅仅是这些，儒家中有刚健进取精神，孟子鼓吹的“不屈”“不移”的情操，道家有对精神上绝对自由的向往，佛教中也有勇猛无畏的卫道和伟大的自我牺牲精神，更不要说墨家维护世界上一切被欺侮的弱小者权利的彻底反抗精神，而这些，在善人那里，都看不到一点影子，他所宣扬的，永远只是那些阴柔、卑下的奴性思想。而这些，在强权社会中其实正是为权势者服务的。支书曾对狗尿苔说：“你出身不好，就要服低服小，不要惹事，乖乖的，爷就对你好。”[①] 这种权势者对于弱者自发的要求，与善人的劝说如出一口。所以善人对于“干部”批评他一度觉得委屈，说“其实我说病，哪里就犯共产党的事了？我也想不通的是，人吃五谷得六病的，可不做干部的时候都让我说病，一做了干部就都又反对”。[②] 其实，善人的抱怨是不太准确的。在位的“干部”出于意识形态的需要（共产党人是要反对封建迷信的）表面上对于善人有所批评，实际上并不制止，一方面说明善人的奴性哲学在民间有其深厚的群众基础，另一面对于现存的权力格局，并不构成触犯，甚至是一种补充。队长满盆曾质问过善人：“你支书让你讲善书？!”善人的回答是：“没见支书反对过，那就是默认了”，便说明这一点。善人对于自己的功能也很清楚，所以他敢质问满盆：“古炉村几百口人，你是队长，你佩服了几个呢，让几个人从心眼里听你话呢？”[③] 支书和队长是村里的最高权势者，而他们依靠的是政治权力“管人”，而善人便是要利用他的知识去教人，使人们从心眼里服从这种等级关系和权力格局。真正反对善人说病最力的，不是支书

① 贾平凹：《古炉》，第154页。

② 同上书，第320页。

③ 同上书，第81页。

队长，而是欲取而代之的造反者。因为所有的政权，在其造反时，都希望人民有反抗精神，所以宣扬解放；一旦获取了政权，又都希望人民安于现状，绝对服从，所以宣扬奴性。霸槽当时正处于造反夺权的状态，其禁止善人的言论，正是题中应有之义。

在《古炉》这篇小说中，作者贾平凹最心爱的人物有三个：一是善人，一是蚕婆，最喜爱的则是狗尿苔。对于一部虚构的长篇小说而言，作品的叙述者、作品中的人物和作者并非同一概念，这是叙事学的常识。但是在贾平凹的作品中，却常常由于对于作品中人物过分的喜爱，在其身上过分投射自身的影子，往往会产生作者与作品中人物合一的效果。《废都》中的"哲学牛"和庄之蝶如此，《古炉》中的善人和狗尿苔也是如此。贾平凹曾自述自己的文革经历，说"文革"爆发时，十三岁，虽然因为口笨没有与人辩论过，在刷大字报时却提过糨糊桶，回乡后因为父亲被批斗而不敢乱说乱动，但是"毕竟年纪还小，谁也不在乎我，虽然也是受害者，却更是旁观者"。这些都与狗尿苔相符。贾平凹也毫不隐讳自己对狗尿苔的喜爱，赋予其神明、佛性，视为"天使"，甚至怀疑："狗尿苔会不会就是我呢？"[①] 在作品中则借善人之口说，"村里好多人还得靠你哩"，"古炉村离不得你啊"[②]。

《古炉》的英文名是"CHINA"，古炉村烧制瓷器，瓷器与中国的英文名也正重合，所以"古炉"其实是中国的隐喻。古炉村离不得狗尿苔，所表达的也正是中国离不开狗尿苔这样的人性。而实际上，如果说善人是贾平凹思想的传声筒，狗尿苔则是贾平凹人生哲学（也是善人的人生哲学）忠实的实践者。他个头矮小，总长不高，身体上便是一个侏儒，这很容易让人想起有着癞痢头的阿Q和永远像小老头一样只会说"爸爸爸"和"x妈妈"的丙崽。狗尿苔的人性也与其体形相

---

① 贾平凹：《古炉》，第603、606页。

② 同上书，第565页。

当,(这也正是善人将其视为衣钵传人的原因)他小小年纪就懂得自轻自贱,以无自尊的卑下为荣,因为卑下便不引人注意,自甘轻贱便可生存。作品中这样写道,"他是不嫌人作践的,到哪儿受人作践着就作践吧,反正就是苍蝇,苍蝇还嫌什么地方不卫生吗,被作践了别人一高兴就忘了他的身份,他也就故意让他们作践"。水皮骂他是"侏儒,残废,半截子砖,院子里卧着的捶布石",狗尿苔不以为耻,反以为荣,索性以此自居。[1] 受人欺侮时,他也有阿 Q 式的精神胜利法作为护身法宝。成分同样不好的守灯让他挠背,他不敢不从,却又心有不甘,于是一边挠一边在心里说:"权当我给猪挠哩"。[2] 蚕婆给来回治病,需要用蛆壳子做药,狗尿苔对于来回素来不满,便在药中加入自己的鼻痂。[3](大量关于排泄物和性器官的病态描写也是贾平凹小说的一大景观。)狗尿苔对于自己的"装孙子"哲学甚至有着自觉的体认,将自己的"乐"归因于"碎娃",得到善人的赞赏,将其总结为"人一碎娃,神就来了"。[4]

由此可见,狗尿苔是延续着阿 Q、丙崽一样的病态国民形象,不同的是这些人物的创造者对于他们的态度。鲁迅对于阿 Q 是"哀其不幸,怒其不争",韩少功也将丙崽作为病象加以解剖,而贾平凹对于狗尿苔则是毫无保留的认同,视为圣童天使和理想中国民性的代表。当然,联系到作为贾平凹传声筒的善人的那些杂乱而又腐朽的论调,则这种喜爱又是顺理成章的。唯一令我惊讶而又感伤的,是这样一位作家竟然和我生活在同一个时代。如果他生活在清代或者更早,我倒也不介意随喜称一声"贾大善人"。

---

① 贾平凹:《古炉》,第 336 页。
② 同上书,第 425 页。
③ 同上书,第 82 页。
④ 同上书,第 391 页。

变革时代的落伍者及其伦理

——读陈斌先《吹不响的哨子》

陈斌先是一个有着强烈的社会责任感和明确的问题意识的作家，也有长期在基层工作、生活的经验。他的小说，严格说来，应定位为农村题材的问题小说，作品虽然多以农村或小县城为题材，但少有独特的乡土气息，和普通意义上的乡土小说并不相同，关注的焦点是时代变动背景中农村出现的具体社会问题，尤其是农村社会阶层重组中的道德伦理问题。

伦理本来是一个社会中最坚固、最难以变革的东西。“五四”时陈独秀就曾说过，伦理之觉悟乃吾人最后之觉悟。在近代以来的中国语境中，一般的乡土小说，多体现新时代与旧伦理的冲突，往往是以传统农业文明与现代工业文明或国家权力、政党意志之间的冲突为背景。如沈从文等人创作的所谓乡土浪漫派文学，即极力渲染甚至不惜虚构传统乡土社会的人性美、人情美，一面抵御着现代工业文明的入侵，同时也抵抗着现代国家政治权力的渗透。不过1949年以后的中国大陆，经过历次政治运动，尤其是“文化大革命”这样对传统文化结构、伦理的冲击乃至洗劫，完整的乡土社会、乡土伦理其实已经不复存在。农民也在合作化运动中失去了对土地的支配权。1980年代的乡土小说，多向1949年以前寻找资源，就与这样的话语背景有关。而自从1990年代以来，中国社会阶层再度分化，单向度的经济发展，国家权力和社会能人结合，造就了新的权力阶层和利益群体，农民不再能够从这种改革中获得利益，反倒往往要承担这种发展带来的不良后果。

这时候，要对这种单向度的经济发展作出反思，作家在现实中并不能找到一个完整的乡土社会、乡土伦理作为抵抗资源。所以陈斌先并不过分独特地渲染乡土伦理，他强调的是人对一些基本道德伦理底线的坚守，即保持所谓做人的本分，人在急剧的变革动荡中和社会保持一定的距离，不被时代大潮所吞没，在这样一种坚守中体现出平凡人的一点卑微的尊严。

在陈斌先的小说中，令我感触最深的，是他笔下那些时代的落伍者，如《吹不响的哨子》中的黄瘪子，《天街咋就那么长》中的老实头、詹秀兰，《天福》中的帖子，甚至包括《谁把谁的眼泪擦干》中的陈静、易域。他们的身份、职业、地位并不一样，但是他们都可以算得上这个时代的落伍者、失败者，他们在适应新的时代环境时，总是显得那样的笨拙、力不从心，也常常因此被那些在社会中所谓混得很好如鱼得水的人所嘲笑甚至侮辱。但是恰恰是在这些人的身上，保留着更多的旧的道德伦理底线和人性的尊严。而他们的失败，也正因为他们身处时代变化中，不能——当然也不愿——放弃做人的本分，去适应时代。

《天福》中的帖子，是个光棍汉，是个生活中的失败者，一向被人们尤其是被他自己的嫂子认为不算个男人，甚至“帖子”这个名字本身就是一种嘲弄和侮辱。可是他在一夜暴富之际，却不失淳朴之心，能够不迷失自己，首先想到的是帮助少年时的老友。《天街咋就那么长》中的天街人曾经是农村人憧憬的对象，可随着时代的变化，逐渐走向没落，天街人的生活也日渐困顿，在经济和社会地位的双重失落下，天街人却能在苦难中相互关爱。天街，在某种程度上，可算是作家创造出来的一个时代剧变中的现实的乌托邦。说它是现实的，是指作家没有去美化它，把它粉饰成一个桃花源式的美好社会。说是乌托邦，是指它寄托了作家的理想和对社会的道德关怀。

这本小说集中最引起我关注的人物形象是《吹不响的哨子》中的

黄瘪子。文学作品中，刻画得比较成功的人物形象，往往会超出作家的预设，从而具有多重阐释的可能性。如白居易写《井底引银瓶》，本意是“止淫奔”，维持社会风化，但是他笔下私奔的青年男女的爱情却能引起我们深切的同情。陈斌先创造黄瘪子这个人物形象，本意是在人们都只顾个人发展不关心他人的社会氛围中，重新唤起人们对集体的关注，对他人的关爱。从文本的表层来看，黄瘪子显然是一个“高尚的人”，“脱离了低级趣味的人”。他是一个关心集体的高尚的老党员，在改革以前是生产队长，曾在大集体时代得到无数荣誉。在具体事迹上，作品着力表现了这样三点：一是他坚决抵抗政府主导的土地流转，充满了对于土地集中到私人手中的恐惧，尤其是承包土地的大麻子是地主后代，更让他绷紧了阶级斗争的弦，时刻防止地主阶级的复辟。二是他对集体无私的关怀。他多年如一日自发地修理村中的水渠，为集体种树，几乎是毫不利己专门利人。三是他在男女关系上非常纯洁。大麻子的寡妇母亲对他这个光棍汉死心塌地，他却严防死守，坚决不从。在政治层面，黄瘪子具有党性，在世俗层面，他有对道德的坚守，生活作风正派。他的顽固、守旧、落后，都可以被认为是一种很可贵的品质，是不丧失人的本分。

当然，这些都是文本显在层面体现出来的黄瘪子这个人物形象的内涵。而黄瘪子这个形象的复杂性就在于，我们如果从生活的逻辑出发，也可以产生别样的解读。譬如他的高尚是和愚昧交织在一起的，他的坚守是和教条交织在一起的，他的党性是和盲从交织在一起的。他反对土地流转，固然有担忧贫富分化以及富人对穷人的压迫出现的成分，但更主要的是因为承包土地的大麻子是地主后代。他对大麻子代表地主阶级复辟的担忧，显然带有强烈时代烙印的出身论、血统论色彩。而他见不得地主的后人发家致富，更是为他当年阶级地位上的优越性被取消而感到的失落和不平衡。他身上那种常人无法理解的莫名其妙的道德优越感也正源于他念念不忘的阶级出身。他多年如一日义务清理集体沟渠、为集体栽树，很重要的一个原因是，这些都是集体经济的遗物，见证了他曾经的光辉岁月——而造就他的光辉岁月的则正是曾给农民带来苦难的集体经济。至于党性，一度使得黄瘪子立场坚定，一定程度上党性也可以祛除人性中自私的成分。但同样是这个使他反对土地流转的党性，也可以使他无条件地放弃个人的坚守，同意土地流转。圣化党性，与世俗的人性间往往多有难以相容之处。党性的单纯性，在很多时候会简化乃至泯灭、抹杀丰富而复杂的人性，使个人成为某种符号的代表。具有这样的丰富性和阐释的多重可能性，我想这是黄瘪子这个人物形象塑造得成功的地方。当然，这些是我个人对黄瘪子这一人物形象的认识，我想因为作者的写作态度是真诚的，是直面现实的，而我们读者对现实的看法不同，自然就会对作品有不同的解读。

陈斌先小说的不足，也和他强烈的道德关怀有关。由于作家对现实发言的冲动过分迫切，急于解决具体的社会问题，人物有时不免沦为作家道德理念的传声筒，形象塑造略显粗糙。

我在阅读的过程中，常常有一个感觉，就是作者极力表现的那种人与人之间的真情尤其是那些超越了普通的关爱以外的感情，往往显得突兀，缺乏具体的细节支撑，不太具有说服力。譬如《吹不响的哨子》中达家嫂子对黄瘪子那种毫无保留的感情，就很不符合常理。作为地主的遗孀，达家嫂子当然可能爱上生长队长黄瘪子，可是作为一个儿子已经长大成人的农村寡妇，要像达家嫂子那样毫不避嫌毫无保留地向一个老光棍示好，显然还需要一些更具有情感感染力的私人交往的细节。小说中只提到黄瘪子做人正派，往往在批斗会后会陪达家嫂子坐一会儿，我想这是不够的。当然这在某种程度上或许也是受到“党性”的束缚，因为黄瘪子是一个有党性的老党员，所以他不能对地主遗孀有更多的个人关怀——黄瘪子“党员”身份以外的丰富性被忽略了。《天街咋就那么长》中詹秀兰对老实头的感情，也显得超出人之常情。詹秀兰并不是一个简单的女人，她曾经是天街众多男性追求的对象，先是嫁给一个造反派头头，后来又独自将两个孩子培养上了大学。这样一个女人，一定是见过大场面有决断有故事的，老实头这个有妇之夫则忠厚、惧内、显得有些懦弱，对詹秀兰也没有——当然也不敢有——过多的关怀。如果说有侠女气质的詹秀兰对老实头心怀同情倒是可以理解，但是产生出那种超越了关怀和同情以外的强烈的爱情，也同样令人难以信服。

从江湖道义到民族大义

——读长篇小说《大车帮》

长篇小说《大车帮》源于作者杜光辉1990年发表的中篇小说《车帮》。由于《车帮》反响甚好，作者也有意就此题材深入发掘，遂将其扩充为长篇《西部车帮》，出版后引起一些文学评论家的批评。安徽大学王达敏教授撰写的《半部好小说》一文，称这部小说“瑕瑜互见、好差尖锐对立”，因为“前半部优秀”,“后半部平庸”，只能算是“半部好小说”。[①] 而后半部之所以平庸，体现在两个方面：一是后半部的政治叙事与前半部的历史叙事强行对接，违背了艺术规律；二是后半部艺术水准下降，流于对政治运动的表层叙述。[②] 杜光辉接受了王达敏及雷达、李建军等批评家的意见，对小说进行大幅修改，终于于2012年再度出版，即是这部《大车帮》。

一 《西部车帮》与传统英雄发迹故事原型

《西部车帮》的前半部可以说是草莽英雄吴老大的成长史，也是以吴老大为大脑兮（方言，帮魁、首领之意）的三家庄马车帮的发展史。这在某种程度上可以看作走西口、闯关东等题材的延续，也是流民社

---

① 王达敏：《理论与批评一体化》，安徽教育出版社，2011年，第264页。

② 王达敏：《从“半部好小说”到“一部好小说”》,《读书》2012年第11期。

会英雄成长、发迹变泰、忍辱复仇故事原型的变种。吴老大的成长过程，包含了传统英雄成长故事的若干重要元素，如自幼背负众望、刻苦练习技艺、异人指点迷津、危难之际脱颖而出等。

吴老大的父亲吴骡子原是三家庄马车帮的大脑兮，因为心系黄羊镇马车店的情人玉蓉而在重大问题上做出错误判断，从而失去权位，所以吴老大三岁时就被父亲寄予重夺大脑兮之位的厚望。三家庄马车帮车少势薄（《西部车帮》中三家庄马车帮开始只有八十多挂车，《大车帮》中更改为四十几挂），在道上常受土匪及大帮的欺负，因此吴老大又承担着发展壮大车帮的重任。车户常年在外奔波，妻女留在庄中，多遭财主张富财凌辱，吴老大的第一个妻子也被张富财奸污后自杀而死，这样吴老大身上又担负着为自己和同样处于底层的穷车户复仇之责。

吴老大三岁即被吴骡子带在车帮中历练（《大车帮》中改为八岁，较为合乎情理），并从那时起便开始练石锁，练鞭子，练少林拳，在吴骡子监督下进行艰苦的魔鬼式训练，饮食上则以牛肉和酽茶调理，十七岁已经有了一身超人的武艺。小说着重渲染了吴老大花巨资（五块银元）打造属于自己的招牌武器（五斤四两重的鞭子）的过程，常人用的鞭子一般不过二三斤重，三斤八两已是重型，而西北最大的牲口店打造过最重的鞭子也只有四斤二两。在传统侠义小说、传奇中，英雄常有自己独特的武器，并在许多时候与英雄已合为一体，成为英雄的象征、招牌。武器越重，越能凸显英雄的力量和不同寻常，如关羽的青龙偃月刀重八十二斤，鲁智深的水磨禅杖重六十二斤，神魔小说中孙悟空的金箍棒更是重达一万三千五百斤，这些重型武器都为英雄本人独有而他人无力驾驭。吴老大五斤四两重的鞭子在小说叙述中也具有同样的功能。武功以外，吴骡子注重对儿子胆量的训练，他曾命令七岁的吴老大独自穿越豺狼成群的夜路到乱坟岗取物，与狼群对峙。这些训练意在养成吴老大的强力和坚忍，都暗示他将来必将有一番惊人的作为。

吴老大重新夺回大脑兮之位，靠的是武功、胆识和残忍。三家庄马车帮在和不讲江湖规矩的甘肃马车帮发生争道纠纷时，大脑兮马车柱因为人少势薄，选择隐忍退让，吴老大挺身而出，先显露了五斤四两的鞭子，又以刺刀自穿胸肌这种残忍的自残方式震慑了对方大脑兮，逼迫其让道，也迫使马车柱主动让出大脑兮之位。这是吴老大成长、发迹的第一步。

吴老大少年得志，三家庄马车帮也逐步壮大，不免有张狂之处，《西部车帮》中特意安排了一位异人出现，予以教训、规劝，提升其精神境界。车帮在路过一个村子时，没有按照规矩整装下车，白鹿塬静虚宫道长阻住去路，显露了神奇的武功和医术，并以一部给牲口看病的医书相赠，使吴老大知道人外有人、天外有天。吴老大在发现道长的医术灵验之后，专程前往拜访，道长又为其讲解天下大势，透露出毛润之领导的共产党将得天下的天机。

从《西部车帮》的前半部分来看，吴老大的人生历程暗合传统小说英雄发迹情事。可是无论从以往的传奇套路还是小说本身情节的内部发展趋势，下面都必然引申出吴老大发迹以后人生道路将向何处去的问题。在传统小说中，英雄发迹故事，结果无非三种：一是于乱世之中“取而代之”，“夺了鸟位”，登基称帝，开创一代伟业；一是揭竿而起，轰轰烈烈干革命，最终为官家剿灭，成就一段悲壮的传奇；一是选择明君辅佐，出生入死，助成主公霸业。如何将这种英雄发迹的民间叙事模式和中国现代历史实现对接，既妥善安排吴老大发迹之后的去处，又保持原有的叙事风格和叙事话语，显然是作者需要面临的主要问题。《西部车帮》的下半部却迅速撇开吴老大及马车帮故事，转以1949年后历次政治运动为情节推动，以侯三这样掌握了政权的流氓无产者为中心，反思近代中国灾难的制度性缺失。思考不可谓不深入，但是从小说艺术来讲，则并不高明。这也正是王达敏先生断其为“半部好小说”的原因。

二 从江湖道义到儒家仁爱和民族大义

《大车帮》对《西部车帮》做了大量修改，在语言、情节及人物形象塑造等方面均有大幅度提高，主要的是两个方面：一是增加传统儒家伦理和现代人道主义成分，提高吴老大形象和道德高度，使其从流民社会向常态主流社会的道德伦理靠拢；二是引入民族主义视角，将吴老大及马车帮的发展纳入到抗击日本侵略的民族解放叙事框架中，解决了吴老大发迹以后向何处去的问题，保持了民间叙事的完整性，比较好地解决了“从半部好小说到一部好小说”的问题。

从吴老大形象塑造方面而言，《大车帮》弱化乃至删去了流民社会头领原生态的野性、残酷的成分，增强了其“仁义”和“人道”的一面。吴老大的少年教育，原本只侧重于力量和胆量，由武功上师承不明的吴骡子自己担任师傅。《大车帮》中则将身怀绝技的牲口店主冯庚庚改为吴骡子的师傅，大大提高其重要性（原书中甚至没有给店主取名字），由吴骡子向师傅请求介绍老师传授吴老大仁义礼智信五行上的道德。冯庚庚派自己的得意弟子也是店中的大掌柜刘顺义随车传授吴老大道德、学问和武艺。这样一方面使吴骡子的武功有了来历，情节上更为可信，更重要的则是吴老大自幼受到传统儒家道德伦理的熏陶，其仁爱、不张狂本是幼年教养所致，不必待具有神异色彩的白鹿塬静虚宫道长教训后方知。小说也顺理成章地删去这一关键人物，将其性格及在情节推动中的部分功能分予冯庚庚、刘顺义师弟二人。

《西部车帮》中有一典型表现帮会粗野残忍性格的情节，即车户侯三为暗娼勾结匪人设计（即俗语所谓的“仙人跳”），遭到痛打，险些丧生，身上银钱及车马均被抢走，吴老大盛怒之下带领马车帮车户大加报复，血洗了这家窑子，绑走人质，最终以窑子赔偿马车帮一切损失、当地商户集资犒劳车户告终。这样的情节，对于实力强大的带有半秘密社会性质的马车帮来说，显然是非常真实可信的。而在《大车帮》中，原书中对于车帮暴力复仇充满激情的描写都被删去，只轻描淡写地以一句话带过："一番折腾后，侯三吆的那挂车找回来了，侯三也活过来了。"[1] 另外小说增加了几次吴老大以德服人，为村子及他人排难解纷的情节。一件是三家庄与邻村刘家堡子因争夺一口水井世代结仇，多次械斗，村民死伤无数，吴老大作为村中的大脑兮，大仁大智大勇，只身到刘家堡子会见对方大脑兮刘冷娃，晓之以理，动之以情，与其约定永不开战，并联手填平作为祸根的水井，永绝后患，保得两个村子的和平。一是附近大明宫几家车户为无良牙家和河南卖主合伙欺骗，以次充好，骗走辛苦积攒的五百块骡子钱，请求吴老大帮助主持公道。吴老大在这件事情的处理上充分体现了他的势力、果断、智慧和仁义。他先派人骑快马堵截河南卖主，发动闲痞揪出无良牙家，在河南会馆掌柜和骡马市掌柜带人找上门来时，以武力和江湖道义将其震住，又以乡党之情请张富财当团长的弟弟派兵维持秩序，在市场上公开处理，在最后时刻又特别予以宽大。这些情节，均刻意凸显吴老大的仁爱与智慧，而略去其残忍、报复的一面，丰富了吴老大的性格，提高了其精神境界，自然也远离了游民社会简单、粗暴的道德伦理，使其更容易为人们接受。

对于游民社会头领形象这样向着常态社会伦理方面的修改，在传统小说中也是常见的。以"水浒"和"三国"故事的演变为例。在成型的《水浒传》中，宋江是以忠义的面目出现的，他的"忠义"在许多时候甚至已经到了让人觉得过分软弱、虚伪的地步，而这其实也是经过文人加工和拔高的境界，所谓的"软弱""虚伪"之处，常常也就是加工、拔高部分与人物身份、情节发展不相合之处。在早期"水浒"故事中，宋江强力彪悍的一面，是并不避讳的，如元杂剧高文秀《黑旋风双献功》中的宋江自述便以杀人抢劫自诩：

---

① 杜光辉：《大车帮》，作家出版社，2012 年，第 215 页。

家住梁山泊，平生不种田。刀磨风刃快，斧蘸月痕圆。强劫机谋广，潜偷胆力全。…… 某姓宋名江字公明，绰号及时雨者是也。

康进之《李逵负荆》第二折宋江所念诗：

旗帜无非人血染，灯油尽是脑浆熬，鸦嗛肝肺扎煞尾，狗咽骷髅抖搜毛。某乃宋江是也。

《三国演义》中的刘关二人也均以忠义仁厚著称，尤其是刘备，长厚过度，以至于鲁迅称为“欲显刘备之长厚而似伪”。[①] 而“三国”故事中明代则有《花关索出身传》，写刘关张相约共创事业，刘备孤身一人，因关、张有家室之累，“恐有回心”，关、张二人于是在刘备的允许下，互相杀了对方家小，以坚其心志。只是关羽之妻正有身孕，因张飞不忍，留了性命，后来生下关索。[②] 而这些不合主流道德伦理观念的情节后来也都被删去。

复仇原本也是《西部车帮》情节的重要驱动力，多次凌辱车户妻女的财主张富财在 1949 年以后被侯三在批斗会上以残忍的方式杀死，而在《大车帮》中，则仅止于将张富财“去势”，断了他祸害车户妻女的根源。在三家装车户出征抗日前，张富财前来敬酒，并表示将拿出财产抚恤伤亡的乡党，[③] 凸显其爱国之心和乡党之情，富人与穷人在异族入侵的大背景中，迅速达成了“兄弟阋于墙，外御其侮”式的和解，以民族危机消解了国人内部的阶级仇恨，增加了民族主义和人道主义的双重内涵。

从小说的情节叙事发展来看，《西部车帮》以吴老大及马车帮发迹

---

① 鲁迅：《鲁迅全集》第九卷，人民文学出版社，2005 年，第 135 页。

② 王学泰：《游民文化与中国社会》，学苑出版社，1999 年，第 7—8 页。

③ 杜光辉：《大车帮》，第 290、329 页。

为线索和内在驱动力，小说前半部无论是人物形象塑造还是氛围的渲染，都暗示吴老大将带领帮众走帝王将相之路。吴老大自幼被寄予的希望就是将三驾马车帮发展为西北五省之首，成为马车帮的皇帝。小说有一个特别令人瞩目的特点即是夹杂大量秦腔唱段，这些唱词与正文形成互文关系，既是剧中人物借以抒情言志的媒介，也具有提示情节发展走向的功能。吴老大刚夺得大脑兮之位时，即大唱《打銮驾》中包拯“曾记得当年登金榜”一段，春风得意，自视甚高；在得遇异人白鹿塬道长之前，唱的是《大保国·探皇陵·二进宫》中侍郎杨波的唱词，既暗示前途的凶险，也抒发自己辅国之志；吴老大最喜欢唱的还是诸葛亮的戏，如在遭遇现代化的汽车之后，诸车户郁闷难排，吴老大唱了《祭灯》中的“为江山我也曾南征北战”一段，1949后侯三窃取三家庄政权，胡作非为，吴老大唱了《葫芦峪》中“扭回头来观魏延，气的我黑血往上翻”一段。马车柱为侯三害死，吴老大唱的则是《下河东》中“见人头不由我哭声大放”一段，这里更分明是以赵匡胤自居，而以马车柱为忠臣呼延寿廷，侯三为奸臣欧阳芳了。[①] 吴老大的这些唱词，几乎无一例外均以帝王将相自比。

修改后的《大车帮》，将1949年以后的部分砍掉，在前半部分加入马车帮参与抗击日本侵略的中条山战役的情节，以此将吴老大及马车帮的发展纳入到民族救亡的宏大叙事之中，使草莽英雄成长为民族英雄，是对吴老大等人思想境界的升华，给前面不断渲染的英雄发迹故事安排了一个较为合理的归宿，也是以民族主义情感为对接点，避免了民间叙事与政治叙事的分裂，保持了情节上的完整性。

《大车帮》的前半部分，对于吴老大等人的问鼎野心，不仅未加削弱，反有所增强，多处表现吴老大称王的意图。刘顺义刚开始担任吴老大师傅时，便有意识引导侯三给吴老大讲英雄豪杰的故事，讨论“天

---

① 杜光辉：《西部车帮》，花城出版社，2012年，第129—130、213—214、225、410—411页。

时，地利，人和”与“干世事”的关系，行车道中众人常纵论历代帝王兴衰，结交各地英豪，与孟虎、刘七等江湖好汉结为生死之交，观察山川形势，路过黄河风陵渡时，认为中条山和黄河是陕西门户，着意查看。路过骊山时，吴老大也毫不掩饰对秦始皇功业的艳羡，以为像他那样才算是“把世事干成了”。到华山时，又想起赵匡胤发迹事，刘冷娃恭维他为真命天子，吴老大遂戏封刘冷娃为八府巡按，侯三则大谈将相无种，在遭遇奸人孙大脑兮的暗算之前，吴老大膨胀到极点，高唱起《宝莲灯》中刘锡高中被任命为洛州太守时“奉王命出京城去把任上”一段。[①]

《大车帮》后半部分以参加抗日的民族战争来消解传统发迹故事带来的情节上的紧张，在草莽英雄到民族英雄的变化中，虽有突兀之处（吴老大的思想变化其实仍然缺乏可信度与说服力），但草莽英雄对于“忠臣良将”的追求和反抗异族入侵的爱国英雄之间本有可互通之处，《大车帮》就是在这一点上使二者对接，避免了情节的分裂和民间历史叙述的中断。仍以书中所引秦腔为例，《大车帮》中吴老大唱秦腔次数减少，极度膨胀时唱《宝莲灯》继之以孙大脑兮的暗算，已有暗示他不应有问鼎之意。吴老大在儿子百日后重上马车道，唱的是《火焰驹》“北狄王逞干戈强施蛮横”一段；1937 年日本全面侵华后与师傅刘顺义谈论国家大事，心中烦闷，唱的是《下河东》中赵匡胤的“乾德王座龙庭用目观看，有白龙在河东修表中原，我也曾练就了雄兵百万，岂能够居人下每岁朝参”，这些虽是帝王将相之语，却同时有着尊夏攘夷的民族内涵。三家庄马车帮协助西北军孙蔚如的部队共同出征讨伐日本侵华军，吴老大带领车户们唱的是《破宁国》中朱元璋“在中军宝帐排酒宴”一段，也有汉族抗击蒙元背景，与西北军的军歌“我们是黄帝的子孙，民族的精英……浴血奋战，效忠华夏，保卫江山……”其实具有

① 杜光辉：《大车帮》，第 78—79、177—189、275—277 页。

同构关系。[①]

由于《大车帮》是由《西部车帮》修改而成，许多方面仍不免留下原书游民社会英雄故事和思想的痕迹，如修改后的版本虽然丰满了若干女性的形象，但根深蒂固的男性中心主义仍很明显。细节上也有一些不够妥帖之处，如书中在写到吴老大八九岁（据小说中的交代，约在1921年前后）的时候，就称张富财的团长兄弟在南京“蒋委员长”身边有人，[②]而实际上当时蒋介石很可能还在上海证券交易所做生意，连孙中山都还局促于广东一隅。不过总体而言，《大车帮》人物形象更加丰满，草莽英雄发迹的故事向民族救亡叙事转换时保持了民间叙事的完整性，避免了两种叙事话语的分裂，可算是“一部好小说”。

---

① 杜光辉：《大车帮》，第275—277、291、322、334页。

② 同上书，第103页。